NARRATORI MODERNI

Di Andrea Vitali in edizione Garzanti:
Una finestra vistalago
La signorina Tecla Manzi
Un amore di zitella
La figlia del podestà
Il procuratore
Olive comprese
Il segreto di Ortelia
La modista
Dopo lunga e penosa malattia
Almeno il cappello
Pianoforte vendesi
La mamma del sole
Il meccanico Landru
La leggenda del morto contento
Zia Antonia sapeva di menta
Galeotto fu il collier
Regalo di nozze
Un bel sogno d'amore
Di Ilde ce n'è una sola
Quattro sberle benedette
Biglietto, signorina
La ruga del cretino (con Massimo Picozzi)
Le belle Cece
La verità della suora storta
Le mele di Kafka
Viva più che mai
Furto di luna (solo ebook)
Parola di cadavere (solo ebook)
Il rumore del Natale (solo ebook)
Seguendo la stella (solo ebook)
Addio bocce (solo ebook)
Il sapore del Natale (solo ebook)

ANDREA VITALI

A CANTARE FU IL CANE

Garzanti

Prima edizione: febbraio 2017
Prima ristampa: marzo 2017

Per essere informato sulle novità del Gruppo editoriale Mauri Spagnol visita:
www.illibraio.it

Pubblicato in accordo con Factotum Agency, Milano

ISBN 978-88-11-68765-8

Printed in Italy

www.garzanti.it

A CANTARE FU IL CANE

I personaggi e le situazioni raccontati in questo romanzo sono frutto di fantasia. I luoghi, invece, sono reali o solo in minima parte inventati per le esigenze della trama.
Di pura invenzione è la circostanza dell'emissione di un francobollo in occasione delle celebrazioni per la revoca delle sanzioni economiche inflitte dalla Società delle nazioni all'Italia fascista, e la conseguente iniziativa dell'annullo effettuato presso gli uffici postali la domenica 18 luglio 1937.

PRIMA GIORNATA

1.

Nella notte tra venerdì 16 e sabato 17 luglio 1937, dal caseggiato di via Manzoni sito al civico 37, altezza incrocio via Porta, si levò alto un grido.

«Al ladro, al ladro!»

Era quasi l'una.

La voce, femminile, era quella di Emerita Diachini in Panicarli, di anni trentacinque.

Nell'opprimente aria della notte, greve di umidità, l'invocazione dell'Emerita sembrò sgonfiarsi quasi subito, nel breve snodo della contrada. Ma era ben lì, e non altrove, che doveva arrivare poiché da lì, e non da altrove, poteva giungere qualcuno che accorresse al grido.

A coglierlo tra i primi fu l'orecchio di Serafino Caiazzi che in quel momento stava cercando di forzare la portafinestra dell'appartamento di Nemore Cominelli, sito al civico 87 di via Manzoni, un primo piano di facile accesso per un giovane agile e magro di fame come il Caiazzi.

L'appartamento era di proprietà della Cominelli al pari dell'intero caseggiato che sorgeva, dando le spalle alla via Manzoni, sul lato di destra della cosiddetta corte degli Adamoli, uno slargo al cui centro era da poco stata piantata una palma fatta giungere dalle terre d'Africa di recente conquistate.

Da un paio di giorni la Nemore, tanto benestante quanto anziana, era ricoverata presso l'ospedale Umberto I per via di una complicata polmonite, da cui l'idea del

Caiazzi, una volta appresa la notizia e non nuovo a certe imprese, di fare una visitina alle sue stanze.

Nel momento in cui percepì il grido, tra un abbaio di cani e un miagolio di gatti, il Caiazzi aveva già raggiunto il terrazzino che dalla cucina di casa Cominelli dava sulla corte e si apprestava a violare la portafinestra per poi entrare e darsi da fare.

Si bloccò all'istante.

Il tempo di scrutare il buio che lo circondava cercando di cogliere qualche segno sospetto e risentì il grido.

Non veniva da molto lontano, e metteva qualche brivido: una simile sirena d'allarme non sarebbe stata inascoltata a lungo.

Capì allora che i suoi sogni di gloria finivano lì. Qualche bastardo doveva aver avuto la sua stessa idea agendo proprio in prossimità di casa Cominelli.

Non gli restava altro da fare.

Basta, via!, prima di finire in un altro guaio.

Rimise in tasca i ferri, saltò di sotto, due metri, e prese la via della fuga.

Uscito in via Manzoni, girò a destra, correndo e di tanto in tanto guardandosi alle spalle.

Giunto all'angolo con via Boldoni girò ancora a destra con l'idea di imboccare via Plinio e salire verso il quartiere Novareno, da cui si dipartivano quattro o cinque viuzze che avrebbero disorientato eventuali inseguitori. Per conto suo aveva già deciso di allungare il passo e raggiungere il cimitero con la certezza che, nascosto tra le tombe, nessuno l'avrebbe cercato e men che meno, nel caso, trovato.

A quel punto, l'eco delle grida dell'Emerita era già morto nell'aria.

2.

La guardia notturna Romeo Giudici era appena uscita dalla cantina, priva di numero civico, dell'offelliere Gaspare Armonia il cui accesso stava circa a metà di via Novareno.

L'Armonia era padre di quattro figlie in tutto simili alla moglie, alte, pallide e compite. Le due maggiori, Scilla e Priscilla, insieme con la madre Liscetta, l'aiutavano nella bottega che si apriva su piazza Boldoni. Le due minori, Crisostoma e Scintilla, badavano alla casa e non si facevano ancora domande circa il futuro che le attendeva. Talvolta capitava che marito e moglie litigassero per questioni concernenti il commercio di famiglia. Le discussioni avvenivano spesso alla sera, durante la cena, e l'Armonia finiva sempre col trovarsi in netta minoranza poiché le figlie si schieravano con la madre. In quei casi l'offelliere, fatto certo che non l'avrebbe mai spuntata, si ritirava con dignità nella cantina, attrezzata ormai come un rifugio, ove spesso passava l'intera notte. D'estate, soprattutto, gli capitava di avere anche la compagnia di sfaccendati e tiratardi i quali, passando da lì e notando la luce che illuminava la finestruola a lato della porta d'ingresso, entravano e trascorrevano qualche oretta chiacchierando o anche sbevacchiando e mangiando qualche fetta di salame.

Il Giudici, visto il lavoro che faceva, era tra i più assidui.

Così era andata quella sera, e dopo un paio d'ore di chiacchiere aveva ripreso il suo giro.

Una volta salutato l'Armonia e uscito, le mani in tasca, lo sguardo alla punta delle scarpe, si avviò senza fretta con l'intenzione di imboccare via Manzoni e poi da lì, prendendo l'una o l'altra delle contrade, raggiungere il lungolago.

Nell'aria non c'era che qualche pacifico rumore notturno sulla cui origine il Giudici s'era sempre interrogato senza approfondire.

Presa nel senso della discesa la via Boldoni e, come stabilito, giunto all'angolo con via Manzoni, non ebbe nemmeno il tempo di accorgersi di ciò che stava già accadendo. Riuscì solo a tirar fuori le mani dalle tasche dei pantaloni e incocciò con violenza il Caiazzi che aveva imboccato la salita. Tra i due avvenne un formidabile scontro frontale che li portò a cadere quasi abbracciati l'uno all'altro, e privi di sensi.

L'incidente non si prese che un paio di secondi di tempo e si chiuse con un rumore come di noce spaccata provocato dal cozzo dell'occipite del Caiazzi contro il porfido della contrada.

Nel frattempo quattro o cinque uomini erano accorsi al grido dell'Emerita, che peraltro era mutato.

Da «Al ladro, al ladro!» ad «Aiuto, aiuto!».

Vinci, il sedicenne figlio dell'Emerita, giaceva infatti nell'atrio della casa, anche lui privo di sensi e circonfuso da un franco odore di merda. La madre, il viso in fiamme, la gran testa di capelli rossi sconvolta, non sapeva che pesci pigliare. Gli uomini accorsi, dopo aver annusato l'aria, non persero tempo. Il più ardito di loro chiese all'Emerita notizie circa la direzione che il ladro aveva preso fuggendo. La donna rispose frettolosa di aver appena intuito un'ombra uscire dal portone e svoltare a destra.

Quello allora, giudicando che il ladro stava tentando di far perdere le sue tracce fuggendo verso la parte alta del paese, prese la corsa in direzione di via Plinio.

Gli altri, sollevando il Vinci, decisero di riportarlo in casa per stenderlo sul letto mentre uno di loro si incaricava di andare a chiamare il dottore.

Al che il cuore di mamma dell'Emerita ebbe un barlume di lucidità.

«No, no!» gridò, per la terza volta in quella notte.

Niente dottore.

«All'ospedale!»

E ospedale fu.

3.

Il maestro Fiorentino Crispini, insegnante di scuola elementare, oratore designato per le grandi occasioni, dall'anniversario della marcia su Roma a quello della nascita o della morte del poeta bellanese Tommaso Grossi, compilatore di impareggiabili elogi funebri e corrispondente de «La Provincia- Il Gagliardetto», foglio quotidiano del territorio comasco, fu tra i primi, la mattina seguente, a venire a conoscenza dei fatti della notte.

Come d'abitudine, alle sei se ne stava davanti alla porta del caffè dell'Imbarcadero in attesa che aprisse. Vestito di tutto punto, giacca e cravatta come se dovesse andare a scuola, guardava con un sorriso soddisfatto la variabilità del panorama cogliendo differenze rispetto ai giorni precedenti. Solo a un occhio superficiale infatti poteva sembrare sempre uguale a sé stesso.

Quella mattina per esempio il colore del lago era di un azzurro ancora più stanco del giorno prima, implorava un po' di quella breva che da troppe giornate latitava. E l'odor di fogna, pungente nonostante l'ora mattutina e ancora per poco fresca: pure quello faceva parte del panorama, anche se più d'uno ne avrebbe riso sentendoselo raccontare.

Un rumore di chiavi alle sue spalle lo informò che era arrivato il momento di bere il marsalino all'uovo con il quale avviava tutte le sue giornate, unica concessione quotidiana, insieme con sette sigarette sette, alle tentazioni del vizio.

Il viso di Damina Termoli fu per il Crispini un altro segno di quanto il panorama potesse variare da un giorno con l'altro.

Di solito l'apertura del bar era compito del marito Gnazio mentre la Damina si presentava non prima delle dieci, truccata e ingioiellata, al fine di mascherare una mimica facciale che sembrava da sempre afflitta.

«Qual buon vento?» esordì a mo' di saluto il maestro.

La Damina in quel momento, notò il Crispini, senza trucco e gioielli somigliava in modo singolare al viso che compariva sulla pubblicità di un noto carbone vegetale, inserto commerciale che spesso anche il suo giornale pubblicava.

«DA COSÌ A COSÌ!» recitava lo slogan. «SENZA COLICHE LA VITA VI SORRIDERÀ!»

E per rendere più efficace il messaggio due volti di donna: a sinistra quello afflitto da meteorismo pernicioso, simile a quello della Damina in quel momento, a destra invece un volto illuminato da un radioso sorriso.

«Non avete sentito la novità?» chiese la Damina spostandosi di lato per lasciarlo entrare.

«Sarebbe?» chiese il Crispini.

La Damina intanto era scivolata dietro il banco e aveva cominciato ad armeggiare con la macchina per il caffè.

«E sì che anche voi abitate lì vicino», borbottò la donna, riferendosi al fatto che il maestro abitava nella palazzina sita al civico 1 di via Manzoni, casa nella quale era nato, cresciuto e viveva solo, contornato dai libri che compulsava quando gli toccava preparare qualche discorso e dai cimeli delle più varie guerre di cui era goloso collezionista.

Il Crispini tuttavia in quel momento era più preoccupato dalle manovre della donna. Temeva che, senza nemmeno chiedere, gli volesse preparare un caffè. Col Gnazio non esistevano imbarazzi del genere, informato com'era della sua abitudine. Stava quindi cercando una frase onesta per spiegare alla donna la sua consuetudine evitando nel contempo che la Damina potesse sospettare in lui chissà quale depravazione.

La donna però, mentre lui ragionava, afferrò la bottiglia giusta e gli versò il liquore.

«Quindi non avete sentito niente questa notte?» ripeté.

Il Crispini, sollevato, si strinse nelle spalle.

Da che era nato, estate o inverno che fosse, andava a letto con le galline e si alzava coi galli.

Caldo, freddo, niente gli impediva di perpetuare quella sana abitudine.

E dormiva.

Come un sasso!

«Beato voi!» esclamò la Damina.

Perché se adesso, oltre al soffoco di quelle giornate, a rovinare le notti della brava gente che lavorava ci si mettevano anche i ladri…

Il cronista che sonnecchiava dentro il maestro drizzò le orecchie.

Ladri?

Da tempo la sua firma latitava sulle pagine del giornale. In verità da tempo il caporedattore della cronaca rigettava con regolarità i suoi pezzi.

«Sono noiosi, non interessano a nessuno.»

Così, senza peli sulla lingua.

Quello era un quotidiano, un giornale che viveva di cronaca, se lo mettesse in testa.

Pure l'ultimo resoconto che aveva spedito era finito nel cestino della carta straccia, provocando nel Crispini una contenuta crisi di nervi poiché l'aveva scritto convinto di aver fatto un colpo esclusivo. In fin dei conti il Circo Astra, prima di giungere a Bellano, aveva battuto parecchi paesi della bassa comasca e lecchese e nessuno s'era mai sognato di intervistare il direttore dello stesso, cavalier Eugenio De Fillìus, per raccontare la storia della donna che, in catene, compariva sul manifesto: la principessa eritrea Omosupe, illusionista ed escapologa.

Escapologa, e cos'era mai?

S'era bevuto il racconto del direttore e aveva scritto delle catene che in gioventù avevano tenuto prigioniera la principessa e dalle quali s'era liberata rivelando a sé stessa prima che al mondo quella sua particolare dote, la capacità di liberarsi quasi per miracolo da qualsivoglia costrizione, fossero catene, corde o altro. Aveva raccontato la sua avventurosa fuga dalla lontana Eritrea e il suo arrivo a Taranto dove lui l'aveva raccolta, sola e raminga.

Il caporedattore gli aveva risposto che certe cose avrebbe dovuto lasciarle scrivere a Emilio Salgari e all'obiezione del Crispini circa il fatto che quello fosse morto da un pezzo, s'era sentito rispondere che non era questione di nato o morto, ma di messaggio, se lo voleva intendere.

I fatti, la cronaca, niente altro.

Eccola lì, adesso, la cronaca, ragionò tra sé il Crispini.

«Che ladri?» domandò.

La Damina aveva continuato a trafficare con la macchina del caffè.

«Uno, per quello che ne so, il Caiazzi», rispose.

Che aveva tentato di rubare in casa dell'Emerita e fuggendo s'era lasciato dietro mezzo morto il povero Vinci.

«E l'hanno preso?» chiese il Crispini.

«Come no!» sbottò la Damina.

L'aveva preso... quasi preso... insomma, preso anche suo marito, il Gnazio.

Che, anzi, per fare il suo dovere di cittadino onesto s'era stortato la caviglia, motivo per il quale adesso era a casa con la gamba a riposo e quindi era toccato a lei uscire per aprire il bar.

4.

La Damina e il Gnazio abitavano anche loro in via Manzoni, al civico 32, non lontano dall'Emerita, in tre locali che sembravano diventare sempre più stretti con il passare dei giorni e aspettavano come fosse un regalo del cielo che Crisante Gospetti, proprietaria e occupante dell'appartamento al primo piano sopra il bar dell'Imbarcadero, tirasse le cuoia.

La Crisante aveva novant'anni ma una zucca dura come il granito e un fisico asciutto e scattante che bastava guardarla per capire che in vita non aveva mai patito malattie. Si faceva tutto da sé, senza bisogno di aiuto, dal mangiare alle pulizie, di casa e personali. Più volte il figlio Gimonio le aveva fatto la proposta di lasciare l'appartamento, quattro locali, una cucina e un bagno, e trasferirsi in una bella stanzuccia all'ospizio dove si sarebbero presi cura di lei. Quale unico erede era già pronto a vendere l'appartamento alla Damina e al Gnazio, che da tempo s'erano candidati all'acquisto.

La donna aveva sempre risposto al figlio con un'unica frase.

«All'ospizio ci vanno i vecchi!»

Lei sarebbe morta nella sua casa, e basta. Così ai tre, Gimonio, Damina e Gnazio, non restava che aspettare una chiamata dall'alto dei cieli.

La sera prima il Gnazio aveva tardato più del solito.

Niente di che.

Dopo aver messo un po' in ordine dentro al bar s'era

fermato a cacciar balle con un paio di tiratardi, seduto sulle panchine di piazza Grossi. Lì soffiava una gradevole arietta fresca che faceva venire il magone al pensiero di lasciarla per andarsi a chiudere nel soffoco delle case, a rigirarsi tra lenzuola umide come sudari.

Così, quando infine era tornato a casa, aveva avuto giusto il tempo di rinfrescarsi la faccia, dopodiché aveva sentito il grido dell'Emerita.

«Hai sentito?» aveva chiesto alla Damina.

Sì, aveva sentito.

«Vado!» aveva detto lui.

«Ma dove vai!» aveva reagito lei con l'evidente intenzione di trattenerlo dal cacciarsi in qualche guaio.

«Vado!» aveva ripetuto il Gnazio ed era partito.

Le voci di tre uomini che l'avevano preceduto l'avevano guidato sino al portone di casa dell'Emerita. Uno era Ottone Solito, che fino a poco prima era rimasto con lui a godersi l'arietta sulla panchina della piazza, il secondo era l'elettricista Melania mentre il terzo, in mutande, canottiera, zoccoli e tanto di retina in testa, era il malinconico orefice Gentilessa.

Giudicando che lì fosse di troppo, era partito all'inseguimento del ladro secondo il suo intuito. E, appena svoltato l'angolo di via Manzoni con via Plinio, era quasi andato a inciampare contro i due corpi del Giudici e del Caiazzi ancora stesi a terra.

La guardia notturna si stava riprendendo proprio in quel momento. Il Gnazio, senza avvedersene, aveva impresso l'orma della propria scarpa dentro la chiazza di sangue che era uscita dalla ferita lacero contusa, sei centimetri, dell'occipite del Caiazzi.

Riconoscendo il Giudici, al Gnazio era sembrato di aver chiaro il quadro della situazione.

«Bravo Romeo!» aveva detto.

La guardia, ancora carponi mentre tentava di riconquistare la posizione eretta, l'aveva guardato.

«Cosa?»

«Dico, bravo che l'hai preso», aveva ripetuto il Gnazio.

«Ah!» espettorò il Giudici.

E poi: «Sììì...» aveva aggiunto, cominciando a capire.

Poi aveva fatto un movimento in avanti ma sempre camminando a quattro zampe e la mano destra era andata a finire nel sangue.

«Ostia!» gli era sfuggito.

«Sangue?» aveva chiesto il Gnazio.

Il Giudici aveva deglutito: era una vista che sin da bambino, quando soffriva di epistassi, lo metteva a disagio.

«Ma è morto?» aveva chiesto il Gnazio.

Serafino Caiazzi sembrava non dare alcun segno di vita.

Comunque, morto o no che fosse, non si poteva lasciarlo lì.

«Portiamolo all'ospedale», aveva suggerito il Giudici che nel frattempo s'era tirato in piedi e appoggiato al muro della contrada.

Ma, come?, s'era poi chiesto.

Aveva risolto prendendo in prestito il carretto dello strascèe Pennicola, parcheggiato a un passo da lì, dentro la còrt di àsen.

E, com'è come non è, correndo per non perdere altro tempo il Gnazio aveva messo giù male un piede e s'era stortato la caviglia.

5.

Maristella Maccadò si svegliò attorno alle sei e trenta.

Guardò il marito maresciallo che, già sveglio da qualche minuto, era ancora sdraiato, le mani dietro la nuca e fissava il soffitto.

«Ma cos'è», chiese la donna, «ci hanno trasferito nella giungla senza dirci niente?»

Il Maccadò sorrise.

«L'hai voluto tu», disse.

«Ma va', va'», ribatté lei dandogli un colpetto col gomito.

Si era forse dimenticato che la sera prima aveva scaldato tutta la truppa dei quattro figli, e forse anche di quello che le stava crescendo piano piano dentro, facendo l'imitazione dell'elefante?

«L'ho fatto per una questione didattica», rispose il maresciallo.

Per correggere il figlio maggiore cioè, che aveva cercato di imitare il barrito del bestione ottenendo il raglio di un asino in amore. Col risultato che nel giro di pochi minuti gli altri tre si erano aggiunti, chi imitando una scimmia, chi un leone fino a che, sfiancati, erano crollati uno dopo l'altro per riprendere il gioco alle prime luci dell'alba. Aveva cominciato il maggiore, con un barrito eseguito alla perfezione, svegliando gli altri tre che non s'erano fatti pregare per seguirne l'esempio.

«E io che pensavo che il circo se ne fosse andato!» sospirò Maristella alzandosi.

Di fatto, sì, nel tardo pomeriggio del giorno prima e dopo una settimana di permanenza a Bellano, accampato presso i giardini di Puncia.

Sette giorni, quattordici spettacoli, uno pomeridiano e uno serale, sempre col tutto esaurito.

Forse tra i bellanesi solo prevosto, coadiutore e perpetua non si erano seduti sulle panche delle tribune del Circo Astra. Per il resto c'erano stati giovanotti che avevano assistito a tre, forse quattro repliche dello spettacolo, attirati dalle meraviglie che di bocca in bocca erano corse attorno al numero della principessa Omosupe.

La prima parte era dedicata all'illusionismo. La principessa, agghindata come una maga, il viso coperto da un velo che le lasciava liberi solo gli occhi, dava spettacolo della sua arte accompagnata da una ipnotica musica orientale. La seconda parte era quella che aveva eccitato le fantasie del pubblico maschile, giovani e no, nessuno escluso. Dopo un intermezzo clownesco e un paio di scenette interpretate da una coppia di nani, la principessa si presentava vestita succinta e in catene. Un cono di luce ne illuminava la pelle d'ambra, lasciando gli spettatori nel buio più totale. Dentro quel magico cerchio luminoso, Omosupe si contorceva come se fosse preda della cantaride in un silenzio estasiato che tendeva a perdurare anche quando, alla fine, lei, libera dalle catene, si ergeva in tutta la sua discreta altezza, allargava le braccia mostrando anche ascelle rasate alla perfezione, spingeva in avanti il bacino col perfido occhio centrale dell'ombelico e aspettava l'applauso che cominciava a partire da mani femminili, quelle maschili essendo ancora paralizzate da ciò che avevano appena visto e dalle conseguenti fantasie.

La famiglia Maccadò aveva presenziato all'ultimo spettacolo, quello della sera del 14 luglio.

Erano due anni che un circo non approdava a Bellano e il suo arrivo, anticipato da manifesti affissi in piazza

Grossi, sui platani del lungolago e negli appositi spazi nelle contrade, aveva alimentato un sano entusiasmo.

Nugoli di bambini, ragazzotti e adulti finti indifferenti avevano seguito il montaggio del tendone e annusato da lontano il fetore delle bestie feroci, un leone e una leonessa, un elefante, due cammelli, qualche scimmia e un paio di cavalli che pur non essendo feroci facevano comunque parte del parco animali del circo.

Il direttore, che si presentava come cavalier Eugenio De Fillìus, aveva fatto il giro delle massime autorità del paese distribuendo biglietti omaggio, ben accetti tanto dal podestà quanto dal segretario comunale, dal segretario del partito come dalla madrina dei fasci femminili, dal vigilatore di settore della GIL al capo squadra dell'Opera Nazionale Dopolavoro. Fin il prevosto li aveva accettati. Per pura cortesia però, dopodiché li aveva passati al sacrista Bigè.

Per il maresciallo Ernesto Maccadò, dopo aver preso accurate informazioni, ne aveva preparati sei, tenendo in conto i quattro figli all'attivo.

«Vi ringrazio», aveva risposto il maresciallo, «ma non posso accettare.»

«Mi offendo», aveva risposto il direttore De Fillìus.

«E fate male», aveva sorriso il Maccadò.

Non aveva niente contro i circensi ma era una regola alla quale non voleva derogare quella di non accettare mai, chiunque fosse a offrirle, regalie di qualunque genere, fosse un salame, un pollo o, come in quel caso, biglietti omaggio per spettacoli di varia natura. Così facendo si permetteva il lusso di stare sereno con sé stesso, in pace con la coscienza e libero di agire nel pieno rispetto della divisa che indossava viaggiando sempre con la fronte alta.

In verità, nonostante le sue parole, aveva temuto che il direttore insistesse nell'offerta. Con sua sorpresa invece aveva ceduto subito.

«Quand'è così...» aveva detto il De Fillìus infilandosi nella tasca della giacca i biglietti.

E con due saltelli, dopo aver salutato, era uscito dal suo ufficio accompagnato dallo sguardo del maresciallo.

Sguardo che, una volta tornato a esplorare la scrivania, aveva individuato all'istante i biglietti che il De Fillìus vi aveva posato prima di uscire.

Come diavolo avesse fatto, quando non l'aveva perso di vista un secondo, il maresciallo Maccadò se l'era chiesto sino a quando aveva scoperto che il De Fillìus era un abile prestigiatore, i giochi di mano la sua specialità.

Nonostante l'avesse gabbato, non aveva però rinunciato al rispetto della regola annunciata. Aveva destinato i biglietti ai suoi.

Due all'appuntato Misfatti, uno al brigadiere Mannu che di lì a due giorni sarebbe partito per la licenza, uno per uno ai carabinieri Virgola e Grafico. Il sesto, visto che non aveva più carabinieri in forza, l'aveva destinato al nipote della Gnagnolina, la vecchietta che vendeva cartoline appostata alla discesa dei battelli oppure seduta sul primo gradino della scalinata che portava all'Orrido.

Aveva però commesso l'errore di dare conto della sua azione la sera stessa, a cena, quando sua moglie non aveva fatto altro che parlare del circo e di quanto le sarebbe piaciuto portare i quattro figli a vederlo.

«E bravo Né, per una volta che possiamo risparmiare qualche cosa...»

Non che la spesa dei biglietti avrebbe disassato il bilancio di famiglia, però, così per dire, coi soldi di sei biglietti saltava fuori un paio di scarpe per uno dei quattro diavoletti.

«Non c'è nessun comandamento che ci obbliga ad andarci», s'era difeso il maresciallo.

«Nemmeno siamo obbligati a perdere le poche occasioni di svago che ci capitano», aveva ribattuto la marescialla.

«Un altr'anno, quando ripassa...» aveva mormorato il Maccadò.

«Seee...» aveva commentato Maristella, già soprappensiero.

E giusto tre giorni dopo, a tavola, sempre a cena, gli aveva fatto trovare sei biglietti per l'ultimo spettacolo del Circo Astra.

Al Maccadò non era servito chiedere come li avesse avuti.

«Ancora?» si era limitato a dire.

Maristella invece si era stretta nelle spalle.

«Erano mesi che non ci giocavo più», aveva risposto.

Intendeva al lotto.

«E quei tre numeri mi giravano in testa da un po'.»

I quattro piccoli Maccadò erano già informati sulla natura di quei biglietti.

Al maresciallo non era rimasto altro che battere in ritirata.

Così, la sera del 14 luglio, circo era stato.

«Va be'», fece adesso Maristella alzandosi dal letto. «Pensaci tu allo zoo di famiglia. Io vado e torno.»

S'era presa l'incarico di fare le iniezioni di Neuremogeno a certa Lacrima Verzarelli, mollata un mese prima dal promesso sposo quando già si trovava all'altare e da allora piombata in uno stato di malinconia.

«D'accordo», rispose il Maccadò. «Ma sbrigati.»

Perché, a meno di eventi eccezionali, gradiva dare l'esempio di puntualità ai suoi sottoposti entrando in caserma alle otto spaccate.

6.

In sé e per sé, che il Serafino Caiazzi fosse stato sorpreso a rubare non era poi una gran notizia, stava ragionando pensieroso il maestro Crispini.

Non era nuovo a certe imprese.

E poi, che imprese?

Le elemosine in chiesa, una volta, perdonato dal prevosto.

Una fila di luganeghe un'altra, dalla macelleria Rivagrassi di Varenna, rincorso e beccato in pieno mezzogiorno dallo stesso macellaio che l'aveva preso per il collo, riportato in macelleria, obbligato a rimettere le luganeghe sul banchetto da cui le aveva prese e poi davanti a tutti gli aveva detto che la prossima volta, se aveva fame, avrebbe fatto meglio a dirglielo, che una bistecca o una salsiccia gliel'avrebbe regalata lui, risparmiandogli certe figure di merda.

L'unica volta in cui s'era fatto un po' di galera, due mesi, era stato quando l'avevano pizzicato a rubare il carbone che arrivava con la ferrovia. Era stato di notte, con la luna piena, e aveva fatto un casino tale da svegliare il magazziniere Sveltoni che era lì di guardia.

Un ladro di polli insomma, roba da quattro righe sul giornale, sempre che gliele concedessero.

C'era l'ambiente però, la cornice del fatto criminoso e misterioso. Qualcosa, anche, che dava un sapore particolare alla faccenda, visto che la casa in cui il ladro si presumeva avesse tentato di rubare era quella di un uomo, il marito dell'Emerita, impegnato in Africa nella realizzazione della strada che avrebbe collegato Addis Abeba all'Asmara. Tutto ciò si coniugava in qualche modo all'aspetto eroico del figlio di costei, il Vinci, promessa nostrana del ciclismo, che era intervenuto a difesa della madre e dell'inviolabilità del suolo domestico, pagando il fio del suo coraggio con l'ospedale.

Il Caiazzi e il Giudici poi contribuivano a rendere fosco il quadro. Ciò che tra loro era accaduto aveva il sapore di un succulento evento che un cronista di conio avrebbe raccontato con dovizia di particolari, affascinando i lettori: la notte, la fuga, l'inseguimento forse, la colluttazione, il ladro catturato e ferito o, addirittura, morente!

Guardata in quella prospettiva la cosa assumeva colori e profumi romanzeschi, ne sarebbe uscito un pezzo degno della prima pagina.

Tuttavia, ragionava il Crispini, non poteva dimenticare che scriveva per un quotidiano e non poteva riempire il pezzo con le sue fantasie o infettarlo con troppi punti interrogativi, a rischio di sentirsi dire dal solito caporedattore le cose che ormai conosceva a memoria.

Gli servivano notizie certificate.

La Damina a un certo punto, pentendosi di aver parlato poiché il Crispini l'aveva sottoposta a un mitragliamento di domande (dove, chi, quando, come, perché), gli aveva fatto capire che era ora di togliersi di mezzo sparendo nel retro del bar dell'Imbarcadero.

Che fare?, si era chiesto il maestro.

In quel frangente gli avrebbe fatto comodo poter avere qualche chiacchiera dalla centralinista dell'ospedale Brunella Sassi al cui figlio, come ad altri, di tanto in tanto dava ripetizioni private e gratuite di qualsivoglia materia. E lei, per sdebitarsi, più di una volta l'aveva aggiornato su particolari altrimenti impossibili da conoscere riguardo a incidenti o fatti comunque degni di cronaca.

Ma non poteva fare un conto su di lei, non adesso perlomeno. Le aveva garantito sul suo onore che mai e poi mai l'avrebbe importunata sul posto di lavoro, facendole correre il rischio di essere licenziata in tronco. Avrebbe dovuto aspettare la sera per poterle parlare, ma non ne aveva il tempo.

Allora, il naso umido di curiosità, anziché riprendere la via di casa com'era solito fare, era rimasto in piazza fingendo con assai poca credibilità di essere un habitué di quel luogo a quell'ora, ma in realtà scrutando l'orizzonte in attesa che spuntasse la figura del signor maresciallo oppure, meglio ancora, quella dell'appuntato Misfatti, cui degli eventi del paese, criminali o no che fossero, non scappava mai niente e che, al modico prezzo di una citazione sul giornale, ancorché forzata, gli avrebbe di certo raccontato tutto ciò che sapeva.

Di tanto in tanto lanciava un'occhiata discreta alle finestre della caserma, sull'altro lato della strada, caso mai vedesse il profilo di uno dei due che attendeva, già presente in sede dopo gli eventi della notte. Le finestre degli uffici chiuse però erano segnale chiaro: dentro quei locali stagnava ancora l'aria del giorno prima, nessuno le aveva spalancate su quello nuovo. Inutile tentare un assalto: col brigadiere Mannu assente, i due carabinieri quasi nuovi, Virgola e Grafico, non gli avrebbero detto nemmeno mezza parola.

Conveniva attendere, ragionò il maestro Crispini.

La pazienza d'altronde era la virtù dei forti.

E vista la piega che stava prendendo la giornata si concesse in via del tutto eccezionale un secondo marsalino mentre Maristella Maccadò rientrava a casa dopo la buona azione e portando novità.

7.

Un furto?

Dove, chi, quando, come, perché?

«Ue'!» sbottò Maristella Maccadò.

Il silenzio scese come un miracolo nella cucina di casa.

Tacquero scimmie, elefanti, leoni e leonesse.

Tacque anche il maresciallo.

«Voi, fuori a giocare», ordinò Maristella alla truppa.

I quattro obbedirono all'istante e partirono riprendendo i versi di cui ormai erano impareggiabili imitatori.

«Allora?» fece il Maccadò rimasto solo con la moglie.

«Allora che?» ribatté la donna.

Allora niente.

Se voleva, gli poteva ripetere quello che aveva sentito andando a casa di Lacrima Verzarelli, in via Manzoni al civico 41, per fare l'iniezione. Ed era quello che aveva appreso dalla stessa Lacrima, la sposa abbandonata che le aveva raccontato l'accaduto piangendo poiché ormai qualunque notizia la raggiungesse, buona o cattiva che fosse, le forniva sempre l'appiglio per immalinconirsi di più, se mai ce ne fosse stato bisogno, e rimembrare la sua personale tragedia.

«Pensate se fosse capitato a me», aveva detto alla Maccadò poco prima, «trovarmi faccia a faccia con un ladro, in piena notte e sola come sono, senza nemmeno un marito che potesse difendermi.»

«Va be'», fece il maresciallo. «Ma i fatti?»

«Le chiacchiere», puntualizzò Maristella Maccadò.

Quelle sole poteva riferire.

Chiacchiere secondo le quali c'era stato un furto, a quanto aveva potuto capire in casa di certa Emerita, uomini erano corsi alle sue grida d'allarme, pareva ci fosse stato un inseguimento e le sembrava di aver capito che il ladro fosse stato preso.

«Ah!» aggiunse la donna. «Dicono anche che qualcuno è finito in ospedale.»

«Pare, forse, dicono...» sbuffò il maresciallo.

Maristella, i pugni sul tavolo, si sporse verso il marito.

«Ma che, Né?»

La stava forse interrogando?

Pensava che fosse lei l'autrice del furto o magari una complice del ladro?

O forse che lei fosse diventata all'improvviso uno dei suoi carabinieri?

Il Maccadò gonfiò le gote.

«Scusami», disse.

«Niente», sorrise lei.

«Sarà meglio che vada adesso.»

«Lo credo bene», approvò la moglie.

8.

Il primo ad arrivare in ospedale era stato il Vinci, portato a spalla da Ottone Solito e dall'elettricista Melania. L'orefice Gentilessa aveva solo seguito nel caso i due avessero avuto bisogno di aiuto e per via del succinto abbigliamento s'era preso un'occhiataccia da parte di suor Venezia, sovrintendente delle operazioni al pronto soccorso.

Il Vinci era stordito.

Lungo il tragitto da casa all'ospedale aveva emesso qualche verso, qualche altra odorosa scarichetta, nessuna parola intelligibile.

La suora l'aveva fatto deporre su un lettino e per prima cosa s'era informata se l'avessero pescato in qualche fogna o in alternativa fosse ubriaco, caso, quest'ultimo, nel quale l'avrebbe rispedito al mittente senza pensarci un secondo.

I due rimasti, poiché l'indecente in mutanda aveva compreso che avrebbe fatto meglio a togliersi di torno, avevano spiegato l'accaduto alternandosi.

Suor Venezia aveva allora tentato di risvegliare il Vinci dandogli qualche sberletta. Doveva pur sapere se gli facesse male qualcosa e dove.

Il risultato era stato che il giovanotto aveva aperto bocca, non gli occhi che teneva ancora serrati, per emettere un lamentoso richiamo.

«Cosa dice?» aveva chiesto la suora che, pur non volendo ammetterlo, era un po' dura d'orecchio.

«A me pare che abbia chiesto di sua madre», aveva commentato l'Ottone.

«La tua mamma arriverà», aveva allora sentenziato suor Venezia battendogli una mano sul torace, «io intanto chiamo il dottor Mori.»

Il medico era arrivato dopo pochi minuti e s'era beccato pure lui un'occhiataccia da parte della religiosa poiché era evidente che s'era infilato il camice sopra canottiera e mutande. Ne completavano l'abbigliamento un paio di zoccoli.

«Che c'è?» aveva chiesto sull'onda di uno sbadiglio.

Il Solito e il Melania avevano tentato di rispondere ma suor Venezia s'era interposta.

Sintetica come una cartella clinica aveva esposto il caso.

«E la madre dov'è?» aveva chiesto il dottor Mori.

Lo sguardo di suor Venezia aveva indagato i due. A quella domanda non poteva rispondere lei.

«A casa», aveva detto il Solito.

«Sotto scioc», aveva completato il Melania.

«Qualche altro parente?» aveva insistito il medico.

Qualcuno che gli potesse dare notizie circa lo stato di salute del giovane prima dell'incidente, eventuali malattie croniche, altri traumi eccetera...

«C'è il padre», aveva detto uno dei due occasionali portantini.

«Ma è in Africa», aveva completato l'altro.

Suor Venezia aveva rotto gli indugi.

«Su, dottore, non perdiamo altro tempo. Visitatelo per intanto, poi vedremo.»

Il Mori s'era stretto nelle spalle, aveva proceduto.

Stato confusionale, un bozzo grosso come un'albicocca in regione occipitale.

«Non vedo nient'altro», aveva concluso.

Niente di così grave che obbligasse ad andare a chiamare il professor Mordacchi, primario e direttore sanitario dell'ospedale.

«Diamogli solo qualcosa per tenere sotto controllo il dolore e lo tratteniamo in osservazione fino a domani», aveva concluso.

«Stanza numero sette», aveva telegrafato suor Venezia, «c'è un letto libero.»

L'unico, l'ultimo dei trenta che il reparto metteva a disposizione.

Così quando poco dopo, sdraiato sul carrettino del strascèe, era arrivato il Caiazzi, la prima cosa che suor Venezia aveva detto ai soccorritori era stata: «E questo dove lo metto?».

9.

«È qui?» chiese il maresciallo Maccadò.

Si era fermato sulla soglia del portone della caserma. La camera di sicurezza era infatti al piano terra, entrando a destra.

«Chi?» chiese il carabiniere Grafico, dimenticando di salutare prima di ogni altra cosa.

«Il ladro», specificò il maresciallo.

«Che ladro?» si incupì il carabiniere.

Il Maccadò ebbe un istante di sconcerto.

«Quello di questa notte», aggiunse poi.

Lo sconcerto avvolse allora il carabiniere Grafico.

«Veramente...»

Il maresciallo lo interruppe spazzando l'aria con una mano.

«Veramente vorresti farmi intendere che non solo il ladro non è nostro ospite ma che nemmeno siamo informati che questa notte è avvenuto un furto con tanto di feriti?»

«Veramente...» riuscì a dire ancora il carabiniere Grafico.

«Dai, spostati e fammi entrare va'!» borbottò il maresciallo. «E chiudi 'sto portone», aggiunse una volta dentro.

Aveva dato, a suo giudizio, già troppo spettacolo all'occhio del maestro Crispini il quale, sempre appostato in piazza, una volta che l'aveva visto spuntare l'aveva tacchinato con le sue domande.

«Allora, egregio maresciallo, cosa mi dite dei fatti di questa notte?»

«Dopo», aveva risposto il Maccadò allungando il passo.

«Risulta anche alla vostra autorità che vi siano un paio di feriti?» aveva proseguito il Crispini. «Soprattutto che il Caiazzi Serafino sia in gravi condizioni per le ferite riportate durante il suo tentativo di fuga?»

Il maresciallo aveva avuto solo un momento di esitazione che aveva però dissimulato con destrezza.

«Adesso non ho tempo», aveva rimarcato allungando ancora di più la falcata.

«È possibile che vi sia una componente di avversione al regime visto che la casa presa di mira è quella di un onesto lavoratore fascista impegnato in una grande opera coloniale?» aveva insistito lo zelante cronista.

Il Maccadò s'era fermato di botto, imitato all'istante dal Crispini.

«Non posso ancora parlare di ciò che è accaduto, ve lo volete mettere in testa?» aveva dichiarato sottovoce.

Il Crispini credeva di aver intuito qualcosa, così aveva risposto con un sorriso felino.

Tutto quel non dire del maresciallo...

«Capisco», aveva affermato.

È cosa grossa, aveva concluso, tenendo il pensiero per sé.

Meglio avvisare il giornale che aveva per le mani un colpo da prima pagina. Poi l'aveva lasciato andare senza porre altre domande ma senza perderlo di vista, pensando di poter carpire qualche altro indizio.

«L'appuntato Misfatti?» chiese il maresciallo una volta chiuso il portone e avviandosi verso il suo ufficio.

Il carabiniere Grafico fu quasi sollevato di poter dare una notizia certa al Maccadò.

«Non è ancora arrivato.»

E ti pareva, fu il pensiero non espresso del maresciallo.

Pronto a scommettere che, una volta giunto, avrebbe giustificato il solito ritardo con validi motivi.

Magari anche di servizio.

10.

Servizio…

Oddio, sì e no.

Cioè, in un certo senso lo si sarebbe potuto anche definire in quel modo.

Insomma, le cose stavano così.

La sera prima la signora Misfatti aveva detto al marito che quella mattina, uscita al solito per fare la spesa, aveva incontrato la perpetua.

E non per caso.

L'aveva infatti attesa fuori dalla chiesa dove la Misfatti entrava sempre a dire un pateravegloria godendo anche, in quei giorni così caldi, del fresco che vi regnava.

«Scusèm», le aveva detto la perpetua. «Posso parlarci?»

La Misfatti qualcosa del dialetto locale ormai la intendeva.

La perpetua però s'era forzata di parlare italiano per spiegare il motivo della richiesta: cioè che il siòr preosto, che quel giorno non era mica in paese, chiedeva se il siòr appuntato podeva, la mattina dopo, andar da lui prima di prendere il servissi.

«Perché?» aveva chiesto l'appuntato.

«Non lo so», aveva risposto la moglie.

«Va bene», aveva detto lui.

«Non in canonica però», aveva specificato lei come da puntuale richiesta della perpetua.

«E dove?» aveva chiesto il Misfatti.

In giesa, aveva comunicato quella.

«Dice di mettersi nel confessionale, il primo a destra, verso le sette e mezza.»

Puntuàl, se non ci spiaceva.

«E perché?» s'era incuriosito il Misfatti.

«Non lo so», aveva risposto la moglie.

Ma immaginava che il prevosto volesse tenersi alla larga dalle orecchie di chiunque, comprese quelle che si teneva in casa.

«Strano», aveva commentato l'appuntato, e già il muso di volpe che fiutava misteri piccoli o grandi s'era allungato.

La donna aveva concordato.

«Direi più che strano», aveva poi aggiunto.

Per parte sua, infatti, aveva cercato di capire cosa ci fosse sotto il singolare appuntamento interrogando la perpetua col solo risultato però di ottenere anche lei una serie di «Non lo so».

«Mi raccomando», aveva chiuso poi la signora Misfatti.

E non per rimarcare l'importanza dell'appuntamento, la conseguente necessità di non dimenticarlo, essere puntuale. Altro, piuttosto.

Cioè che, se con tanta cautela era stato convocato, significava che non bisognava mettere di mezzo l'Arma. Quindi il marito non doveva tener conto del segreto d'ufficio cui era tenuto per via della divisa che indossava e in buona sostanza poteva, una volta chiarito l'arcano, metterla a parte.

«Visto che in qualche modo hanno tirato in ballo anche me», aveva chiosato la signora Misfatti.

L'appuntato non aveva trovato niente da obiettare.

Tanto, divisa o no, volente o non volente, prima, durante o dopo qualche indagine, non gli era mai riuscito di tenere la bocca chiusa davanti alla moglie.

Quindi, tanto per cominciare, quella mattina come da programma s'era infilato dentro al confessionale, il primo entrando, sulla destra.

11.

Chiuso nel suo ufficio il maresciallo Maccadò decise di concedersi un quarto d'ora. Cioè quel tanto che, secondo quanto aveva già da tempo calcolato, duravano i cronici ritardi dell'appuntato Misfatti, minuto più, minuto meno.

Nel frattempo avrebbe pensato a organizzare la giornata, valutando ciò che aveva appreso dal Crispini e prima ancora da sua moglie.

C'era stato un furto, ma chi aveva beccato il ladro?

E come mai lì in caserma nessuno ne sapeva niente, nessuno li aveva avvisati?

Toccava ragionare, rapido e rapido agire, mica poteva farsi bagnare il naso dal maestro Crispini.

Ragionare e vedere di chiarire la situazione che, a tutta prima, presentava alcuni lati oscuri.

A cominciare dal soggetto, il colpevole.

O presunto tale.

Il Caiazzi insomma.

Vent'anni.

Giunto a Bellano, secondo le notizie che aveva di lui, all'età di quindici al seguito di un commerciante di bestiame, lercio come una delle bestie che trattava, in occasione della fiera che si teneva a Lezzeno ai primi di agosto nel prato che stava alle spalle del santuario. Salvato dai calci in culo con i quali il commerciante comunicava con lui dal tempestoso intervento dello stesso rettore del santuario, che gliel'aveva strappato dalle mani e al quale l'allevatore aveva detto che se lo voleva se lo poteva tenere, glielo regalava. Sotto gli occhi dei presenti il rettore aveva preso per mano il ragazzo e l'aveva portato con sé, affidandolo poi al sagrestano e a sua moglie. L'allevatore, uno zio che se n'era fatto carico dopo la morte dei genitori, non s'era più fatto vivo.

Quando, due anni più tardi, il rettore era stato destinato altrove e il sagrestano aveva raggiunto l'alto dei cieli, il destino di Serafino Caiazzi, allora diciassettenne, era mutato.

Con la vedova, o matrigna secondo come veniva interpretata, aveva dovuto abbandonare il santuario e la casetta annessa, riservata al sagrestano titolare.

Da Lezzeno i due erano scesi a Bellano, due locali nel rione Coltogno. I guai erano cominciati quasi subito.

Serafino Caiazzi aveva compreso in fretta di non avere né arte né parte. Sapeva giusto badare un po' al bestiame o tirare le corde delle campane, due apprendistati che non gli avevano giovato per niente nella ricerca di un lavoro con il quale mantenere sé e la matrigna. Inoltre stava passando un'età ribelle, covava sentimenti ostili confrontando la sua condizione con quella di molti suoi pari età che agivano e si comportavano come uomini fatti e finiti. Nell'arco di un anno s'era giocato due posti di lavoro, il primo presso la Cereria Armagatti di Taceno e il secondo presso la Premiata Fabbrica Ferri da taglio Usuelli di Premana: in entrambi i casi non aveva sopportato a lungo di essere trattato come l'ultima ruota del carro quale in effetti era, e s'era fatto sbattere fuori a calci in culo, cominciando così a costruirsi la fama di soggetto inaffidabile, forse pure un po' lazzarone. Da allora, anche perché si era classificato da sé quale «soggetto ozioso», era entrato nel mirino dell'Arma, tra gli osservati speciali del maresciallo Maccadò. E l'anno prima s'era fatto quei due mesi di galera a seguito del tentato furto di carbone della ferrovia, quando era stato colto in flagranza di reato.

Roba da piangere, nemmeno un bambino sarebbe stato così maldestro.

Se le azioni di un uomo, pensava il Maccadò, potevano essere considerate spie del suo carattere, della sua natura, delle sue propensioni, ebbene, il furto o tentativo che fosse nella casa dell'Emerita non corrispondeva al profilo di Serafino Caiazzi.

Non era nelle sue corde entrare in una casa che sapeva abitata. Era troppo fesso, troppo ingenuo, e gli mancavano la perizia e il fegato per un'azione del genere.

Non si poteva mai dire però, tutto era possibile.

Cioè, era possibile che il Caiazzi, da ladro di polli, e nemmeno tanto abile, proprio per la sua dabbenaggine avesse deciso che fosse giunta l'ora per il salto di qualità.

In quel caso voleva dire che aveva sbagliato mosse, momento e anche maresciallo, mettendosi nella merda con le sue stesse mani.

Trascorsero venti minuti d'orologio.

Il Maccadò era ormai prossimo all'idea di entrare in azione senza più attendere oltre. Un peccato, poiché se c'era uno che, a richiesta, potesse dirgli quante scorregge avesse mollato durante la notte il podestà, quello era il suo appuntato. In altre parole, era certo che il Misfatti avrebbe portato con sé informazioni tali da permettergli di chiarire alcuni punti oscuri, evitando inutili perdite di tempo.

«Virgola!» chiamò.

Al carabiniere suddetto venne una faccia da tragedia greca.

Il collega Grafico infatti l'aveva informato che quella non era giornata.

Che fosse sceso dal letto col piede sbagliato oppure avesse litigato con la moglie, in ogni caso quella mattina il maresciallo era in vena di cazziatoni.

Occhio, quindi!, gli aveva suggerito, ben felice di non aver sentito il suo cognome rimbalzare nella tromba delle scale.

Il carabiniere Virgola stava salendo alla volta all'ufficio del Maccadò già oppresso dal senso di una colpa che non riusciva a identificare quando, all'attacco della seconda rampa, venne superato dall'appuntato Misfatti che lo sorpassò all'interno e, mangiando i gradini due a due, giunse per primo alla porta dell'ufficio del maresciallo.

Il Virgola guardò verso il basso. Il collega Grafico stava in quel momento chiudendo il portone, l'appuntato la porta del Maccadò, segno che il Misfatti s'era mosso a una velocità che poco aveva di umano.

A conferma di aver assistito a una sorta di miracolo, il Virgola annusò nell'aria un odore di incenso.

Stando così le cose, riprese la via del piano terra.

Trascorse un quarto d'ora abbondante nel corso del quale i due carabinieri si interrogarono sottovoce sui possibili motivi che avevano proiettato l'appuntato come un baleno nell'ufficio del maresciallo quando, di nuovo: «Virgola!» risuonò nell'aria.

La voce questa volta era quella del Misfatti.

E la tragedia si compose del tutto nella sua fantasia: il maresciallo l'aveva chiamato per accusarlo di qualche mancanza, l'arrivo precipitoso dell'appuntato aveva aggiunto particolari alla sua colpa. Adesso lo aspettava la sentenza, ne era certo. L'unico dubbio, in tutta la faccenda, era quale diavolo di colpa avesse commesso.

Di lì a poco l'avrebbe scoperto.

Alla porta si trovò faccia a faccia con l'appuntato, il viso scuro, l'espressione compresa.

A destra, a sinistra, per qualche secondo si spostarono ostacolandosi l'un l'altro come in una comica.

Poi il Misfatti lo bloccò.

«Sta' fermo lì», disse, e partì, sempre animato da una fretta singolare e sempre lasciando dietro sé l'odore dei miracoli.

«Entra e chiudi la porta», disse il maresciallo Maccadò.

12.

La guardia notturna Romeo Giudici non aveva un gran vocabolario.

La fortuna l'aveva però assistito dandogli in sorte un lavoro grazie al quale non gli capitava sovente di dover sostenere conversazioni.

Il maestro Fiorentino Crispini lo sapeva, ma per lui non era un problema.

A infiorare per bene le sue scarne dichiarazioni, a riempire le lacune del discorso, a trovare gli aggettivi giusti e soprattutto a curare la correttezza dei verbi («I verbi, i verbi, ragazzi miei!» era il monito che lo aveva reso famoso quand'era a scuola), insomma a dare forma scritta al resoconto dei fatti ci avrebbe pensato lui.

Lasciata piazza Grossi, il Crispini si era recato presso il posto di telefono pubblico. Dopo un paio di tentativi andati a vuoto era riuscito a parlare con tal Frassamassi che quel giorno sostituiva il cronista capo de «La Provincia- Il Gagliardetto», l'ostico Ginetto Amarelli.

A lui aveva riferito quanto aveva per le mani.

Quello gli aveva risposto che gli sembrava una buona storia, a patto che fosse vera.

Era vera?

«Certo», aveva confermato il Crispini.

Ci volevano allora cose concrete, nomi, date, orari, testimonianze, particolari.

Li aveva?, s'era informato il Frassamassi che conosceva la predisposizione del Crispini ai voli pindarici.

«Be', posso trovarli», aveva risposto il maestro.

«Bon», aveva fatto quello. «Quando ce li hai richiama.»

Il maestro era uscito dalla cabina telefonica con le idee chiare: non c'era tempo da perdere.

Messo per il momento da parte il maresciallo Maccadò, scartata l'idea di intervistare i due, ma erano davvero due?, contusi ricoverati, sospesa quella di importunare nell'immediato l'Emerita, testimone fondamentale per raccontare in lungo e in largo il fattaccio, da sentire poi, ma a bocce ferme come si usava dire, decise di dirigersi verso il domicilio del principale attore dell'evento, la guardia notturna Romeo Giudici che in quel momento se la dormiva della grossa a casa sua, in via della Calchera, al numero civico 100, tondo tondo.

«Sono qui per raccogliere dalla vostra viva voce la testimonianza dei fatti accaduti la notte scorsa in modo da farne un resoconto che darà lustro alle vostre gesta», disse il Crispini al Giudici quando questi gli aprì la porta.

Un po' per il sonno che gli gravava addosso e un po' per l'elaborata frase del maestro, il Giudici non capì una mazza.

Non riuscì nemmeno a dire: «Cosa?».

Ma Fiorentino Crispini comprese di aver volato troppo alto.

«Fatemi entrare va', che vi spiego», chiarì allora.

13.

«Ti spiego», disse il maresciallo Maccadò.

Prima di parlare però aveva chiesto al carabiniere Virgola di aprire la finestra del suo ufficio.

L'aria stava già diventando pesante e l'odore di incenso, absit iniuria verbis!, aveva creato nella stanza una malaugurante suggestione da funerale: unito al caldo della stagione gli rendeva pesante il respiro.

Tra l'altro, proprio con una faccia da funerale, il Misfatti gli aveva riferito il motivo che ne aveva condizionato il ritardo: una convocazione assai misteriosa da parte del signor prevosto con la quale il sacerdote aveva voluto metterlo a parte di una delicata situazione familiare e, per conto terzi, chiedere un aiuto per tentare di risolverla senza dare troppa pubblicità alla cosa.

E proprio a te è venuto a chiederlo?, era stato il pensiero spontaneo del Maccadò.

A lui, aveva proseguito l'appuntato come se stesse rispondendo, perché lo sapeva di solido fiuto, di solito ben informato grazie anche alle chiacchiere che la sua signora raccoglieva e poi riferiva e soprattutto non oberato da obblighi familiari come invece era il caso del signor maresciallo che aveva una truppa di quattro diavoletti più un quinto, che Dio lo benedica!, in compra e quindi non aveva alcuna intenzione di approfittare del poco tempo libero che gli restava.

Trattavasi, aveva detto il Misfatti giungendo al punto, della scomparsa, roba di un paio di giorni, di un giovanotto, Filippo Buonavigna, figlio di Gersico Buonavigna, commerciante di stoffe, sarto di conio, con clienti sparsi in ogni dove nel territorio del lago, gente che poteva permettersi di spendere per un vestito fatto su misura la cifra che ai più avrebbe permesso di mantenere la famiglia per un mese intero. Membro anche e soprattutto del consiglio dei Fabbricieri, il laico apparato di consulto della parrocchia.

Il Maccadò aveva fatto la mossa di interloquire.

Scomparsa?

Ma era roba da denuncia, cosa da...

L'appuntato però l'aveva anticipato.

Scomparsa, sì... in un certo senso...

Forse, sarebbe stato meglio parlare di fuga.

«Ah!» era riuscito a dire il Maccadò.

Sì, aveva confermato il Misfatti, fuga.

Era meglio definirla così, perché il giovanotto aveva lasciato un messaggio.

«La vita è mia e ne facio cio che volio.»

E morta lì.

Anche l'ortografia.

Ora, aveva segnalato il Misfatti, c'erano dei sospetti.

«E quali?» aveva chiesto il maresciallo.

«Il circo», aveva risposto l'appuntato.

Più precisamente quella principessa Omoturbe... Omosuppe, Omoqualcosa...

«Aaah...» era sfuggito al Maccadò.

Le aveva viste anche lui quelle curve, anche a lui s'era mozzato il respiro durante quelle contorsioni... quell'avanti e indietro del bacino...

E quegli occhi, luminosi, magnetici con quell'unico, il terzo, al centro dell'addome che sembrava anche più vivace di quelli veri...

Non s'era perso una mossa mentre sua moglie, a difesa della loro innocenza, cercava di distrarre i quattro diavoletti e forse anche quello che aveva nella pancia.

Sul viso del Misfatti era comparsa una smorfia di complicità che la mimica comunque seria del Maccadò aveva provveduto a spegnere all'istante.

«Stavo dicendo...» aveva ripreso l'appuntato.

Secondo informazioni assunte dalla stessa famiglia presso gli amici più intimi del giovanotto, Amedeo Boriga, Ulisse Cacomanno e Inesio Cribbio, il Filippo aveva dato a vedere di essersi incapricciato della ragazza e, cosa assai più grave, lei di lui, così che pareva avessero progettato assieme una fuga d'amore.

«Incapricciato duro insomma, se mi spiego», aveva sottolineato il Misfatti.

Per certo si sapeva che aveva assistito a tre esibizioni in loro compagnia e, secondo quanto da lui stesso confessato ai tre amici, ad altre due, da solo, volendo essere libero di agire e di appostare la principessa dopo lo spettacolo.

Era altrettanto certo che non aveva presenziato all'ultimo, quello di mercoledì sera. I tre amici avevano confermato che se n'era stato in giro con loro a guardare la luna e a chiacchierare di ciclismo. S'erano salutati verso le undici della notte ma a casa, confermavano i genitori, non era rientrato.

«Una fuga organizzata», aveva commentato il Maccadò.

«Così parrebbe», aveva concordato il Misfatti.

Ora, la famiglia desiderava riportare a casa il ragazzo a qualunque costo. Era alle viste infatti il fidanzamento con la primogenita di un industriale comasco, un nome nel mondo della seta, ma, per ovvie ragioni, senza che attorno all'evento si facessero chiacchiere. Era ovvio che si trattasse di un malaugurato colpo di testa, di cui il giovane, una volta che ne fosse guarito, si sarebbe pentito assai. In ogni caso, stante la posizione del Buonavigna senior all'interno del consiglio dei Fabbricieri, il prevosto era stato chiamato in causa quale consigliere. E il consiglio, accettato, era stato quello di agire sotto il pelo dell'acqua.

Innanzitutto individuare la posizione del giovane senza farsi scoprire e senza sollevare troppa polvere. Ci voleva qualcuno esperto, furbo, rotto a certe esperienze.

Chi meglio di lui?

Il prevosto gli aveva chiesto di aiutarlo a confermare la fondatezza di tali informazioni e riferire. La cosa poi sarebbe passata di mano, lo stesso sacerdote o chi per esso avrebbe provveduto a intervenire per convincere il Buonavigna a ragionare sul guaio in cui si stava cacciando, recedere da qualunque decisione avesse o avessero preso. Erano disposti addirittura a versare una grossa somma di denaro a 'sta principessa purché si levasse di mezzo.

In caso contrario era pronta anche una forza d'intervento che con le cattive l'avrebbe riportato in famiglia.

«Il tutto non mi dovrebbe prendere che poche ore, sino a domani al massimo», aveva detto il Misfatti.

Il circo infatti si era fermato a Somacchia, sulla strada per Chiavenna.

«Vado, verifico e poi torno. Tanto...»

«Tanto?» aveva interloquito il maresciallo.

Tanto era un periodo tranquillo, aveva voluto intendere il Misfatti, non c'era niente da fare.

Il Maccadò aveva sorriso di nuovo.

«Le risulta che ci sia stato un furto questa notte?» aveva chiesto.

«Un furto? A me no», aveva risposto l'appuntato.

Strano, aveva pensato il maresciallo.

«A me sì invece», aveva detto poi.

La delusione per essere stato preso in contropiede si era dipinta sul viso del Misfatti.

Il maresciallo Maccadò aveva sorriso.

«Guardi che non la sto degradando...» aveva detto a mo' di battuta.

«No, però...» aveva borbottato l'appuntato.

«Stia tranquillo, ci pensiamo noi», aveva detto il Maccadò.

Si trattava di un furto o presunto tale, in fin dei conti.

Pensava che tre carabinieri non bastassero a risolvere il caso?

«Vada, non perda tempo», l'aveva congedato.

Poi aveva fatto entrare il Virgola.

14.

«Pare che questa notte sia avvenuto un furto qui in paese.»

Il Virgola si strinse nelle spalle.

Quella partenza non preludeva a niente di buono.

D'altronde, cosa poteva dire?

Meglio tacere.

Tacque.

«Così ho sentito dire», fece il maresciallo.

Poi tacque anche lui.

Cosa significavano quelle parole?, fu il pensiero del carabiniere Virgola.

Aveva la sensazione che il maresciallo pensasse che lui, loro… lui e il collega Grafico, insomma, volessero nascondergli qualcosa.

Non sapeva cosa fare.

Cosa dire, soprattutto.

«Eppure qualcosa deve essere successo», ruppe il silenzio il Maccadò.

Ecco!, scattò il pensiero del Virgola.

E deglutì.

Aveva immaginato di andare incontro a un guaio.

Adesso c'era.

E fra un po' avrebbe compreso di che genere fosse.

«E noi non ne sappiamo niente», riprese il maresciallo, guardando il piano della scrivania.

No, pensò il carabiniere Virgola.

Ma attese a rispondere.

Perché era certo che una sua risposta, quale che fosse, sarebbe stata come staccare la linguetta di una bomba a mano. Che, ovvio, era in possesso del signor maresciallo.

«Cosa ci stiamo a fare noi qui, allora?»

Il Virgola notò il «noi».

Il maresciallo s'era messo in mezzo.

Buon segno?

Forse.

Poteva essere un tranello però.

Poi la bomba a mano deflagrò.

Il maresciallo Maccadò alzò lo sguardo sul carabiniere.

«Scusa», disse, «mi sono perso in certi pensieri. Ma... ma cosa fai lì in piedi? Siediti va', che ti spiego una cosa.»

Il Virgola ubbidì all'istante.

Se era una bomba a mano, pensò sorridendo, era di quelle da esercitazione.

«A noi non piace mica tanto che qualcuno possa pensare di prenderci per il culo, vero?» chiese il Maccadò.

Parolaccia per parolaccia, il carabiniere Virgola si sentì libero di esprimersi.

«Manco per il cazzo!»

15.

Manco una frase intera era riuscito a concludere la guardia notturna Romeo Giudici nel corso dell'intervista cui il Crispini l'aveva sottoposto.

Ogni due parole si fermava per andare a cercare qualcosa, spesso un verbo che non avrebbe mai trovato, e accettava l'aiuto del maestro Crispini approvando senza condizioni con un cenno del crapone ciò che quello diceva per completare il concetto.

Così, sin dall'inizio, sin dalla prima domanda.

Non aveva tempo da perdere il Crispini, ed era entrato subito in argomento.

«Cos'è successo stanotte?»

Il Giudici, come se solo allora se ne rammentasse, s'era portato una mano alla fronte, dove nel mezzo era cresciuto un bozzo. Il Crispini aveva interpretato quel gesto al pari della mossa che fa colui che cerca di ricordare: ne aveva visti a centinaia di alunni ignoranti che si grattavano la fronte davanti alle sue domande.

«So che avete beccato il ladro», aveva detto per aiutare la memoria e la lingua del Giudici.

«Eh...» aveva fatto quello.

Una conferma, a giudizio del Crispini.

Ma, come gli aveva detto il Frassamassi al telefono, servivano particolari.

«Mi potreste descrivere com'è accaduto? So che vi hanno trovati a terra all'angolo tra via Manzoni e via Plinio», lo aveva imbeccato il maestro.

«Appunto», aveva detto il Giudici, «io stavo venendo giù...»

Era pronto a raccontare della lunga tappa che aveva fatto presso la cantina dell'offelliere Armonia ma il Crispini non gliene aveva dato il tempo.

« In poche parole stavate facendo il vostro solito giro di controllo notturno», aveva suggerito il Crispini.

«Eh», aveva accettato la guardia.

«C'è stato inseguimento?»

«No... non proprio», aveva risposto la guardia, «il fatto è che... insomma, come dire...»

«Ci sono!» aveva interloquito il Crispini.

Si erano incrociati!

Il Giudici aveva dato l'impressione di voler valutare la precisione del termine. Ma il cronista l'aveva pressato.

«È così?» aveva chiesto.

«In un certo senso», si era costretto a rispondere il Giudici, «perché...» ed era tornato a portarsi la mano alla fronte poiché il bozzo faceva male.

Quel secondo gesto di grattarsi la fronte aveva di nuovo attirato l'attenzione del Crispini, appuntito il suo intuito. Aveva fatto due passi verso la guardia per esplorare meglio la fronte.

«Oibò!» aveva esclamato.

Ma c'era stata colluttazione!

C'era stata?

«C'è stata colluttazione?» aveva chiesto.

«Vi siete menati?» aveva subito tradotto visto lo sguardo perso del Giudici.

La guardia aveva risposto con un gesto quasi pastorale, le mani levate a mezz'aria e la bocca che annaspava alla ricerca delle parole giuste per raccontare l'evento.

«Menati...» aveva detto.

Ma il Crispini era di nuovo intervenuto.

«Capisco.»

Così credeva almeno.

Credeva di capire che il termine, il verbo usato non si addiceva a ciò che era accaduto.

Non si era trattato di una rissa d'osteria o di piazza. Piuttosto di ricorrere alla giusta dose di forza per fermare un delinquente.

«Non preoccupatevi», aveva assicurato, «e dite le cose così come vi vengono. Sarà mia cura dare conto dell'evento nei modi e nei termini corretti.»

E, subito dopo aver tranquillizzato la guardia, aveva ripreso.

«Quindi, una volta che l'avete bloccato, sono arrivati i rinforzi.»

«Be', sì, perché...» aveva tentato di dire il Giudici.

«Lo so, lo so», l'aveva bloccato il Crispini.

C'era sangue per terra, era stato necessario portare il Caiazzi in ospedale.

«E nonostante tutto, non vi siete negato neanche a quella necessità», aveva commentato Fiorentino Crispini.

Il Romeo s'era stretto nelle spalle.

Fosse dipeso da lui se ne sarebbe andato via, era stato il Gnazio a obbligarlo a fermarsi per dargli una mano a caricare il ferito sul carretto e a spingerlo verso l'ospedale. Ma il Crispini lo aveva incalzato.

«Bene», aveva concluso quello. «Vi rendete conto di essere stato l'eroe della notte?»

Romeo Giudici avrebbe voluto spiegare che insomma, eroe forse era un po' troppo, ma ancora una volta il Crispini non gliene aveva dato il tempo.

Non ne poteva perdere altro.

Con le informazioni che aveva acquisito s'era fatto un quadro abbastanza chiaro dell'accaduto, sufficiente almeno per stendere un articolo che avrebbe potuto ambire alla prima pagina.

«Riposate ora», aveva detto al Giudici accomiatandosi in tutta fretta, «ne avete buon diritto.»

Ma di andare a dormire il Giudici non aveva più alcuna intenzione. Visto che ormai era stato svegliato, aveva deciso di anticipare la partenza verso una baita sui monti di Premana dove avrebbe passato la sua giornata di riposo per rientrare a Bellano solo la domenica, in tempo per riprendere il servizio: lo aspettavano polenta, costine di maiale, salsicce, formaggio e qualcosa di corposo da bere per mandar giù e digerire tutta quella roba.

Mentre il Giudici, sbadigliando, preparava lo zaino, il maestro Crispini se n'era andato a passi svelti verso casa sua. Lungo il tragitto, era entrato in via Manzoni dal lato opposto al civico numero 1, giusto per prendere visione del luogo dove era avvenuto il fatale incontro tra guardia e ladro. Aveva annotato la macchia scura che indicava il punto esatto dove il Caiazzi aveva battuto il cranio e con quell'immagine ben chiara in testa, sfogliando mentalmente il suo vocabolario alla ricerca della bella frase che avrebbe descritto il topico momento dello scontro, aveva proseguito.

Era quasi a metà della via quando vide il carabiniere Virgola camminare in direzione opposta alla sua, scrutando i numeri civici degli edifici alla ricerca del 37.

16.

Tutto tranne che un carabiniere.

«Ecco quello che devo sembrare», concluse l'appuntato Misfatti.

«E ci credo», rispose con veemenza la moglie.

Aveva appena terminato di ascoltare la ragione della mattutina convocazione da parte del prevosto e, via via che il marito riferiva, era andata assumendo un'espressione sempre più allarmata.

«Non si possono correre rischi di sorta», ribadì.

Se, aggiunse, i due fringuellini avessero anche solo sospettato che un carabiniere, benché sotto mentite spoglie, era sulle loro tracce non sarebbero stati lì ad aspettare di cadere nella rete e forse si sarebbero nascosti per bene o addirittura dati alla fuga.

E allora, addio sogni di gloria!

«Be'», osservò il Misfatti cui sembrava che la moglie se la stesse prendendo un po' troppo calda, «contenti loro, in fondo...»

«So cosa stai per dire, la vita è loro, certo», lo interruppe la moglie.

Ma la famiglia, non ci pensava a quella?

La figura, lo scandalo!

Il Misfatti la guardò con stupore, manco stesse parlando di affari che li riguardavano.

«Ma che scandalo...» sbuffò tanto per calmarla.

Scandalo invece, confermò la donna.

«Scandalo!»

E poi.

Non si rendeva conto, non sapeva proprio niente, lui che si vantava invece di sapere sempre tutto?

Non sapeva che il giovanotto era in procinto di…

«Di fidanzarsi, sì», interloquì il Misfatti.

La moglie, come se non l'avesse sentito.

… con la primogenita di uno dei fratelli Tresca, tra i principali industriali di stoffe in seta?

«Mi meraviglia», osservò altezzosa la Misfatti, «perché la notizia non è più un segreto.»

Così come non era nemmeno segreto il luogo dove si sarebbe celebrato il fidanzamento.

«Il caffè restaurant Volta, a Como.»

E c'era un motivo.

Non tanto perché la giovane fosse di lì.

Quanto piuttosto perché il…

«Caffè restaurant Volta di Como.»

… era comodissimo per il vicino sbarco e imbarco dei piroscafi, in quanto la famiglia Buonavigna ne aveva affittato uno per accompagnare da Bellano a Como tutti i propri invitati, invitati di cui…

«Eccolo qui il mistero.»

… pareva che esistesse già una lista che però era segretissima.

«Potrei esserci anche io tra loro», disse la Misfatti, visto che andava dalla stessa parrucchiera della Buonavigna madre.

Il Misfatti attese per vedere se per caso ci fosse dell'altro, sapeva che finché sua moglie non avesse detto tutto ciò che sapeva o credeva di sapere non avrebbe taciuto.

Visto che invece tacque, ribadì la necessità del travestimento. A maggior ragione, dopo gli aggiornamenti della moglie, non poteva rischiare di insospettire nemmeno le bestie feroci del circo.

«Devi sembrare uno qualunque», affermò la signora Misfatti.

Ragione per la quale volò in camera da letto, aprì l'armadio e fece un inventario.

Poca roba peraltro, non c'era una gran scelta. D'altro canto suo marito per la maggior parte del tempo vestiva la divisa.

Insomma, fatto l'appello, il guardaroba domestico disponeva di un paio di braghette leggere, di cui uno liso e lucido sul sedere, buono solo per stare in casa, tre camiciole, due pantaloni di velluto, due camicie pesanti, due golfoni fatti a mano e ormai sformati.

Sennò il vestito buono, quello di panno pesante, nero.

Lo faceva un po' becchino e, col caldo di quei giorni, ci avrebbe sudato anche l'anima.

Ma se non altro era l'ideale per confondersi nel buio della notte.

«Non c'è molto da scegliere», disse la donna.

Prendere o lasciare.

E il Misfatti prese.

17.

Dove lo metto?, s'era chiesta suor Venezia quando s'era vista recapitare il secondo contuso della notte.

Anche lui confuso, oltre che contuso.

Miracoli d'altronde non poteva farne.

Se i posti letto erano esauriti, erano esauriti.

«Ce ne sono altri in arrivo?» aveva chiesto al Gnazio che, preoccupato, cominciava a sentire pulsare la caviglia, e al Giudici, che aveva risposto stringendosi nelle spalle.

La responsabilità di decidere il da fare era sua. Quindi aveva ordinato di stendere per terra un materasso nella stanza numero sette e di piazzare lì il Caiazzi, incastrandolo tra il Vinci e la sua compagna di camera, creando così una bella trinità di svaniti.

La compagna di camera dei due era infatti tal Agnesina Gavargna e tanto si sapeva di lei.

Anzi, per dirla tutta: «Agnesina Gavargna, località Lonzolo».

Forse di anni ottantotto.

Nient'altro, nonostante suor Venezia avesse tentato a più riprese di farsi dire qualcosa di più da quando, venerdì mattina, aveva ripreso i sensi.

L'avevano portata in ospedale il giovedì, nel tardo pomeriggio, in stato confusionale dopo essere svenuta sul piazzale del santuario della Madonna di Lezzeno. Faceva parte di una compagnia che, in torpedone, stava facendo un lungo giro di santuari dedicati alla Madonna e che, dopo quello di Lezzeno, si apprestava ad affrontarne un altro, quando la Gavargna era stata male. L'avevano depositata lì in un momento di particolare confusione, tra l'altro, e poi erano ripartiti di fretta così che, al momento di occuparsi della donna, non c'era nessuno che sapesse dire qualcosa di più di quello che lei stessa, ma solo la mattina di venerdì, aveva saputo riferire di sé.

«Agnesina Gavargna, località Lonzolo. Forse di anni ottantotto.»

Verso le nove del mattino, dopo aver dormito un paio d'orette e aver assistito alla messa, la suora passò in rassegna il reparto com'era sua abitudine poiché in seguito le sarebbe toccato riferire al professore.

Entrata nella camera numero sette: «Agnesina Gavargna, località...» partì la ricoverata.

«Sì, sì», la interruppe suor Venezia.

La conosceva a memoria quella solfa.

«Cercate di farvi venire in mente qualcuno che possa riportarvi a casa», le suggerì per l'ennesima volta la suora.

Non disse che altrimenti avrebbero dovuto avvisare i carabinieri perché, per quanto l'avessero cercata in parecchi, 'sta località Lonzolo sembrava non esistere.

In ogni caso era entrata per dare un'occhiata ai due contusi della notte.

Fu la Gavargna ad aggiornarla.

Uno, il secondo, non aveva mosso un muscolo da che l'avevano portato lì.

Per forza, pensò la suora, l'avevano sedato ben bene prima di pelarlo quasi del tutto e poi dargli la bellezza di diciotto punti di sutura sul cranio. Il primo invece, prima di cadere nel sonno, si era lamentato un po' e non aveva fatto che chiedere, a lei che non ne sapeva niente, notizie di sua madre.

Stava bene?

Era anche lei in ospedale?

«È ricoverata anche lei?» chiese l'Agnesina.

Domanda innocente.

Sì, pensò fra sé suor Venezia, ci mancava solo che le fosse arrivata un'altra persona quella notte.

Dove l'avrebbe messa, in tasca?

«Non vedo proprio perché dovrebbe», fu la risposta di suor Venezia.

E poi cosa c'entrava? Forse che quel giovanotto aveva ancora bisogno che la mamma gli tenesse la manina?

«Ma no», fece l'Agnesina, «credevo che si fosse fatta male anche lei.»

«Perché?» indagò la suora.

«Pensavo che lo sapeste», rispose l'Agnesina mettendosi sulla difensiva col ritirarsi sotto le lenzuola.

«Non so niente», sentenziò suor Venezia.

Lo disse con una specie di ringhio, risultato del tentativo di parlare a voce bassa mentre avrebbe voluto gridare.

Cosa le stavano nascondendo, chi?

«Ve lo dico così come lui l'ha raccontata a me», si premunì l'Agnesina prima di cominciare. «E prima che me ne dimentichi del tutto.»

18.

Il carabiniere Virgola superò il portone e si trovò nell'antro del caseggiato dove abitava l'Emerita sotto lo sguardo attento di un paio di occhi che spiavano tra le persiane della finestra di una casa dirimpetto.

Un bel fresco lì dentro rispetto a fuori, fu il suo primo pensiero. Merito dei muri spessi di quelle case, e dell'essere l'una attaccata all'altra.

E pazienza per l'odore di merda che stagnava nell'aria, colpa di qualche pollaio che con evidenza stava negli immediati dintorni.

Nonostante le ordinanze della giunta amministrativa, volte a sconfiggere la piaga degli allevamenti domestici, e non solo di polli e conigli, la battaglia era lungi dall'essere vinta: inconfutabile prova, quell'odore acido e penetrante.

Sul pavimento di lastroni in pietra scura c'erano anche tracce di deiezioni animali, mucchietti lasciati da rondini che lì dentro avevano fatto il nido. Nelle fughe tra una pietra e l'altra cresceva qualche filo d'erba.

Il Virgola cominciò a salire la scala. L'Emerita abitava al primo piano.

La famiglia si annunciava con un'elegante, sfiziosa targa in maiolica dipinta a mano,

«Achille Panicarli e famiglia, primo piano», che a rigor di logica sarebbe stata più utile se esposta sul portone e non lì, quando uno al primo piano già ci stava.

Niente campanello.

Il Virgola bussò, con discrezione.

Glielo aveva raccomandato il maresciallo Maccadò.

«Sii gentile e non insistere più di tanto.»

Ascoltare ciò che la Emerita avrebbe detto in risposta alle sue domande circa i fatti della notte e poi riferire.

Per il momento andava bene così, era il pensiero del Maccadò, che non aveva voluto aggiungere altro e s'era tenuto per sé le congetture che aveva fatto attorno al Caiazzi, quel certo sentore di stranezza... Perché entrando in scena il Serafino Caiazzi, come dire?, un certo tipo di logica si perdeva. Se uno più uno faceva due, quando l'ombra del Caiazzi entrava nel ragionamento del maresciallo il risultato poteva anche essere tre, o cinque.

Tuttavia aveva deciso che era meglio andarci piano e quindi mandare in avanscoperta il Virgola, armato della sola discrezione, cosa che a lui spesso difettava.

«Guardati in giro. Se vuoi di' pure che ti mando io. Ma fa' in modo che sembri quasi una cortesia più che un'azione da... insomma, da carabiniere», era stata la sua ultima raccomandazione prima di lasciarlo partire.

Non avendo ottenuto risposta, il Virgola tornò a bussare una seconda volta.

Sempre con discrezione, solo qualche colpetto in più. Ciononostante il risultato fu tale e quale.

Che fare?, si chiese il Virgola.

Secondo il suo concetto di discrezione poteva tentare di bussare ancora una terza volta, cosa che fece.

Ma, non ottenendo ancora risposta alcuna, ritenne di aver eseguito alla lettera l'ordine del Maccadò. Non gli restava che tornare e riferire che nessuno gli aveva aperto la porta di casa.

Riprese quindi la via delle scale e uscì in contrada.

Una volta fuori, sulle prime ebbe un momento di sconcerto.

«Voi, scusate», aveva detto una voce.

Ma guardandosi intorno il Virgola non aveva visto nessuno.

«Lì sotto, voi», ripeté la voce.

Il carabiniere allora alzò gli occhi verso la casa di fronte. Una donna stava alla finestra di un secondo, forse terzo piano.

«A me?» fece il Virgola portandosi l'indice al petto.

«Proprio», confermò quella.

Se cercava l'Emerita, era in casa.

Il Virgola fece per dire qualcosa, ma quella non glielo permise.

Forse l'Emerita si era assopita visto che la notte appena trascorsa non aveva dormito granché considerato ciò che era successo. Ma era lì, seduta su una poltrona nella sua cucina.

«Siete sicura?» chiese il Virgola.

«Come no!» rispose la donna. «Da qui la vedo.»

19.

Il maestro Crispini era ancora per via, concentrato sull'incipit col quale avrebbe avviato l'articolo, quando venne folgorato da un pensiero.

Per quanto aveva visto, gli pareva evidente che il carabiniere era salito in quella casa per interrogare la povera Emerita. Tuttavia era strano, molto strano, che a quel delicato compito non si fosse prestato lo stesso maresciallo Maccadò.

Era un piccolo mistero la cui soluzione rimandò ad altro momento poiché invece lo colpì il vantaggio che esso offriva.

Certo!, mormorò tra sé.

Un conto era cercare di sapere qualcosa dal maresciallo che di solito era riservato, avaro di risposte e spiegazioni. Ben altra faccenda sarebbe stata blandire un giovane e forse inesperto carabiniere, prospettandogli la citazione, nome e cognome per intero sul giornale in cambio di qualche risposta alle sue domande. Col che si sarebbe vendicato anche dei modi spicci, elusivi con i quali il Maccadò l'aveva trattato poco prima.

A quel punto rifletté che gli conveniva mutare programma. Anziché raggiungere la quiete polverosa del suo studio per mettersi al lavoro, era meglio attendere, dare tempo al Virgola di svolgere il suo compito e poi affiancarglisi una volta uscito da casa Panicarli per confessarlo onde venire a conoscenza di quanti più particolari gli fosse possibile.

Fece dietro front, portandosi all'altezza della corte degli Adamoli, un passo appena oltre l'arco che vi dava accesso.

E lì, nell'attesa, cominciò a elaborare l'incipit del suo resoconto.

«Una macchia che si scurisce col passare delle ore ma ancora evidente sul porfido della contrada è il segno della colluttazione avvenuta la notte scorsa a Bellano...»

Si dovette interrompere perché prima ancora di quanto potesse immaginare il carabiniere Virgola ricomparve in contrada.

Impossibile che in quel breve lasso di tempo fosse riuscito a interrogare la povera Emerita.

Fu lì per muoversi, interrompendo la creazione dell'incipit e pregando di non dimenticare le parole che aveva già infilato perché gli sembravano tutt'altro che disprezzabili, quando il carabiniere, quasi che stesse giocando, riprese la via di casa Panicarli dopo aver guardato per aria, come se avesse ricordato di aver tralasciato o dimenticato qualcosa.

Ritornò quindi in posizione, mentre il carabiniere Virgola, salite le scale di casa Panicarli, riprese a bussare, poi, visto che la porta era aperta, flautando un «Permesso, si può?» molto, molto discreto si introdusse nel corridoio senza immaginare ciò che lo aspettava.

20.

Suor Venezia stava accompagnando il professor Mordacchi nel mattutino giro del reparto.

Conoscendolo per la maniacalità con la quale perseguiva innanzitutto il motto «Ordine e pulizia» nel suo ospedale, al punto che ne aveva fatto una regola il cui mancato rispetto veniva pagato col licenziamento, l'aveva avvisato della soluzione d'emergenza cui aveva dovuto ricorrere per sistemare il Caiazzi.

Il professore aveva mal digerito la novità.

Tuttavia c'era poco da fare.

«Non potevo certo portarlo in camera mia, a dormire con me», aveva osservato suor Venezia.

La responsabilità, aveva chiarito, era tutta sua e il professore sapeva che in quel caso aveva le mani legate, non poteva adire ad azioni esemplari: suor Venezia dipendeva dalla direzione delle suore Misericordine e non da lui. L'unico che avrebbe potuto licenziarla stava nell'alto dei cieli.

Una volta entrato nella camera numero sette, fermo sulla soglia, diede un'occhiata ai tre ricoverati.

L'Agnesina Gavargna aveva un sorriso serafico e dava da pensare che bene come da quando era stata ricoverata non fosse mai stata.

Il Caiazzi era sempre steso sul materasso, manteneva la stessa posizione con la quale l'avevano composto dopo aver suturato la ferita, aveva gli occhi chiusi, dormiva forse o forse era ancora intorbolito dalla botta e dai sedativi.

L'unico in forma era il Vinci il quale, anticipando il professore, chiese quanto tempo dovesse ancora stare in ospedale. Rinfrancato e soprattutto mondato dalla sozzeria nella quale si era presentato suo malgrado la sera prima, sapeva già che della famiglia era l'unico presente tra quelle mura, l'Agnesina l'aveva informato circa il fatto che la madre, visto che non era lì, era con tutta probabilità a casa sua.

Al Mordacchi la domanda del giovanotto parve il segno migliore del suo stato di salute.

«Niente e nessuno ti trattiene», rispose.

Il Vinci guardò suor Venezia.

«Vuol dire che se ti senti bene te ne puoi tornare a casa», spiegò la religiosa.

«Bene», fece il Vinci mettendosi in piedi.

«E il Sera cos'ha combinato questo giro?» chiese ancora il Vinci facendo un cenno al Caiazzi.

Il professore guardò suor Venezia.

Serafino Caiazzi, spiegò la suora, Sera per chi lo conosceva o per i suoi amici.

«Niente che ti riguardi», rispose suor Venezia.

Il Vinci non se la prese per la risposta secca della suora.

«Qualche cazzata delle sue», commentò a mezza voce.

«Vai!» intervenne il professore che non vedeva l'ora di ricomporre l'ordine di quella stanza spostando il terzo ricoverato nel letto che gli spettava.

«Di corsa», rispose il Vinci, e si avviò.

21.

C'è corsa e corsa.

Quella del Vinci fu più un modo di dire.

Si avviò verso l'uscita con tranquillità, lasciarsi alle spalle l'ospedale era stato un primo passo ma una volta all'aria aperta si fermò per riflettere su cosa raccontare ai due soci che la sera prima aveva dovuto mollare all'improvviso quando mancava poco alla mezzanotte, causa... va be'...

Insomma, era andata così.

Il Vinci la sera precedente era uscito da casa verso le nove, nove e mezza ed era partito con due amici, Gellio Cupetti e Mario Pèdego, per una battuta di pesca alla fiocina. Fin verso le undici era andato tutto bene. Anche per quanto concerneva i pesci, perlopiù sfuggiti agli imprecisi colpi con i quali i tre, alternandosi, avevano cercato di catturarli. Nessuno peraltro si era preoccupato per la scarsità del pescato, mica lo facevano per lavoro. Tanto che, appunto verso le undici, il Pèdego aveva proposto una pausa di riflessione e aveva tirato fuori da una sacca che s'era portato un bottiglione di vino e una gran fetta di formaggio. Poi era uscita l'idea di farsi un bagno, cosa che i tre avevano eseguito a turno, uno di loro stando sempre sulla barca per non correre rischi. Il Vinci era stato l'ultimo a tuffarsi e poco dopo essere risalito sulla barca aveva cominciato ad avvertire certi doloretti addominali, avvisaglia di disastri ben più fastidiosi e imminenti. Un tifo che aveva contratto da piccolo gli aveva lasciato in eredità una vagabonda labilità intestinale, sensibile a certi cibi e al variare della temperatura, e benché il Vinci tendesse a dimenticare questa sua fragilità, di tanto in tanto ecco che quella gliene faceva memento.

Dopo il vino, il formaggio e il bagno era successo così e al giovanotto non era restato altro da fare che pregare i soci di riportarlo alla svelta a riva. Motteggiando senza pietà sulle sue condizioni i due avevano però obbedito. Una volta giunto a riva e salutati i compagni di avventura il Vinci, camminando a passi brevi e a chiappe strette onde evitare perdite, s'era avviato verso casa, imboccando via Porta. S'era fermato un paio di volte per dar modo alle coliche che lo affliggevano di sfogare la loro cattiveria e poi aveva ripreso la marcia. Giunto all'angolo con via Manzoni, dove via Porta sbucava, s'era fermato ancora un momento, la mano appoggiata al muro, aveva poi fatto un passo avanti e in quell'istante aveva udito il grido «Al ladro, al ladro!».

Sconcertato e con una smorfia in viso si era bloccato guardando nel buio della notte e solo allora aveva notato la madre affacciata alla finestra che dava sulla contrada e vociava.

Allora si era mosso.

Il suo pensiero era stato fulmineo: aveva immaginato in che razza di equivoco potesse essere caduta la madre. Sapendolo in mezzo al lago a pescare, ingannata dalle ombre, forse l'aveva preso per un ladro, un malintenzionato in ogni caso, visto che stava dirigendosi verso casa sua. Oppure c'era davvero un ladro in casa.

Quale che fosse la situazione, doveva intervenire.

E l'aveva fatto, senza badare ai crampi e all'impossibilità di contenersi. Gettando il cuore oltre l'ostacolo, senza badare a ciò che si lasciava dietro, aveva raggiunto il portone di casa e s'era infilato nell'antro col risultato di trovarsi poche ore dopo in ospedale senza sapere come ci fosse arrivato.

Adesso però sapeva. Ma era una cosa che, a raccontarla, sarebbe risultata insipida.

Anzi, una comica cui il disturbo intestinale che l'aveva obbligato al repentino rientro avrebbe dato la pennellata definitiva.

E se invece…?, cominciò a pensare mentre si dirigeva alla volta di casa.

22.

Fu corsa vera invece quella del carabiniere Virgola, e sotto gli occhi stupefatti del maestro Crispini che, sebbene si fosse impegnato, non riuscì a stargli al passo. La velocità del Virgola e la vista che non era più quella dei vent'anni gli impedirono di rendersi conto di una stranezza che l'aveva colpito quando il carabiniere era sbucato dal portone di casa Panicarli e aveva preso a correre come se avesse un diavolo alle calcagna.

Un diavolo, no.

Un cane piuttosto.

Il bastardino di casa Panicarli della cui esistenza nessuno l'aveva avvisato.

Per nulla preparato all'evenienza, il Virgola, dopo aver bussato discreto e altrettanto discreto avviandosi lungo il corridoio, era sbucato nella cucina di casa dove l'Emerita, gli occhi chiusi, era davvero seduta sulla poltrona.

Ne aveva però avuta solo una fugace visione perché subito era partito l'attacco del bastardino. Sbucato da chissà dove, e abbaiando come se avesse ereditato i toni di tutte le razze che s'erano incrociate prima di arrivare a lui, in un battibaleno gli aveva addentato la gamba sinistra del pantalone, strappandola con una ferocia ringhiante e poi sputandola per riprendere ad abbaiare come un ossesso, e aggirandolo per attaccarsi alla gamba destra.

L'Emerita s'era svegliata di botto. L'abbaio del bastardino l'aveva riportata a una realtà che in quei primi istanti era ancora velata dal sonno o dai sogni che l'avevano popolato.

Alla vista del carabiniere, che chissà quale immagine, quale fantasia aveva proposto al suo sguardo, se n'era uscita con un grido acuto che aveva eccitato vieppiù l'isteria del cagnetto. Disfatte per quanto poteva le gambe dei pantaloni del Virgola, con arditi saltelli quello aveva preso di mira il fondoschiena degli stessi.

A quel punto il Virgola aveva perduto coscienza del ruolo che rappresentava e aveva battuto in ritirata, infilando il corridoio e poi le scale, sempre seguito dall'indiavolata bestiola che si era fermata davanti al portone, dopodiché s'era zittita e, quatta quatta, era ritornata dalla padrona.

Mentre il bastardino rientrava in cucina, infilandosi sotto la poltrona dov'era solito passare la maggior parte del dì e della notte, il carabiniere Virgola raggiungeva la caserma, seguito dallo sguardo sorpreso del Crispini e da quelli di più di un curioso, chi attratto da un carabiniere di corsa, chi dalla particolare foggia dei pantaloni.

Una volta entrato, al collega Grafico che stava per commentare il suo aspetto il Virgola articolò secco: «Di' una sola parola e ti mangio!».

Poi prese le scale per riferire al maresciallo Maccadò.

23.

La comparsa del carabiniere l'aveva colta di sorpresa, il resto l'aveva fatto il bastardino.

Era successo tutto così in fretta che lei non aveva avuto modo di intervenire.

Adesso però, rifletté l'Emerita, onde evitare di passare per negligente o peggio sarebbe stato meglio darsi da fare. Cioè, ricomporsi e recarsi presso la caserma dei carabinieri per conferire col signor maresciallo circa il fatto della notte. E, già che c'era, chiedere scusa al povero carabiniere per l'aggressione subita da parte del cagnetto.

Forse avrebbe dovuto muoversi prima, addirittura quella notte stessa.

Il maresciallo le avrebbe mosso qualche obiezione?

Probabile.

D'altronde era lei la vittima, lei aveva passato una notte tribolata, lei s'era presa uno spavento coi fiocchi.

In più...

Ecco, oltre a ciò che aveva passato, anzi, proprio in conseguenza di quello, aveva assunto qualche goccia di canfora per calmare i nervi.

Forse qualcuna di troppo. Non poteva giurare su quante gocce di calmante fossero cadute sul fondo del bicchiere. Tant'è che era piombata in un sonno agitato ma comunque profondo, che le aveva impedito di sentire il bussare del carabiniere e il suo passo quando era entrato in casa.

Infine, a giustificazione del tutto, sempre che ce ne

fosse stato bisogno, aveva un figlio in ospedale, del quale ancora nessuno le aveva portato notizie.

Fu lo stesso giovanotto, mentre la madre riassumeva le condizioni in virtù delle quali la si poteva considerare a tutti gli effetti turbata e confusa, ad aggiornarla.

L'Emerita era sempre in cucina, si stava ricomponendo i capelli davanti a uno specchietto che il marito utilizzava per farsi la barba visto che era attaccato all'angolo più luminoso della casa.

All'ingresso del Vinci, il bastardino sporse giusto il muso da sotto la poltrona e subito lo ritirò.

L'Emerita vide il figlio riflesso nello specchio e fu lì per chiedere come stesse.

Il giovanotto l'anticipò.

«O mamma!» disse.

«Mamma cosa?» fece lei.

Che cazzo ci faceva in mezzo alle scale di casa la notte prima mentre lui volava in suo soccorso?

24.

L'appuntato Misfatti si guardò allo specchio e poi diede un'occhiata all'orologio.

Lo specchio gli rimandò un'immagine che a suo giudizio era perfetta.

In effetti aveva un po' l'aria del becchino ma, ragionò, per quello che doveva fare era un vantaggio, pochi si sarebbero interessati a lui ritenendolo un cassamortaro, gli sarebbero stati alla larga e di conseguenza avrebbe potuto agire senza disturbi.

Anche sua moglie fu d'accordo.

Affermò che era tanto abituata a vederlo con addosso la divisa che, se non avesse saputo che era lui, l'avrebbe preso per un altro.

Vista l'ora, mancavano pochi minuti alle dieci, il Misfatti decise di fare la prova del nove. Il treno per Colico, e poi da lì verso la val Chiavenna e Somacchia, partiva solo alle dieci e trenta.

Aveva tutto il tempo di attraversare il paese vestito in quella guisa e vedere in quanti si sarebbero accorti di lui. E passando proprio per via Manzoni, che pullulava di negozi e a quell'ora era trafficata quasi come la notte della vigilia dell'Epifania.

Uscì da casa non prima di avvisare la moglie che non sarebbe rientrato prima del giorno seguente, a ora incerta.

Suonavano le dieci quando si incamminò.

Pochi minuti dopo il ciabattino, la cui bottega chiudeva

via Manzoni, dando sul crocevia tra questa, via Boldoni, che scendeva verso il lago, e via Plinio, la stessa che il Caiazzi aveva imboccato per fuggire, lo chiamò, pure se l'appuntato era di spalle e già qualche passo oltre.

Il Misfatti si voltò, imprecando tra sé.

«Quasi non vi riconoscevo vestito così», disse quello.

«Già», fece l'appuntato.

«State andando a un funerale?» chiese il ciabattino.

«Esatto», rispose l'appuntato.

Il ciabattino gli si fece sotto.

«Ma è vero che il Caiazzi ne ha per poco?» chiese sottovoce.

La chiacchiera circolava, s'era gonfiata.

L'appuntato Misfatti però aveva di buono che difficilmente si faceva sorprendere. Era maestro nel mascherare qualsivoglia emozione.

Pur non sapendo di cosa stesse parlando il ciabattino, non mosse un muscolo.

«Chi lo dice?» chiese, e in tono da divisa.

Boh, un po' tutti.

Tutti coloro, perlomeno, che avevano battezzato quella mattina chi con un caffè, chi con un marsalino, chi con un bianchetto al bar dell'Imbarcadero e ai quali la Damina aveva servito la bevanda chiesta e la spiegazione di come mai a quell'ora ci fosse lei al banco e non come suo solito il Gnazio.

25.

Il maresciallo Maccadò aveva appena terminato di ascoltare la relazione del carabiniere Virgola.

Alla fine tacque, non sapeva cosa dire.

I cani piacevano poco anche a lui. Non che ne avesse paura, ma se gli stavano alla larga preferiva. Non se la sentì quindi di predicare circa lo sprezzo del pericolo che un buon carabiniere doveva mostrare anche di fronte a un cane.

Liquidò la faccenda con una sberla all'aria e, regolamento alla mano, informò il Virgola che adesso gli toccava stendere un verbale con il quale, giustificando l'incidente, poteva ottenere la fornitura di un paio di pantaloni nuovi. Per il resto lo invitò a provare quelli del brigadiere Mannu, per fortuna in licenza per una settimana ancora.

«Vedi cosa puoi fare», disse, «perché così conciato non ti posso certo mandare in giro.»

Non che avesse intenzione di rimandarlo sul campo oppure di inviare il Grafico.

Adesso, lo sapeva, toccava a lui procedere all'azione.

«Va'», invitò il carabiniere, «prepara 'sto verbale e poi sistemati come meglio riesci.»

Rimasto solo si pentì di aver concesso con troppa leggerezza all'appuntato Misfatti la libertà di seguire il caso che il signor prevosto gli aveva affidato.

Al pensiero che quello stava inseguendo le ubbìe di un giovanotto in fregola quando invece, adesso, gli sarebbe servito lì con la sua capacità di infilare il naso anche tra le stecche di una persiana...

Inutile recriminare tuttavia, ormai era fatta.

«Non si finisce mai di imparare...» stava borbottando.

Ma il Grafico, bussando, lo ridusse al silenzio.

«Posso maresciallo?»

«Che c'è?»

C'era che giù di sotto, vestito come uno delle pompe funebri, era in attesa l'appuntato Misfatti che lo pregava di scendere un momento perché aveva cosa urgentissima da riferire e pochissimo tempo a disposizione.

«Sicuro che sia lui?» indagò il maresciallo.

Il Grafico allargò le braccia.

Per essere lui, lo era.

Però...

«Però?»

«Non so, venga a vedere.»

Il Grafico non disse altro.

«E andiamo», sospirò il Maccadò.

«Non si metta a ridere per come sono conciato», cominciò a dire il Misfatti quando il Maccadò stava ancora scendendo le scale.

Non c'era tempo per le spiegazioni, erano già le dieci e un quarto, non poteva permettersi di perdere il treno. Però aveva sentito suo preciso dovere riferire ciò che poco prima aveva raccolto attorno agli avvenimenti della notte: chiacchiere udite mentre attraversava il paese e che gli erano state confermate dalla Damina del bar dell'Imbarcadero che, a tutti gli effetti, poteva essere considerata una testimone quasi oculare.

«Parrebbe che...» principiò a dire il Misfatti.

26.

L'Emerita e il Romeo Giudici.

Prima la donna e poi la guardia notturna.

Così stabilì di fare il maresciallo Maccadò uscendo dalla caserma: sentire prima l'una poi l'altro e in seguito compilare un rapporto il più possibile circostanziato concernente ciò che era accaduto quella notte.

C'era sempre, nel fondo dei suoi pensieri, un dubbio che cantava come un grillo solitario. Un canto che, al momento, s'era quasi zittito per lasciare spazio a un'altra voce interiore, un altro pensiero.

Quello, proprio.

Il cane.

Lo temeva, inutile cercare eufemismi.

Anzi, li temeva.

Tutti, senza distinzione di razza o pezzatura.

Era una paura che si portava dietro sin da bambino e che non era mai riuscito a vincere.

Dietro e dentro, perché non l'aveva mai confessata a nessuno, nemmeno alla moglie Maristella. Tant'è che quando lei gli aveva fatto presente che sarebbe stato un regalo coi fiocchi prendere un cucciolo per i due figli più grandi, lui s'era trincerato dietro la sofferenza degli animali costretti tra quattro mura e anche il pericolo che potessero veicolare misteriose malattie.

Certo, ragionò il Maccadò mentre imboccava via Manzoni passando sotto la casa dentro la quale il maestro Crispini stava già lavorando al suo articolo, rispetto al Virgola poteva godere di un vantaggio: sapeva che in quella casa c'era un bastardino dotato di un caratteraccio.

Si trattava di capire come renderlo inoffensivo, tenerlo alla larga.

Le mani dietro la schiena, camminando lento, salutando con un cenno del capo coloro che incrociava e riflettendo, giunse infine davanti al civico 37, casa Panicarli.

Fermo davanti al portone scrutò il primo piano, primo piano no?, così aveva detto il Virgola, e senza campanello, cercando di capire come muoversi.

Di sicuro, stando così, impalato in mezzo alla via, non avrebbe fatto altro che attirare su di sé curiosità e chiacchiere.

Quindi si dispose a partire, allungando un passo verso il portone.

Quando una voce cadde dall'alto.

«Maresciallo, scusate.»

Pronto a rispondere che in quel momento non aveva tempo, il Maccadò si guardò intorno.

«Sono quassù», lo indirizzò la voce.

Secondo o forse terzo piano della casa di fronte.

Il Maccadò levò lo sguardo.

E be'?, chiese senza parlare, solo una breve scossa del capo.

La donna...

Ma era una donna quella?

La voce era senz'altro femminile ma il viso, per quello che il Maccadò riusciva a intuire dalla sua posizione, aveva un che di maschile, gli sembrava addirittura di vedere un paio di baffetti.

Forse era una questione di ombre.

In ogni caso, che fosse uomo o donna, aveva dischiuso le persiane, giusto una spanna, dentro la quale aveva incastrato il volto.

«Lo dico per voi», disse.

Se non voleva fare la fine del suo carabiniere, conveniva avvisare l'Emerita di chiudere il cane da qualche parte.

Sempre che stesse andando da lei, neh!

Il Maccadò si morse il labbro.

Quella, pensò, gli stava facendo un interrogatorio bello e buono, con la scusa di venirgli in aiuto.

Quanto non sopportava quel genere di impiccioni!

D'altra parte la donna c'aveva azzeccato. E forse aveva anche intuito che lo frenava l'idea di trovarsi a tu per tu col cane.

A parte questo però, non voleva darle soddisfazione.

«Nel caso, cosa mi consigliate?» chiese con fin troppa indifferenza.

«Avvisare l'Emerita», rispose quella.

Ovvio, no?

Magari aspettando un po' perché in casa al momento non c'era nessuno.

Cioè, il Vinci, dopo essere tornato dall'ospedale, era di nuovo uscito. L'Emerita invece aveva fatto scaldare un bel po' d'acqua e poi s'era chiusa in bagno, forse s'era messa a mollo per cercare di rilassarsi.

Totale, se il Maccadò fosse salito in quel momento, avrebbe trovato solo il cane pronto a riceverlo.

«Se volete, però...» suggerì la donna.

Se voleva, poteva avvisare lei l'Emerita, da finestra a finestra, una volta che fosse ricomparsa in cucina.

Tempo mezz'ora, e il signor maresciallo avrebbe potuto salire da lei senza pensieri.

«Allora?» fece la donna.

Il Maccadò finse di valutare la proposta ma l'aveva già accettata.

Nel frattempo avrebbe potuto ascoltare quello che aveva da dire il Giudici.

«Ripasserò», disse e, fatto un brusco cenno di saluto, riprese il cammino.

27.

Più o meno verso quell'ora l'Agnesina Gavargna suonò con insistenza il campanello che aveva a disposizione per chiamare in caso di necessità.

Nel locale riservato a suore e infermiere laiche un quadro luminoso diviso in piccoli settori si illuminò per segnalare che la chiamata era partita dalla camera numero sette.

Suor Venezia partì al volo cominciando a ringraziare in anticipo Nostro Signore cui aveva rivolto anche qualche preghiera perché le facesse quella grazia.

Oddio, più che una grazia, un piccolo favore, far ritornare all'Agnesina un poco di memoria in modo da poter capire chi avvisare affinché se la venissero a prendere, visto che era sana come un corallo e occupava un posto che sarebbe meglio servito ad altri.

«Se vi dovesse tornare in mente qualcosa di importante che vi riguarda», aveva detto alla Gavargna, «chiamate subito, in qualunque momento del giorno o della notte.»

Adesso il campanello aveva suonato.

Suor Venezia pattinò sul pavimento del corridoio e scivolò sino alla porta della stanza numero sette come se avesse ancora quindici anni e stesse giocando con le sue amiche sul Ticino ghiacciato, e non settanta e più di un'articolazione arrugginita.

Entrò ansando nella camera. L'Agnesina aveva ancora in mano il campanello.

«Allora?» chiese.

«Si è svegliato», rispose la Gavargna.
Suor Venezia non riuscì a nascondere la delusione.
Guardò il Caiazzi che aveva gli occhi chiusi.
«Non mi sembra», osservò.
«Vi ho chiamato subito appena ha aperto gli occhi. Un paio di minuti e poi li ha richiusi», spiegò l'Agnesina.
«Ha detto qualcosa?» chiese la suora.
Dove sono?, erano state le prime parole pronunciate.
In ospedale, l'aveva informato lei.
«Tutto lì?» disse suor Venezia.
Veramente no.
Quando lei gli aveva detto che era ricoverato, il Caiazzi aveva aggiunto ancora qualcosa.
«Sarebbe?» chiese suor Venezia.
«Volete che ve lo dica con le sue parole?»
«Forza», rispose la suora chiudendo gli occhi.
L'Agnesina ripeté.
Suor Venezia riaprì gli occhi.
«Che il Signore abbia pietà di lui», commentò.
«Io vi avevo avvisato», si scusò l'Agnesina.
«Per quanto vi riguarda invece?» chiese poi suor Venezia.
La donna scosse la testa.
Ancora niente.
Agnesina Gavargna, località Lonzolo.
Forse di anni ottantotto.

28.

Sulla Guzzi Sport 15, la moto con cui suo padre s'era schiantato in una curva scendendo di notte dalla frazione di Portone, lui sfracellandosi senza rimedio ma lasciando il mezzo solo un po' ammaccato, Romeo Giudici era già in viaggio alla volta di Premana.

Arrivato lì avrebbe parcheggiato la moto e con due, due ore e mezzo di marcia, sarebbe dipeso dalla lena e dalle soste, avrebbe raggiunto la baita degli amici che era sugli alpeggi di Deleguaggio.

Nello zaino aveva doni che erano sempre ben accetti dai suoi ospiti: una tolla di missoltini e tre vasetti di alborelle conservate nell'aceto. Tutta roba garantita, preparata con le sue stesse mani. Pescata, anche, con quelle.

Agoni e alborelle il Giudici li rubava al lago nelle sue lunghe notti di lavoro, in quelle ore durante le quali a suo giudizio non succedeva mai niente. E sempre lui preparava poi i pesci secondo un'arte che gli aveva trasmesso la sua povera madre.

Una vera e propria filiera domestica, con l'unica eccezione della cantina dell'Armonia, dentro la quale regnavano le condizioni d'aria e di umidità ideali affinché gli agoni diventassero missoltini senza correre rischi di sorta.

L'aria che adesso gli soffiava in viso gli aveva modellato una maschera che sembrava un sorriso un po' ebete.

Il Giudici però era davvero felice.

Felice come una Pasqua, e salutava tutti coloro che incrociava lungo la strada, senza rendersi conto che, tutt'altro che allegri come lui, quelli che gli rivolgevano erano solo gesti di stizza per il baccano infernale della sua moto.

Ma il Romeo non se ne rendeva conto, era contento così. Rispondeva salutando mentre il maresciallo Maccadò, dopo aver bussato più e più volte alla sua porta di casa, le ultime con colpi secchi e nervosi, si convinceva che non c'era nessuno e ritornava sui suoi passi.

29.

La moglie gli aveva imposto anche il cappello.

«Pure il cappello?» aveva chiesto il Misfatti.

Così vestito il cappello è d'obbligo!, aveva stabilito lei.

Di feltro, pesante.

Giunto in stazione, dopo la sosta in caserma, l'appuntato Misfatti era già in un'acqua.

Faceva acqua anche il travestimento, il capostazione Mervini l'aveva riconosciuto alla prima occhiata.

Poi, potendoselo permettere visto che tra loro due c'era una certa confidenza, aveva pure lui fatto una mezza battuta sui funerali e sull'inopportunità di dovervi partecipare con quel caldo.

Il Misfatti aveva tagliato corto.

«Fammi un biglietto per Colico.»

La segretezza della missione innanzitutto, la cautela non era mai troppa. Il Misfatti avrebbe potuto fare subito un biglietto per Somacchia, ma così avrebbe lasciato un indizio della sua meta.

Meglio evitare.

Colico, quindi. Lì poi avrebbe preso il treno e relativo biglietto per la val Chiavenna.

«Andata e ritorno?» chiese il capostazione.

«Solo andata.»

Il Mervini aveva avuto un momento di esitazione, un'ombra di curiosità gli era passata in viso.

«Cosa c'è, sono finiti i biglietti?» aveva chiesto il Misfatti.

Il capostazione aveva incassato l'ironia dell'appuntato e senza più fare parola l'aveva servito.

Uscendo sul marciapiede in attesa del treno, il Misfatti aveva sorriso, soddisfatto.

Eeeh..., disse tra sé ricominciando a sudare sotto quei panni pesanti, doveva ancora nascere quello che l'avrebbe messo nel sacco!

Di tanta discrezione e accuratezza, ne era certo, la famiglia Buonavigna gli sarebbe stata molto, molto riconoscente.

30.

L'Emerita si scusò.

Subito, senza bisogno che il maresciallo le dicesse qualcosa, non appena aprì la porta di casa e se lo trovò di fronte.

Era combinata come una che stava per uscire.

«Stavate per uscire?» aveva chiesto infatti il Maccadò.

«Stavo per venire da voi», era stata la risposta.

Poi era arrivato il rosario delle scuse.

Considerasse il signor maresciallo tutto quello che le era capitato nel giro di poche ore.

Un ladro in casa in piena notte, un figlio in ospedale del quale fino a poco prima non aveva saputo nulla, che danni avesse riportato, se fosse grave o meno, lo spavento, il suo sonno tardivo dopo aver assunto delle gocce calmanti…

In una condizione di normalità, non sarebbe mai accaduto che lei tardasse a fare il suo dovere e anche che il suo povero cagnetto aggredisse un carabiniere costringendolo alla fuga…

Lasciamola sfogare, aveva pensato il maresciallo Maccadò che, rinviato il Giudici, era tornato lì.

Davanti al portone aveva giusto dato un'occhiata verso il secondo – secondo o terzo? –, piano della casa di fronte.

La donna era sempre lì.

Senza aprire la bocca gli aveva fatto un cenno di assenso con la testa.

Poteva salire insomma.

Così era stato.

L'Emerita, sentito bussare, l'aveva accolto alla porta.

Profumata, pallida di cipria, la gran testa di capelli rossi raccolti in una verginale crocchia.

Poi l'aveva accompagnato nel salottino, nell'aria muffa un vago sentore di pollaio. Quindi, ricevuto un rifiuto all'offerta di un bicchierino di rosolio, aveva attaccato la giaculatoria delle scuse.

«D'accordo», intervenne il Maccadò quando gli parve che poteva bastare.

Di quanto accaduto, disse, lei non era responsabile.

«Se mai siete la vittima.»

Ed era per quello che lui era lì.

«Per procedere», specificò.

«Procedere», ripeté l'Emerita con un battito di ciglia.

«Esatto», confermò il maresciallo.

Procedere com'era suo dovere fare in caso di furto.

«Capisco bene che l'incalzare degli eventi e la confusione conseguente possa aver indotto a trascurare la necessità, l'obbligo direi, di informarci, non ve ne faccio una colpa ma...»

Ma in quanto carabinieri avevano il preciso dovere di indagare anche se informati dell'accaduto da voci terze.

«È chiaro, no?» chiese il Maccadò.

L'Emerita diede un colpetto alla crocchia come se avesse intuito che stesse per cedere.

Poi sospirò.

«Certo», rispose.

Era chiaro.

Sennonché, per fortuna, il ladro non aveva fatto in tempo a rubare niente. I pochi ori e argenti di cui era proprietaria, ricordi di famiglia perlopiù e l'anellino di fidanzamento, erano al sicuro dentro il cassetto del comodino, in un portagioie chiuso a chiave. E la chiave pendeva al suo collo, attaccata alla catenina della prima comunione. Inoltre il ladro non era riuscito nemmeno a percorrere metà corridoio quando lei aveva sentito i rumori che l'avevano messa in allarme e decisa a lanciare grida d'aiuto dalla finestra aperta per via del soffoco.

«Me ne compiaccio», disse il maresciallo Maccadò.

Tutto ciò comunque non cambiava la sostanza del suo dovere.

C'era pur sempre stato un tentativo di furto.

C'era stata la violazione di un domicilio privato.

«E vostro figlio», chiese il Maccadò, «come mai è finito in ospedale?»

Aveva sentito anche lui i rumori ed era intervenuto tentando di contrastare il ladro?

«No», sospirò l'Emerita.

Quello era stato un caso, un colpo di sfortuna.

Un colpo che aveva mandato in ospedale il Vinci.

«Colpa mia», disse l'Emerita.

Ma cosa avrebbe potuto fare?

Si mettesse nei suoi panni di madre, non avrebbe fatto la stessa cosa?

«Cosa?» chiese il Maccadò.

Insomma, proseguì l'Emerita portandosi le mani al petto, quando aveva visto il figlio, quando si era resa conto che era lui quell'ombra uscita dalla contrada, quando si era convinta di non essersi ingannata, che il Vinci, anziché essere in mezzo al lago a pescare come avrebbe dovuto, stava invece andando verso casa proprio mentre il ladro stava fuggendo, non aveva resistito. Aveva abbandonato la postazione alla finestra dalla quale aveva chiamato aiuto e s'era precipitata verso le scale nel tentativo di avvisare, fermare il giovanotto, impedirgli di entrare in collisione col farabutto. Quello invece aveva già preso la via di fuga, tuttavia lo scontro c'era stato.

«Tra me e lui», concluse l'Emerita.

Le conseguenze più gravi le aveva riportate il Vinci che era finito in ospedale uscendone però subito, quella stessa mattina, grazie a Dio.

«Io sono caduta all'indietro», specificò l'Emerita.

Il succoso fondoschiena di cui era dotata ne aveva attutito l'urto. Si era risollevata subito ed era accorsa accanto al figlio, franato invece fin nell'atrio, e aveva cominciato a chiamare aiuto.

Circa l'identità del malfattore, poteva dire ben poco.

Col buio che c'era, l'agitazione...

E, per quanto poteva giudicare, suo figlio non aveva avuto nemmeno il tempo per accorgersi di ciò che stava accadendo.

31.

A Colico l'appuntato Misfatti aveva già perduto un paio di chili in sudore.

L'aria della stazione sapeva di stallatico. La gente lo guardava chiedendosi se fosse uno delle pompe funebri oppure un mediatore di bestiame, infatti era anche tempo di fiere.

«A che ora parte il treno per Chiavenna?» si informò presso il bigliettaio.

Quello sbuffò prima di rispondere. C'era tanto di orario appeso al muro, comodo da consultare senza bisogno di andare a rompere l'anima a lui.

Col caldo che faceva, poi.

Tuttavia rispose, c'era da aspettare ancora un bel tre quarti d'ora.

«E a che ora arriva a Somacchia?» chiese ancora l'appuntato Misfatti.

«A Somacchia non ferma», rispose il ferroviere.

«E come mai?» si impettì l'appuntato come se quella risposta avesse il peso di un'offesa.

«Per la semplice ragione che a Somacchia la stazione non c'è, non c'è mai stata», fu la spiegazione.

Il Misfatti contrasse la mascella.

Quel capostazione gli stava sui coglioni.

Che cazzo si credeva, solo perché indossava una divisa.

Non fosse stato per l'incognito che preferiva, doveva mantenere…

«E io come faccio?» sbottò.

Il capostazione sorrise.

«Vi consiglierei di fare come fanno tutti. Tutti quelli che devono andare a Somacchia, ovvio», disse.

Scendere a Samolaco e poi applicare l'undicesimo comandamento.

Cioè arrangiarsi.

Il Misfatti acquisì l'informazione senza batter ciglio. Ma guardò per un lungo istante il bigliettaio, come volesse fargli una fotografia, per imprimersi bene nella memoria la sua faccia di merda.

Gli augurò tra sé di capitargli sottomano in un prossimo futuro, dopodiché gliel'avrebbe raccontata lui la favoletta dell'undicesimo comandamento. Poi si avviò verso il piazzale esterno della stazione cominciando ad avvertire il fastidio dei rivoli di sudore che gli correvano lungo la schiena impregnando vieppiù la camicia.

32.

Sudato pure lui, il maestro Fiorentino Crispini rilesse da cima a fondo l'articolo che aveva appena terminato.

Sistemò le virgole anche, pur nella certezza che per questioni di spazio più d'una sarebbe saltata, col risultato di rendere difficoltosa la comprensione di alcuni passaggi, soprattutto al volgo.

Ma tant'era, alla sua prosa raffinata il Crispini non poteva e non voleva rinunciare.

Finita la rilettura lo giudicò efficace.

Magari, avesse avuto un po' più di tempo a disposizione, avrebbe potuto limare meglio la sua arguzia nel far intendere l'identità del ladro, guai a citarlo fino a che la legge non l'avesse condannato, e più romantico nel tratteggiare l'ardimento di coloro che erano accorsi alle grida d'aiuto dell'Emerita, descritta come provetta casalinga, moglie di un italiano in forza alla manodopera coloniale e madre di una promessa del ciclismo. Oppure abbellire con precisi tocchi mutuati dalla segreta lettura di certi polizieschi la colluttazione avvenuta tra la guardia notturna, così definita nel resoconto, e il malfattore.

Ma il tempo volava, fuggiva addirittura.

E se non avesse dettato la sua cronaca entro mezzogiorno avrebbe potuto dire addio alla speranza di vederla comparire sul giornale dell'indomani.

Tra l'altro la responsabile del posto di telefono pubblico, Pedraglia Gina, era nota per la sua baffuta severità.

A mezzogiorno in punto, ora in cui il posto chiudeva

per riaprire non prima delle tre pomeridiane, troncava senza pietà anche telefonate in corso.

«Orario è orario», usava dire.

Col foglio della cronaca messo al sicuro nella tasca interna della giacca, dopo essersi dato una rinfrescata al viso, Fiorentino Crispini uscì da casa potendo contare su un'abbondante mezz'ora per la dettatura, dopodiché avrebbe premiato da sé le sue fatiche.

33.

Quell'idiota del Caiazzi stava per finire in un bel guaio questa volta.

Uscendo da casa dell'Emerita il maresciallo Maccadò ne era un po' più convinto pur… non sapeva nemmeno lui come dire…

Controvoglia?

Contro una logica che non si basava sui fatti ma sul semplice intuito?

Con l'intuito però giudici e avvocati ci facevano la birra.

Contavano i fatti, come in matematica, e con la testimonianza fondamentale di colui che aveva beccato il ladro, la guardia notturna Romeo Giudici, il quadro sarebbe stato chiaro, pure suo figlio piccolo avrebbe capito come erano andate le cose.

Peccato non poter chiudere subito la faccenda, non aver sottomano la guardia notturna. Aveva chiesto ad alcuni vicini se gli potessero dire dove andarlo a pescare, ma le uniche informazioni che aveva avuto erano state di averlo sentito partire con la sua cazzo di moto. E quand'era così, d'estate, voleva dire che se ne andava da qualche parte, avendo amici e conoscenti sulle malghe delle montagne di mezzo lago di Como, e pure in Valtellina.

Peccato, perché così correva il rischio di rovinarsi il fine settimana.

E peccato, un po', anche per il Caiazzi.

Gli spiaceva per quel somaro, non poteva farci niente.

D'altronde, concluse tra sé, prima o poi tutti i nodi venivano al pettine.

E poiché ormai sei dei dodici tocchi del mezzogiorno se n'erano già andati, decise di dirigersi verso casa anziché fare ritorno in caserma, così da poter ripensare per bene al quadro della situazione, che a ben guardare avrebbe potuto essere anche più seria di quanto immaginasse.

Al di là del tentato furto e della violazione di domicilio, che già di per sé erano un bel carico, c'erano due altri aspetti della vicenda che avrebbero pesato sul piatto della bilancia e sulla relativa condanna.

La premeditazione innanzitutto.

Perché era evidente, anche se comunque strano visto il soggetto, che il Sera aveva studiato per bene il colpo, prendendo di mira una casa in cui c'era una donna sola ed entrando in azione quando era sicuro che il Vinci fosse uscito per andare a fiocina, senza immaginare che sarebbe ritornato per via di un colpo di caghetta e avrebbe preso le difese della donna, o almeno tentato di farlo.

E poi, figlio dei tempi, il lato politico della cosa. Se l'era presa con la casa il cui padrone stava servendo col suo lavoro l'Impero. Tra tutti i reati, pur non essendo tale, era il peggiore. Se il giudice designato fosse stato uno di quelli giusti, il Maccadò prevedeva per il Caiazzi un lungo periodo di vacanza a spese dello stato.

Seduto a tavola insieme col resto della famiglia e ancora compreso nei suoi ragionamenti, il Maccadò non s'era accorto che la truppa non aveva ancora emesso né un barrito d'elefante né un verso di scimmia.

Vedendolo sulla porta, Maristella Maccadò aveva subito intuito che il marito avesse cose sue per la testa. Quindi, mentre lui s'era recato in bagno, aveva radunato i figli e ordinato di stare zitti e buoni.

Così il maresciallo aveva potuto andare avanti a infilare un pensiero dopo l'altro senza interruzioni.

Tutto tornava a danno di Serafino Caiazzi. Anche lo scontro che il Vinci, correndo per primo al richiamo della madre, aveva avuto con lei sulle scale di casa, riportando una botta che gli aveva guadagnato una notte d'ospedale, tra le mani di un abile accusatore avrebbe potuto trasformarsi in un ulteriore capo d'accusa.

«Va be'», sospirò a conclusione del ragionamento e della pastasciutta.

«A posto?» gli chiese Maristella.

«A posto», rispose lui.

«Libertà!» disse allora Maristella Maccadò rivolta questa volta ai figli.

E quelli ricominciarono il concerto dei barriti d'elefante, dei versi di scimmia, dei ruggiti di leone e di leonessa.

34.

Per pranzo l'Emerita disse che ci si doveva arrangiare con quello che aveva in casa, due uova, un mezzo salame, il pane avanzato dal giorno prima.

«Per me un po' di riso asciutto», chiese il Vinci confessando di avere ancora qualche spasmo intestinale e tralasciando di dire che in ospedale avevano dovuto cambiarlo un paio di volte.

Ma di riso nella dispensa non ce n'era!

«Vedrò di organizzarmi meglio per la cena», disse la donna.

D'altronde non se l'era sentita di uscire da casa, esporsi alle inevitabili curiosità della gente. E poi era stato lì il maresciallo, al quale aveva dovuto raccontare per filo e per segno quello che era accaduto.

«E gli hai detto tutto?» chiese il Vinci.

«Certo», rispose l'Emerita.

Ai carabinieri non bisognava nascondere niente.

Il Vinci commentò con un grugnito e la dichiarazione di non avere appetito.

«C'è qualcosa che non va?» chiese sua madre.

Forse aveva ancora bisogno di correre in bagno?

In risposta il giovanotto scosse la testa.

Voleva dire che era tutto a posto?

Certo, anche.

C'era dell'altro però.

Che, a parole, non sarebbe riuscito a esprimere.

Perché lui non s'era sottratto alla curiosità della gente

che aveva incrociato quando era uscito per incontrare, senza trovarli, i due soci della notte. Non si era sottratto e non aveva opposto obiezioni ai complimenti che aveva ricevuto per il coraggio dimostrato durante la notte appena trascorsa.

Di dire no, che c'era un equivoco, che non era andata così, non se l'era sentita.

Non aveva aperto bocca nel senso proprio del termine.

Anzi, aveva progettato di servire quella versione ai due soci non appena li avesse incontrati così da bloccare sul nascere l'inevitabile canzonatura per la caghetta che aveva mandato a monte la sua notte di pesca.

Addirittura, mentre andava costruendo il suo racconto mettendo il ladro al posto della madre, aveva incrociato il segretario del partito, il Semola.

«Questa volta il Caiazzi le paga tutte», gli aveva detto.

Il Vinci aveva avuto un momento di sconcerto.

«Era lui?» gli era scappato di bocca.

«Certo. Non lo sapevi?» aveva ribattuto quello.

Il Vinci s'era ripreso all'istante.

«No», aveva risposto, spiegandosi poi.

Insomma, un po' il buio, un po' la concitazione del momento...

35.

«Sorella.»

«Oh, maresciallo!»

Suor Venezia si girò di scatto, sorpresa dal saluto del Maccadò che s'era fermato sulla soglia del locale riservato alle infermiere. Si era appena sistemata i capelli sotto la cuffia e aveva in mano un santino che si era staccato dalla cornice: un sant'Antonio di Padova sotto la cui immagine era la scritta «Aiutati che il ciel t'aiuta».

«Serve aiuto?» chiese sorridendo la religiosa e allungando l'immaginetta al Maccadò.

«Si sa mai», rispose il maresciallo prendendola. «Posso tenerla?» chiese.

«È vostra», rispose suor Venezia.

Immaginava però che non fosse andato fin lì per quello.

«Certo che no sorella.»

Era andato lì per una ragione ben precisa.

Con l'appuntato Misfatti in missione segreta, un carabiniere che per adesso disponeva solo di mezza divisa, e un altro tutto intero ma al primo incarico, si trovava una forza ridotta all'osso a dir poco.

E lo diceva a lei, che doveva correre dalla mattina alla sera come una matta per tappare tutti i buchi che si lasciava dietro il personale dipendente?

«Come vi capisco!» sospirò suor Venezia.

Se lo capiva davvero, disse il Maccadò, avrebbe anche capito che quello che stava per chiederle era un favore personale, nessun obbligo.

«Ditemi, su», fece suor Venezia, il tono di voce come se avesse già accettato.

«Questa notte avete ricoverato tal Serafino Caiazzi?»

«Stanza numero sette», interloquì la suora.

«Va bene», disse il maresciallo, «ma non sono qui per vederlo. Cioè, non solo per quello.»

Il problema era un altro.

C'erano forti sospetti che il Caiazzi fosse l'autore di un tentativo di furto e forse altri reati.

«Ah!» sbottò suor Venezia.

«Sì», confermò il Maccadò.

Ma si trattava solo di sospetti.

Per quanto forti.

Il quadro dell'accaduto era ancora incompleto, mancavano testimonianze fondamentali per formulare un'accusa precisa.

Suor Venezia protese la testa in avanti, gli occhi sgranati.

Dove voleva andare a parare il maresciallo?

«Vengo al punto», disse il Maccadò.

A termini di regolamento non poteva mettere un carabiniere a piantonarlo. Anche se avesse potuto, con la forza che gli rimaneva...

Tuttavia, stando alle dichiarazioni che stava raccogliendo, non poteva permettersi di perderlo d'occhio.

«Se mi deste una mano...» lasciò in sospeso il maresciallo.

«Volete dire che non devo perderlo di vista?» chiese suor Venezia.

In un certo senso, sì, approvò il maresciallo.

«Ho bisogno di sapere, anche per il suo bene, che se ne stia buono qui, in un posto sicuro», spiegò il Maccadò, «che non gli venga in mente di fare qualche idiozia.»

«Se è per quello potete stare tranquillo», rispose sicura suor Venezia. «Da qui non esce se non quando io... cioè quando il professore decide che può essere dimesso.»

«D'accordo, ma... di notte, magari...» osservò il maresciallo.
«Non datevi pensiero né del giorno né della notte», sentenziò la suora.
Con lei in quel reparto nessuno si poteva permettere di fare il furbo.
«Mi fido di voi», disse il Maccadò.
«E fate bene», concluse suor Venezia.
«Adesso però, se me lo permettete, vorrei dire due paroline a quel soggetto», fece il maresciallo fregandosi le mani.
Suor Venezia invece allargò le braccia.
«Mi spiace ma in quanto a quello avete fatto un viaggio a vuoto», disse.
«Davvero?»
«Ma sì.»
Fosse arrivato un'oretta prima...
«Adesso il Caiazzi si è di nuovo addormentato», spiegò suor Venezia.
Fosse arrivato un'oretta prima l'avrebbe trovato sveglio. Lei di persona gli aveva dato anche qualcosa da mangiare, giusto due cucchiai di mela grattugiata.
«Ma dolorava troppo.»
Oltre al taglio sulla zucca e all'ematoma, il professore sospettava che avesse anche un paio di coste rotte. Così di sua iniziativa gli aveva fatto prendere un paio di pastiglie gommose di codeina e l'aveva rispedito in quattro e quattr'otto nel mondo dei sogni.
«Mi dispiace, l'avessi saputo...» allargò le braccia suor Venezia.
«Va be', poco male», la rassicurò il maresciallo, «vuol dire che per intanto da qui non scappa.»
«E quando mai», fece suor Venezia con un tono e un'espressione che non lasciava spazio a dubbi, «ve l'ho appena detto che nessuno può pensare di farmela sotto il naso.»

«Posso almeno vederlo un attimo?» chiese il Maccadò.

«Ma certo, vi accompagno», disse la suora.

I due si avviarono lungo il corridoio. Dalle finestre aperte entrava lo sciabordio dell'acqua di lago appena solleticata da una breva insufficiente a portare fresco. Il Maccadò si allentò appena il nodo della cravatta e slacciò il primo bottone della camicia. Pure dagli ospedali, come dai cani, preferiva stare alla larga. In quel momento soprattutto avrebbe preferito essere da tutt'altra parte, ovunque tranne che lì, sovrastato da un silenzio che puzzava di medicinali e cucina di caserma e con l'impressione che dentro ogni camera ci fossero dei morti e non delle persone in cura.

«Eccoci», disse suor Venezia richiamandolo alla realtà.

Entrarono nella stanza.

Il Caiazzi dormiva. E della grossa, a giudicare dalla bocca spalancata, la testa reclinata sul cuscino.

L'Agnesina Gavargna invece no.

Aveva tenuto gli occhi chiusi sino a quel momento. Non appena avvertiti i passi dei due li aveva aperti e spalancati addirittura quando aveva messo a fuoco il maresciallo.

«Viva il re!» disse.

«Sì», fece suor Venezia, «e anche la regina.»

Considerata la situazione il Maccadò ritenne di non dover disturbare oltre.

«Vi chiederei la cortesia di chiamarmi non appena si sveglierà», disse alla suora.

«Per questo non dubitate», rispose suor Venezia.

«E voi Agnesina ascoltatemi», disse rivolgendosi alla Gavargna.

Tenesse d'occhio il giovanotto e suonasse il campanello per avvisarla nel momento in cui l'avesse visto sveglio.

«Resta inteso che lo dovete suonare anche nel caso in cui vi venisse in mente qualcosa che riguarda l'altra faccenda», aggiunse.

«Un'altra faccenda?» curiosò il maresciallo.

«Sì», rispose suor Venezia avviandosi e sorridendo, «ma è una cosa che per il momento non riguarda ancora i carabinieri.»

Il Maccadò fece cenno di aver capito e credendo che la suora stesse davvero scherzando non indagò oltre.

36.

Somacchia era solo una frazione del comune di Samolaco e all'interno del suo territorio aveva un ampio spazio erboso e piano, l'ideale per ospitare non solo fiere e mercati del bestiame, ma anche manifestazioni delle più varie specie, sportive e no, raduni eccetera.

Per quella ragione il municipio di Samolaco aveva lì destinato il Circo Astra.

Dalla stazione di Samolaco distava all'incirca due chilometri e mezzo.

E c'era un servizio di corriere.

«Bene», fece l'appuntato Misfatti, felice all'idea di non doversi smazzare quella distanza sotto il sole a perpendicolo e dentro un'atmosfera che si faceva sempre più soffocante.

D'altronde, aveva detto il capotreno con cui l'appuntato stava parlando da che erano partiti dalla stazione di Colico, nel fondovalle la stagione calda era così, fetente, il caldo sembrava colla.

Tornando al servizio di corriere, il capotreno aveva voluto completare le informazioni.

Perché bisognava tener conto che per Somacchia e le altre frazioni del comune c'erano due sole corse al giorno.

Quattro tra andata e ritorno.

Una alle nove del mattino utilissima soprattutto nei giorni di mercati, fiere e manifestazioni varie, una seconda alle diciannove che invece raccoglieva coloro che per lavoro dovevano recarsi a Colico e dintorni.

«Così è», rispose il capotreno allo sconcerto del Misfatti.

Era una linea semiufficiale, gestita da uno che per il resto aveva un'officina meccanica e gli orari erano ben noti ai residenti. Tanto che i viaggiatori locali combinavano i loro impegni tenendone conto. Le parole del capotreno sembrarono dare un'ulteriore spinta alla temperatura già alta che soffocava il vagone. Il Misfatti, temendo una vertigine, si tolse la giacca per la prima volta da quando era uscito da casa poche ore prima.

«Su questo treno per esempio», era andato avanti nel frattempo il ferroviere, «non c'è quasi nessuno che abita a Somacchia o in un'altra delle frazioni di Samolaco.»

Giusto quelli che per le più varie ragioni non avevano potuto farne a meno e che poi si sarebbero arrangiati pedibus calcantibus, a meno di qualche improbabile passaggio.

Quel giorno, verificò il Misfatti, nessuno tra coloro che abitavano in una delle tante frazioni di Samolaco doveva aver avuto bisogno di spostarsi.

Alla fermata, con lui scesero tre passeggeri che sparirono veloci come gatti colti sul fatto.

L'appuntato restò per qualche secondo fermo impalato sul marciapiede della stazione, senza nemmeno l'ombra a fargli compagnia.

Il capotreno, affacciato al finestrino, lo guardò scuotendo la testa mentre il convoglio riprendeva la marcia. Solo allora il Misfatti si riscosse e si avviò a piedi, lugubre, nera figura nel pomeriggio infuocato.

37.

Il maestro Fiorentino Crispini usava fare un sonnellino dopo pranzo, in genere tra il tocco e le due. A volte, ma capitava di rado, fino alle tre.

Preciso e puntuale come in ogni cosa, pranzava alle dodici spaccate, cena alle diciannove. Riguardo al cibo non aveva predilezioni particolari, mangiava quello che Rinuccia Migliarini, la donna che abitava sul suo stesso piano e che si occupava di tenergli in ordine la casa, cucinava per sé e per la sua famiglia. A titolo di pagamento, il Crispini corrispondeva lezioni private al maggiore dei suoi tre figli, un crapone di nome Oreste che a giudizio del maestro, se seguito come meritava, avrebbe potuto riuscire bene negli studi.

Di tanto in tanto però l'ordine quasi militare delle giornate del Crispini segnava il passo.

Il 17 luglio fu una di quelle giornate.

Dettato l'articolo nel pieno rispetto degli orari della Pedraglia, il Crispini decise di pranzare fuori casa. A tale decisione lo spinse l'esclamazione di stupore con la quale il caporedattore del giornale aveva commentato dopo aver ascoltato la storia.

Intrigante vicenda e misteriosa al punto giusto, aveva detto, l'ideale per interessare i lettori che, stante il periodo estivo scarno di avvenimenti clamorosi, spesso cadevano in un benché temporaneo disamore per «La Provincia».

Scaldato da quelle parole, il Crispini non se la sentì di affrontare la solitudine di casa e la prevedibilità del pranzo (agoni in carpione, erano ormai tre giorni che la sua vicina non gli metteva altro sotto il naso), e decise di pranzare fuori.

Le volte in cui s'era lasciato vincere da una simile tentazione aveva sempre optato per il ristorante Cavallino Bianco.

Ambiente chic, ben frequentato, dove spesso si fermavano viaggiatori di commercio, turisti, professoroni chiamati a consulto presso l'ospedale, avvocati che avevano a che fare con la locale pretura e personaggi d'altre specie che comunque si distinguevano per l'eleganza dei modi e degli abiti. Ad alcuni di loro il Crispini talvolta riusciva a imporre la sua estenuante conoscenza della storia locale – e non solo –, prendendo a pretesto la curiosità che mostravano davanti agli acquerelli che abbellivano le pareti della sala da pranzo.

Opere di certo Leonarco Farfalin che il proprietario del Cavallino, il commendatore del Regno Agostino Tibidati, aveva trovato nella soffitta: perlopiù visioni crepuscolari del lago, in alcuni casi abbellite da improbabili elementi quali barche simili a gondole veneziane, palmizi o cupole di suggestione orientale, soggetti che a stretto giudizio del maestro testimoniavano il girovagare per il mondo del Farfalin sino a trovare il luogo del buen retiro proprio sulle rive del lago di Como.

Quello però non era giorno da Cavallino Bianco.

Se voleva un bagno di folla dentro il quale ascoltare chiacchiere, pettegolezzi, voci intorno agli avvenimenti della notte e acquisire nuovi elementi per la seconda puntata della sua storia, l'osteria del Ponte era l'ambiente ideale.

Tra l'altro in quell'osteria avrebbe potuto soddisfare una voglia che covava da tempo: strafogarsi di brasato e polenta, un vero miracolo di bontà che, estate o inverno che fosse, usciva dalle mani del cuoco e che aveva reso famoso il locale nei paesi finitimi e anche oltre.

38.

Alle tre del pomeriggio, con una temperatura che faceva a gara nel superarsi tra l'interno della caserma e l'esterno, la sirena del *Patria* che aveva scaricato e caricato turisti e ripartiva alla volta di Como richiamò il maresciallo Maccadò da un mezzo abbiocco tra le braccia del quale rischiava di cadere di nuovo… non fosse stato per un rumore particolare che, dalla piazza, entrò dritto nel suo ufficio.

Era come se ci fosse un piccolo plotone in marcia… un rumore di tacchi, cadenzato, sincrono…

«Madonna benedetta!» sortì dalla bocca del maresciallo.

Aveva capito.

Se n'era dimenticato, ma quella sinfonia di cuoio che pestava allegramente il porfido della piazza gli ricordò l'appuntamento che lui stesso aveva fissato proprio per quel pomeriggio attorno alle tre.

Ed erano le tre, passate appena da un paio di minuti.

I tacchi che suonavano quella musica rispondevano per la precisione alle scarpe indossate da Zaccheo Passalà, segretario del corpo musicale bellanese, Erbina Pingitrice, maestra di danza e Venanzio Manezzi, presidente della filodrammatica Tommaso Grossi, coi quali il maresciallo avrebbe dovuto visionare la fattibilità in termini di rispetto delle regole riguardanti l'ordine pubblico dello Spettacolo-Concerto con il quale la banda avrebbe celebrato la festa dei santi patroni Nazaro e Celso.

L'anno precedente la conquista dell'Impero aveva colto in contropiede il corpo musicale non concedendo il tempo necessario per programmare qualcosa di speciale.

Quell'anno invece aveva avuto modo di prepararsi per bene e il primo compleanno del neonato si coniugava abbastanza bene con la festa patronale. Quindi, al Concerto vero e proprio, che come al solito si sarebbe svolto in piazza Grossi, si sarebbe unito lo Spettacolo con la partecipazione di balilla, piccole italiane, avanguardisti e crocerossine i quali avrebbero dato vita a dei tableaux vivants irrompendo a sorpresa tra la folla.

Fu quando i tre erano già nel suo ufficio, di fronte a lui, già stesa sulla scrivania una specie di cartina che illustrava tempi e movimenti dei suddetti tableaux, che il telefono squillò e il Maccadò ricevette l'informazione che il Caiazzi s'era svegliato e pareva abbastanza lucido.

Potendo, il maresciallo avrebbe mandato a quel paese i tre rompicoglioni, trombette e quadri viventi compresi.

Chiese scusa invece e si allontanò un momento.

Nell'altro ufficio i carabinieri Virgola e Grafico erano dediti alla pulizia delle unghie.

«In piedi», disse il Maccadò entrando.

Scattarono, prima il Grafico poi il Virgola cui, a causa del movimento troppo rapido, le braghe caddero fino al ginocchio.

«Ma cosa diavolo fai?» non si trattenne il maresciallo.

Il Virgola arrossì.

D'altronde aveva solo obbedito al suo suggerimento. Quelle che indossava erano le braghe del brigadiere Mannu, due taglie in più. Per quanto avesse tirato la cinghia, il risultato era lì da vedere.

«Va be'», decise il maresciallo. «Allora tu», disse rivolgendosi al Grafico.

Doveva andare in ospedale e innanzitutto informarsi presso suor Venezia...

«Suor Venezia, ricorda, nessun'altra.»

... se tutto filava liscio.

Poi si doveva far accompagnare presso la stanza dove era ricoverato Serafino Caiazzi, stanza numero sette se non ricordava male, e come se fosse il maresciallo in persona a parlare, far presente al ricoverato che si trovava in ospedale solo a causa della ferita che aveva sulla testa perché altrimenti sarebbe stato presso la camera di sicurezza della caserma.

Gli doveva far capire con estrema chiarezza che gli conveniva starsene buono, non disturbare degenti e personale ospedaliero, non tentare alzate d'ingegno che avrebbero soltanto aggravato la sua posizione.

«Capito?» chiese il Maccadò.

«Sì», rispose il Grafico.

«Ripeti.»

Il carabiniere ripeté.

«Bon», approvò il Maccadò.

Via allora!

Partisse e se avesse avuto qualcosa da riferire poteva rivolgersi a suor Venezia che gli avrebbe messo a disposizione un telefono.

«Anzi», disse ancora mentre il Grafico stava per uscire, «non appena hai eseguito fammi una telefonata per dirmi che è tutto sotto controllo.»

39.

Sulla fattibilità dello Spettacolo-Concerto, anche nell'ottica della pubblica sicurezza, il maresciallo Maccadò non ebbe niente da dire.

Tutto l'insieme, compreso un tableau che prevedeva una scenetta di battaglia tra balilla impiastricciati di nerofumo e balilla incipriati, gli era sembrato un'immensa cazzata, roba da augurarsi un bel temporale estivo che scatenandosi al momento giusto riuscisse a mandare tutto a puttane.

Rassicurò comunque i tre, che non temessero. Né si dessero pensiero per quel manipolo di ostili al regime, pochi e ben noti. Avrebbe pensato lui a consigliar loro di starsene chiusi in casa.

Mentre parlava però pensava al Grafico.

Da quando era uscito dalla caserma era trascorso un tempo più che sufficiente per arrivare in ospedale, prendere visione della situazione e riferire al telefono come gli aveva ordinato di fare.

Il conto del Maccadò non faceva una piega.

Se fosse andato tutto liscio.

Ma in quel momento il carabiniere Grafico si trovava steso sul lettino dell'infermeria a farsi sventolare da suor Venezia che oltre ad arieggiarlo con una cartella clinica gli stava dando anche delicate sberlette in viso al fine di farlo rinvenire e poi rimetterlo in piedi.

Era stato il caldo patito durante il tragitto verso l'ospedale.

Quella visione d'acqua ferma anche, che faceva disperare la grazia di un benché minimo alito di vento.

Infine il sangue.

Il carabiniere Grafico era un gracile, pallido di costituzione e anche un poco ipocondriaco. L'ingresso in ospedale l'aveva messo in allarme.

L'odore di disinfettante, le voci sommesse, il cigolare di una barella chissà dove, il profumo dell'incenso...

La vista di suor Venezia infine, che quando l'aveva ricevuto teneva in mano un siringone pieno di un liquido scuro.

Il Grafico aveva fatto forza su sé stesso, pensando alla divisa che indossava...

Per farla breve, era entrato nella stanza con l'impressione di avere una noce ferma in gola, tant'è che al benvenuto dell'Agnesina Gavargna – «Viva il re!» – non aveva emesso suono, rispondendo con un improbabile saluto militare.

Poi s'era schiarito la voce ma dalla gola gli era emerso un vagito cui il Caiazzi aveva reagito sorridendo.

Un secondo colpo di tosse aveva permesso al Grafico di ritrovare un tono di voce quasi normale, appena un po' fesso, grazie al quale aveva cominciato a recitare la lezioncina impartitagli dal maresciallo.

Serafino Caiazzi l'aveva ascoltato per un po' sempre con un mezzo sorriso sulle labbra sino a quando aveva realizzato che era lui il destinatario di quelle parole. Parole che però aveva cominciato a comprendere con crescente difficoltà perché la voce del Grafico, insieme con la sua pressione sanguigna, si era abbassata sempre più.

Il carabiniere, con ormai una voce che camminava sul filo, aveva concluso la comunicazione con l'avvertenza a non tentare alcuna sortita se non voleva, secondo le stesse parole del maresciallo, aggiungere guaio a guaio.

Con un rimasuglio di forze, voce non ne aveva più, comprendendo di essere giunto al limite, il Grafico s'era girato per uscire dalla stanza, deciso a raggiungere la prima finestra utile per inalare aria sana con la quale scacciare gli effluvi ospedalieri.

Il Caiazzi invece, un po' stordito, disorientato, spaventato anche, soprattutto dallo sguardo severo con cui suor Venezia l'aveva tenuto nel mirino, aveva deciso di passare all'azione.

Voleva fermare la fuga del Grafico e farsi ripetere per bene quello che aveva detto.

«Fermati un po'», aveva gridato.

Però, vuoi per un improvviso giramento di testa o perché s'era impigliato nelle lenzuola, era volato contro l'armadio che occupava la parete di fondo della stanza, picchiando la fronte e producendosi un secondo taglio slabbrato da cui aveva cominciato a uscire sangue in gran copia.

Girandosi per vedere cosa fosse successo, il carabiniere Grafico era diventato bianco, la vista di tutto quel sangue l'aveva messo al tappeto e, non fosse stato per suor Venezia che l'aveva preso al volo, sarebbe finito anche lui lungo tirato per terra.

40.

Dopo mezz'ora di marcia sotto il sole l'appuntato Misfatti aveva cominciato ad avere un pensiero fisso, una fantasia: si vedeva entrare nel lago a bocca aperta, spalancata e si lasciava invadere dall'acqua fino ad averlo prosciugato.

Era ormai alle viste di Somacchia quando, sempre nella fantasia, ormai riusciva a camminare sul fondo del lago dopo aver ingerito tutta l'acqua che conteneva. Ma non gli bastava ancora e fermandosi un momento a tirare il fiato, guardando in giro se per un benevolo caso del destino fosse alle viste un qualsiasi mezzo di trasporto che gli potesse risparmiare la strada che ancora aveva da fare, lo sguardo gli capitò sulle montagne che stavano nell'imbuto della valle così che la sete di nuovo prese forza. Che quelli che vedeva fossero ghiacciai o angoli di nevi perenni, poco gli importava. Ricominciando a camminare con uno strascichio penoso dei piedi, sognò di essere lassù a sgranocchiare la neve intonsa oppure a leccare il ghiaccio.

Per un'altra abbondante mezz'ora il Misfatti avanzò senza quasi avere coscienza di camminare. Si riscosse solo quando in lontananza scorse i tetti dell'abitato di Somacchia e soprattutto la cupola del tendone del circo a spicchi rossi e verdi cui subito associò l'immagine di una fetta d'anguria. Bella fresca, succosa...

Si fermò e deglutì.

Poi, nonostante tutto il sudore che aveva spremuto,

forse a causa del pensiero dell'anguria, avvertì il bisogno di pisciare.

Si staccò dal ciglio della strada e si avviò verso un albero solitario, imponente, che stava in mezzo a un prato di notevole vastità, forse un segnale di confine. Lo raggiunse, si tolse la giacca che appoggiò su un rametto secco e contro il suo tronco si liberò, meravigliandosi del fatto di aver addosso ancora così tanti liquidi. Finito il bisogno si girò mentre si allacciava la patta, pronto a ripartire per compiere l'ultimo tratto di strada che l'avrebbe portato all'agognata Somacchia.

Fermo sul ciglio della strada vide un carretto, un cavallo attaccato che stava a testa bassa, il manto lucido di sudore. Seduto a cassetta un uomo guardava nella sua direzione.

Come l'appuntato mosse qualche passo, intenzionato a raggiungerlo per chiedere un passaggio, quello, dato un colpo con le briglie, riprese la strada.

Solo allora il Misfatti si avvide che era partito dimenticando la giacca. Si fermò, in affanno per la breve corsa, i pugni ai fianchi, mormorando maledizioni all'indirizzo del carrettiere che si allontanava e anche del cavallo, quindi ritornò a riprendersi ciò che aveva dimenticato.

41.

L'osteria del Ponte aveva il suo bel giardino onde permettere ai clienti di mangiare all'aperto.

Eufemismo puro.

Forse una volta, ai tempi di Carlo Codega, quello spazio era davvero occupato da un giardino oppure un orto.

Ai tempi del gestore Oreste in quello che veniva chiamato giardino non c'era né un fiore né una pianta.

Non c'era nemmeno vista panoramica, poiché era uno spazio chiuso tra quattro mura ma senza soffitto. Posto sul retro dell'osteria, il cosiddetto giardino era circondato dai caseggiati che nel corso dei secoli erano stati edificati dando vita al vecchio nucleo del paese. Ma proprio lì stava il pregio del giardino, nell'essere un luogo sempre all'ombra e in più percorso dalle arie che imboccavano le contrade e si rimbalzavano di muro in muro. Tutto ciò faceva di quell'area uno dei luoghi più freschi del paese, massimamente ambito nei giorni di gran calura. Inoltre, per menti fini come quella del maestro Crispini, ne accresceva il fascino la suggestione di essere in un luogo che aveva visto il passare del tempo trattenendone qualche eco, creando la sensazione di essere fuori dal presente, come in una bolla.

Frescura e suggestione quindi predisponevano alla rilassatezza.

Brasato, polenta e vino alla chiacchiera.

Chiacchierò più il Crispini da principio, spiegando con dovizia di particolari il motivo della sua straordinaria presenza al Ponte: il tempo perduto a raccogliere notizie circa l'evento notturno, quello impiegato per stendere l'articolo, quello necessario a dettare e via dicendo.

Fece circolo insomma, raccontando la sua ricostruzione dei fatti, con la speranza che, stimolata la curiosità degli ascoltatori, ne uscisse qualche ghiotto aneddoto riguardo gli attori dell'accaduto dandogli materia per impreziosire un secondo scritto.

E, in verità, ebbe buon gioco fino a quando certo Pellaccia, un falegname che stava tirando l'ora per aprire la bottega ma con evidenza non ne aveva gran voglia, buttò lì un'osservazione che lo fece riflettere.

«Io», disse, «se fossi stato il ladro sarei scappato per la via più breve.»

Ciò significava che, anziché fare come il Caiazzi, avrebbe subito svoltato a sinistra una volta uscito da casa dell'Emerita e in due salti, passando per piazza Santa Marta, avrebbe raggiunto la piazza della chiesa. Da lì avrebbe avuto la possibilità di salire verso le frazioni oppure scappare verso il rione Coltogno, oltre il fiume sul Pioverna, là dove le grida della donna non erano certo giunte.

Il Crispini soppesò queste parole.

«D'altronde si sa che il Sera non è un fulmine di guerra in quanto a intelligenza», concluse il Pellaccia.

La questione, per tutti coloro che avevano fatto circolo attorno al maestro, si chiuse lì.

Per tutti, ma non per il Crispini.

42.

Suor Venezia l'aveva lasciato andare non prima di avergli fatto prendere certe goccine cardiotoniche e raccomandandosi.

Poi per maggior scrupolo aveva telefonato lei in persona al maresciallo Maccadò mettendolo al corrente dell'accaduto.

Il maresciallo aveva sorriso tra sé: aveva in forza un carabiniere senza braghe e uno che doveva andare in giro coi sali in tasca al pari di una damigella dell'Ottocento. Avvertiva in tutto il suo peso l'assenza dell'appuntato Misfatti e del suo naso di volpe.

Tanto per distrarsi riguardò gli appunti che aveva preso onde stendere il rapporto da inoltrare al magistrato.

C'era poco da dire, quello che aveva in mano era quasi niente e, in verità, anche poco chiaro. Inoltre, ma era cosa che teneva per sé, non riusciva a dimenticare i dubbi circa la propensione criminale del Caiazzi.

Ci sarebbe voluta una sua confessione, che avrebbe potuto ottenere lusingandolo con il miraggio di un po' di clemenza da parte del pretore grazie alla sua intercessione. Perché suor Venezia aveva telefonato un'altra volta per chiedere notizie del carabiniere Grafico e per avvisare che al Caiazzi erano stati applicati dieci punti di sutura in regione frontale e adesso dormiva grazie ad altre due pastiglie gommose alla codeina che lei stessa gli aveva somministrato.

E poi gli sarebbe servita la testimonianza che gli avrebbe risolto il caso, che era sulla lingua della guardia notturna Romeo Giudici, e se quello non fosse andato a infrattarsi in chissà quale valle a sfondarsi di cibo e di vino l'avrebbe già avuta bella scritta sotto i suoi occhi.

Invece toccava aspettare e basta.

Il Maccadò, nervoso, si alzò e andò alla finestra ancora aperta del suo ufficio, un invito anche alla più piccola bava di vento a entrare e rinfrescare l'ambiente.

Niente.

Non si muoveva una foglia, non un'increspatura sulla superficie del lago. Pareva impossibile che tutta quell'acqua fosse capace di sollevarsi in onde maestose quando d'inverno il vento la sbatacchiava a suo piacere.

43.

Acqua.

Di fonte, di pozzo.

Anche di fogna.

Purché fosse acqua.

«Acqua», aveva detto l'appuntato Misfatti una volta giunto in Somacchia ed entrato nel primo locale che esponeva la scritta osteria.

Osteria de l'Archèt.

Una volta dentro aveva aspettato che la vista si adattasse al buio che regnava nel locale dopo l'accecante passeggiata che aveva fatto fino a lì.

Ma lì dentro non c'era quasi niente.

Era giusto riuscito a intravedere due tavoli che correvano lungo le pareti laterali dell'osteria e il bancone verso il quale s'era diretto.

Clienti, quattro, due per parte, seduti e immobili che sembravano statue intagliate nel legno.

L'oste era comparso da dietro una tenda scura, si era fatto al banco. La richiesta del Misfatti sembrava non averlo nemmeno sfiorato.

«Il morto è di là», aveva risposto indicando con un cenno del capo la stanza dalla quale era uscito.

«Come dite?» aveva chiesto l'appuntato.

Senza aggiungere altro l'oste era tornato a sparire dietro la tenda ricomparendo però quasi subito in compagnia di un essere, un ragnetto, piccolo, magro, la pelle colore delle castagne.

«Siete un parente?» aveva chiesto questa rivelando, dalla voce, di essere una donna.

Il Misfatti faticava a capire.

Anche a parlare in realtà, stante la persistente secchezza delle fauci.

«O magari un amico, un conoscente», aveva insistito l'esserino.

«Ma di chi?» aveva infine chiesto il Misfatti staccando bene le parole perché aveva una lingua che sembrava incollata al palato.

«Del Kraus.»

Cioè il morto.

Che peraltro non si chiamava così.

Forse tedesco.

O forse svizzero tedesco.

Magari 'striaco.

Quello che tutti lì in paese sapevano era che si era piazzato in una baita alle spalle di Somacchia una ventina di anni prima e per vent'anni aveva vissuto come un eremita. Di lui si avevano notizie solo quando qualche boscaiolo o cacciatore, passando dalle parti del suo rifugio, l'aveva intravisto e s'era beccato quell'unico invito, Raus!, da cui era derivato il nome.

Era stato proprio un boscaiolo, un paio di giorni prima, a trovarlo morto stecchito e già un po' mangiucchiato dalle volpi.

Per originale che fosse era però anche lui un cristiano quindi l'avevano portato giù in paese, ospitato in quel locale messo a disposizione dall'oste nella vaga speranza che qualcuno potesse riconoscerlo e dare qualche informazione in più, almeno il nome e cognome da mettere sulla croce.

«Pensavamo che la voce vi avesse raggiunto», aveva spiegato l'esserino.

Per un paio di giorni lei non aveva fatto altro che dirlo grazie al lavoro che faceva. Vendeva dolciumi, dolciumi fatti in casa, sul treno. Tutti i giorni da Colico a Chiavenna e ritorno, fino a quando non aveva svuotato la cesta. I ferrovieri la tolleravano, non le facevano storie, lei li ringraziava con qualche regalia. Ma soprattutto conosceva tutti, ferrovieri e viaggiatori. Per diffondere una notizia era meglio della radio o dei giornali. Chi fosse il Kraus lì in valle si sapeva. Facendo girare la voce che era morto magari saltava fuori qualche parente. Anche lontano che, impedito a farsi vivo, avrebbe potuto incaricare qualche impresa di pompe funebri per occuparsi del funerale.

Tutto lì.

«Adesso però non si può più vederlo», aveva avvisato l'esserino.

L'appuntato non aveva fatto in tempo a dire che non avrebbe comunque avuto intenzione di farlo.

«E no, non si può più», aveva ribadito quella come se il Misfatti invece avesse chiesto perché.

Il giorno prima avevano dovuto chiudere la cassa perché ormai non era un bel vedere e poi avevano perso la speranza che qualcuno potesse dare informazioni. Quando lui era entrato, loro avevano pensato al miracolo: un lontano parente oppure, conciato com'era, un incaricato di qualche pompe funebri.

«Peccato», aveva concluso l'esserino.

«Scusate», s'era allora inserito l'appuntato Misfatti.

Quella l'aveva guardato dal fondo di due occhi gialli.

«Perdonate», aveva ribadito il Misfatti infastidito da quello sguardo da gatto. Ma lui, aveva sottolineato, non era né parente né amico o conoscente del... del...

«Kraus.»

«Esatto.»

«E nemmeno ho a che fare con qualche agenzia di onoranze funebri», aveva chiarito a denti stretti.

Lui era entrato lì solo per chiedere un po' d'acqua perché...

A quel punto l'oste gli aveva messo una mano sulla spalla.

«L'osteria oggi è chiusa», aveva detto.

Il Misfatti aveva sospirato.

«Chiedo solo un po' d'acqua», aveva ribattuto quasi piagnucolando.

«Per l'acqua c'è la fontana», s'era inserito quasi con malignità l'esserino.

Da cui, aveva verificato l'appuntato poco dopo, l'acqua scendeva goccia a goccia stante la siccità della stagione.

44.

Serafino Caiazzi si svegliò sul far del crepuscolo.

Per via della ferita all'occipite e per quella, fresca, sulla fronte non poteva che stare appoggiato di lato.

Quando aprì gli occhi la prima cosa che vide fu la sua compagna di stanza. Fosse colpa della botta subita o delle pastiglie gommose alla codeina di suor Venezia, si rese conto solo in quel momento di aver intravisto quella donna nelle ore turbolente che erano seguite al suo ricovero.

«Voi chi siete?» mormorò.

La risposta giunse rapida.

«Agnesina Gavargna, località Lonzolo.»

Forse di anni ottantotto.

Il Caiazzi tentò di cambiare posizione. Era indolenzito dappertutto, la testa pesante. Si mosse facendo scricchiolare le molle del letto e si diede coraggio con una saracca alla quale la Gavargna reagì.

«Andiamoci piano giovanotto!»

Anziché insultarli, spiegò, quelli che stavano nell'alto dei cieli avrebbe fatto meglio a pregarli, chiedendo il loro aiuto.

«Ah sì?» fece il Caiazzi soffiando.

«E già!» confermò l'Agnesina.

Aveva sentito anche lei quello che gli aveva detto il carabiniere e non la vedeva proprio chiara, se doveva essere sincera.

«E cosa avrei fatto?» protestò il Caiazzi.

«Non lo so. Ma visto che quel giovanotto è venuto a

parlare con voi per avvisarvi di stare buono se non volete guai ancora più grossi, significa che qualcosa di male avete fatto», rispose l'Agnesina.

«Io non ho fatto proprio niente», obiettò il Caiazzi mentre tentava di tirarsi un po' su e accompagnando il movimento con un'altra saracca.

L'Agnesina abbozzò.

«Niente eh?» sorrise. «Dicono tutti così.»

Il Caiazzi sospirò.

Era riuscito ad appoggiare la schiena contro la testiera del letto. Si stava aggiustando il cuscino.

«Io non sono tutti», obiettò.

«Anch'io non so più tanto bene chi sono e perché sono qui. Quindi sono costretta a credere a quello che mi dicono gli altri», ribatté l'Agnesina Gavargna.

Il Caiazzi girò la testa verso di lei.

«E con ciò», chiese, «cosa vorreste dire?»

«Semplice. Che i carabinieri sono un po' come me, costretti a credere a quello che dicono gli altri, i testimoni.»

«I testimoni di cosa?» chiese il Caiazzi.

«Di quello che avete fatto», ribatté l'Agnesina.

«Ma se non ho fatto niente!» ripeté il Caiazzi.

«Giovanotto», fece la Gavargna, «quel carabiniere non è venuto a trovare me. Anche se non mi sarebbe dispiaciuto.»

«Si sbagliano anche i carabinieri», bofonchiò il Serafino.

«Davvero?» fece l'Agnesina.

«Non è che hanno sempre ragione.»

«Quindi quel bel carabiniere è venuto qui per niente.»

«Visto che non sa come sono andate le cose, sì», affermò il Caiazzi.

L'ultima luce del sole ormai stava sparendo, le poche, immobili nuvole che stazionavano in cielo avevano assunto un colore arancione che si rifletté anche nella stanza.

«E chi lo sa come sono andate?» buttò lì l'Agnesina Gavargna.

«Lo so io», rispose il Caiazzi.

Poi dal corridoio giunse una voce forte, stentorea, femminile.

«Ave Maria, gratia plena, Dominus tecum...»

L'Agnesina cominciò a mormorare, muovendo appena le labbra.

«... benedicta tu in mulieribus et benedictus fructus ventris...»

Restò però così, a bocca aperta, non ricordava più il seguito della preghiera.

«Qualcosa allora avete combinato», disse.

«Sì e no», rispose il Serafino.

«Madona mè!» sbottò l'Agnesina. «Quanti misteri giovanotto! Tanto prima o poi se avete fatto qualcosa i carabinieri lo scoprono.»

«Ma se non ho fatto niente», ribadì il Caiazzi.

«E allora se non avete fatto niente non avete niente da temere», concluse la Gavargna.

«E invece sì», disse il Caiazzi con un mezzo sorriso malinconico.

L'Agnesina voltò il viso verso di lui.

Era vecchia, smemorata, magari un poco rimbambita.

Ma se lui pensava di comportarsi così come stava facendo con lei anche davanti ai carabinieri dava proprio l'impressione di uno che non sapesse che pesci pigliare.

«... nunc et in hora mortis nostrae...»

«Perché non sapete come sono andate le cose», disse il Caiazzi.

«Amen», disse con entusiasmo la Gavargna.

E poi: «Finché non me lo raccontate non potrò saperlo».

«Se proprio ci tenete...» rispose il Caiazzi fissando il buio disperante che aveva invaso la stanza.

45.

Nel buio non ancora compatto c'era una dolcezza che era impossibile non cogliere. Sebbene non si fosse levata la benché minima aria, il moto proprio del lago suonava la sua vita e la musica lieve dell'onda indolente che andava a frangersi contro la riva sotto casa, addolcendo la sera di tutto il gruppo familiare Maccadò. Una magia che aveva fatto dimenticare ai quattro diavoli la giungla o savana che fosse e li aveva zittiti. Maristella Maccadò invece, almeno a giudizio di suo marito, aveva attinto da quella magia una luminosità nello sguardo che al maresciallo aveva ricordato gli anni in cui s'erano conosciuti. Luce pericolosa poiché invitante. Ma la paura di nuocere al nascituro chiedeva ai due, a lui soprattutto, qualche sacrificio.

Il Maccadò mulinava pensieri e assaporava l'incanto della sera. Gli sembrava tuttavia che per goderselo fino in fondo mancasse qualcosa.

Qualcosa che rendesse onore a tutta quella dolcezza, come…

Come un bel gelato per tutti!

«Vi va?» chiese dopo aver fatto la proposta.

Maristella lo guardò col preciso intento di capire cosa gli fosse saltato in mente. Ma il coro entusiasta dei figli la anticipò.

«Allora vado a prenderlo e torno al volo», disse lui.

«Ma cosa ti salta in mente, Né?» riuscì a chiedere la donna.

Voleva forse pareggiare i conti con la sorpresa che lei aveva fatto procurandosi i biglietti per il circo?

«Ma no», rispose lui.

Gli sembrava davvero, piuttosto, la sera giusta per un bel gelato, quello buono buono del bar dell'Imbarcadero.

E poi, ma tacque, visto che c'era, visto che era lì a un tiro di schioppo, avrebbe approfittato per passare un momento in caserma a confortare il Grafico e il Virgola, soli come due orfanelli, i quali, quando lui aveva salutato per andarsene a casa, l'avevano guardato senza parlare ma in maniera più che eloquente.

«Per qualunque necessità non esitate a chiamarmi», aveva detto loro tentando di rassicurarli.

Missione fallita, i due avevano fatto cenno di sì ma solo perché non avevano potuto fare altro.

Il Maccadò pur avvertendone l'insicurezza aveva tralasciato qualunque altra parola o gesto che li potesse tranquillizzare.

Be', s'era detto, se volevano fare i carabinieri dovevano pur abituarsi a un certo tipo di situazioni.

Ma faceva caldo quando era giunto a quella conclusione ed era uscito dalla caserma. Tutta la pazienza che aveva se l'erano portata via i tre dello Spettacolo-Concerto e l'attesa che il sole impietoso tramontasse per godere almeno l'illusione di un po' di frescura.

Adesso invece era tutt'altra cosa.

La magia sonora della sera predisponeva a tirare lunghi respiri soddisfatti. Magari avrebbe portato una coppetta di gelato a entrambi.

46.

Dai e dai, l'appuntato Misfatti era riuscito a togliersi un po' di sete.

Ce n'era voluto di tempo, le mani a coppa sotto un rubinetto a testa di cane cieco, per raccogliere goccia a goccia acqua calda e saporosa di terra. Più che berla, nonostante il saporaccio l'aveva succhiata, leccandosi anche il palmo delle mani sotto gli occhi sbalorditi di un paio di quelli che poco prima aveva visto, immobili come statue, presso l'osteria e che avevano borbottato qualcosa. Poi s'era raddrizzato, aveva sputacchiato un residuo di terriccio e s'era guardato in giro.

Cercava un posto in ombra dove aspettare l'ora per entrare in azione. L'ispezione di ciò che gli stava intorno gli strappò l'imprecazione più consona a ciò che il suo sguardo aveva registrato.

«Minchia!» disse.

E minchia sì!

Del paesello siciliano ai piedi dei monti Nebrodi dove era nato e cresciuto, lasciato per sempre quando s'era fatto carabiniere, quello dove si trovava adesso sembrava copia conforme. A parte il rubinetto della fontanella, non un cane in giro, un silenzio compatto che faceva pensare a una stanchezza senza rimedio, a un domani identico all'oggi.

Perché mai aveva accettato quell'incarico?

Inutile chiederselo adesso.

Fece due passi verso una stradicciola chiusa tra due case che garantivano un poco di ombra, il pensiero rivolto a dove sarebbe stato in quel preciso momento se non fosse stato lì, cioè a casa, già seduto a tavola, a raccontare alla moglie i fatti della giornata, ad ascoltare le chiacchiere di lei, spesso preziose anche per il suo lavoro. Ad annusare il profumo della cena.

E, a proposito di profumo.

Oltre al resto c'era un odore strano nell'aria, misto di vari effluvi.

In parte, forse, era quello delle bestie feroci del circo.

Ma un sospetto lo colse, il Misfatti annusò meglio. E comprese che una fetta di quell'olezzo proveniva da lui stesso, filtrato dai panni pesanti che indossava e dentro i quali stava fasciato come in un sudario.

47.

Il gelato si squaglia in fretta.

Mica poteva, dopo averlo promesso, arrivare a casa dai suoi quattro figli con una poltiglia da bere con la cannuccia anziché leccare con voluttà.

Nessun'altra giustificazione, meglio di quella, avrebbe potuto permettere al maresciallo Maccadò di liberarsi dai mosconi che, vedendolo entrare al bar dell'Imbarcadero, gli volarono addosso tempestandolo di domande sul furto, chi con la scusa della confidenza, chi con quella di voler offrire da bere, tutti liberi di fare domande per il solo fatto che il Maccadò non era in divisa.

Ma il gelato si squaglia in fretta e così il maresciallo in borghese, reggendo quale alibi una vaschetta cioccolato, vaniglia, crema e nocciola, evitò di perdersi in chiacchiere e dopo aver augurato a tutti i presenti una serena notte riprese la strada di casa.

Non la stessa che aveva fatto per giungere al bar dell'Imbarcadero.

E no!

Ripassare per piazza Grossi, lungo il molo, davanti al giardino del Cavallino Bianco ancora gremito di avventori, significava correre il rischio di altre fermate, incontri ben più perniciosi, davanti ai quali non avrebbe potuto esimersi dal far due chiacchiere di cortesia.

Uscito dal caffè si infilò allora in via privata dell'Achille, sotto l'arco di lato alla caserma. Ai carabinieri Grafico e Virgola rivolse un sentito augurio di tranquillità e, circa il gelato che si era ripromesso di offrire loro, rinviò al giorno seguente.

Svoltò poi a sinistra e imboccò una via Manzoni deserta, fresca e come se appartenesse a un altro mondo.

Tanto brulicava di gente a passeggio o seduta sulle panchine a chiacchierare e a leccare gelati la parte a lago del paese, tanto quella era spopolata, come se le case del vecchio nucleo avessero espulso tutti i loro occupanti, mandati fuori da quelle mura spesse e umide per immagazzinare nelle ossa il caldo che sarebbe tornato utile nell'inverno a venire.

Deserta, e silenziosa.

Tanto che il maresciallo si trovò ad ascoltare il rumore dei suoi tacchi e, come non volendo rovinare la silente atmosfera della contrada, si trovò insensibilmente a pattinare sul porfido anziché procedere come se fosse in marcia.

Come se fosse un ladro, rifletté.

Appunto.

Era sul luogo del delitto infatti.

Diede un'occhiata ai numeri civici.

Era davanti al 49, appena superato l'arco oltre la piazzetta di Santa Marta. Proseguì sempre strascicando i piedi, al centro della contrada, la mano sinistra a sorreggere la vaschetta del gelato, pronta a verificare eventuali variazioni di temperatura.

Al 47, di fronte alla macelleria Scavazzi, civico 46, occhieggiò la vetrinetta disabitata di tal Pistino nella quale un cartello avvisava la clientela che si aggiustava di tutto.

Superò il portone del Circolo dei lavoratori, civico 43, chiuso da tre giorni e per almeno altri tre a causa di una perdita d'acqua che aveva richiesto lavori non rinviabili, che fronteggiava il civico 42, abitazione privata, poi si fermò a considerare il sito del civico 41 di cui peraltro poté solo supporre l'esistenza visto che la piastrella era sparita. Lì di fronte c'era la bottega del barbiere Cimetta, civico 40, che anche a occhi chiusi si sarebbe dichiarata tale stante l'intenso odore di schiuma da barba e lozioni di vario genere che usciva da una grata che sormontava la porta d'ingresso.

Fu a quel punto che il maresciallo Maccadò si chiese dove volesse andare a parare con quella sua passeggiata tra reticenti portoni e vetrine. L'unico risultato che avrebbe raggiunto sarebbe stato di arrivare a casa con davvero in mano una vaschetta di pappina scongelata.

La temperatura, verificò, teneva ancora.

Bando alle incertezze quindi, e al rumore dei tacchi. Riprese con decisione la marcia. E fu passando davanti al civico 37, il luogo del delitto, che avvertì distintamente una presenza umana dentro la contrada.

Quasi se ne meravigliò.

Dapprima fu solo l'odore.

Poi vide uno sbuffo di fumo che uscì dalle persiane accostate della casa di fronte, al civico 36.

L'ultimo tiro della sigaretta forse, perché dopo quello che aveva notato non ce ne furono altri.

Il Maccadò accelerò il passo.

Le sigarette però, stava pensando, non si fumavano da sole.

48.

L'ombelico dell'illusionista, escapologa, principessa eritrea come diavolo si chiamava l'aveva ben presente anche lui.

L'aveva messo nel mirino quando aveva assistito allo spettacolo del Circo Astra una settimana prima, con tanto di moglie seduta al fianco. Dall'ombelico era passato a un'accurata ispezione visiva di tutto ciò che lo contornava e, con un quadro generale ben definito in mente, s'era lasciato andare a tanto condivise quanto segrete fantasie, stimolate dalle evoluzioni della giovane.

A un certo punto, quando la moglie gli aveva piantato una gomitata, l'appuntato Misfatti aveva reagito con molta compostezza.

«Stavo pensando che a mio giudizio ci sarebbero gli estremi per il reato di oltraggio al pudore.»

Adesso che era solo gli era tornata in mente ogni cosa, ombelico e tutto il resto, ma ne scacciò con forza il pensiero. Nessuna distrazione, ormai la missione per la quale s'era impegnato entrava nel vivo.

Il momento era giunto.

Abbassato il sole.

Le ombre che si facevano sera.

Mancava un'ora all'inizio dello spettacolo.

A passi guardinghi l'appuntato Misfatti abbandonò l'angolo dove s'era riparato annusando più di una volta un'ascella o l'altra e convincendosi infine che al particolare odore che avvertiva nell'aria partecipava con la propria persona, e si avviò alla volta dello spiazzo dove sorgeva il tendone del circo e stazionavano le gabbie delle bestie feroci. Dove, soprattutto, c'erano i carrozzoni dentro i quali alloggiavano gli artisti circensi.

Quello era il suo obbiettivo.

Lì dentro, in uno di quei tre, insieme con la principessa e il suo ombelico, si nascondeva il fuggitivo.

E lui l'avrebbe beccato, coronando col successo la propria missione.

49.

Dalla saletta dell'infermeria dalla quale come tutte le sere aveva trasmesso in diretta da Radio Vaticana il santo rosario, suor Venezia uscì per un ultimo giro di controllo del reparto.

Tra i tanti momenti della giornata era quello che prediligeva.

Per il silenzio soprattutto, che cadeva come un dono del cielo nei corridoi e nelle stanze dei ricoverati e si trasmetteva al suo spirito dandole la serenità di aver trascorso un'altra, perfetta giornata al servizio della missione cui sin da giovane s'era votata. Un silenzio che peraltro le mandava anche un altro personalissimo messaggio, del quale mai aveva parlato con alcuno, nemmeno al prete in confessione: cioè che il Signore non aveva ancora stabilito in quale momento l'avrebbe portata in paradiso. In pratica suor Venezia, fatto l'ultimo giro, se ne andava a dormire bella tranquilla, con la certezza che si sarebbe risvegliata anche il giorno seguente.

Lieve come un fantasma passò di camera in camera infilando appena la testa dentro le stanze la cui porta era aperta e passando oltre le due che l'avevano chiusa, segno che la mano e la scienza dell'uomo s'erano dovute arrendere all'ineluttabilità del destino.

Dormivano tutti.

O quasi.

Tra i primi, con sua sorpresa visto che era pronta a somministrargli due belle pastiglie di codeina gommosa mentendo sul fatto che fosse un ordine del professore, c'era Serafino Caiazzi. Ronfava, la bocca aperta, rumoroso. E il sonno degli anziani, lo sapeva bene, era leggero.

«Sssh!» fece a tutela di quello della compagna di stanza del giovanotto.

Ma: «Lasciatelo fare, non mi dà fastidio», sorse la voce dell'Agnesina Gavargna.

Aveva gli occhi chiusi, le mani composte sull'addome, sembrava pronta per la bara.

«Pensavo dormiste», sussurrò suor Venezia.

«Sto cercando di farlo», disse la donna.

Con la vecchiaia però il sonno si fa un compagno sempre più riluttante. Un ospite che bisognava attendere con pazienza, lusingandolo. Lei cominciava ad aspettarlo in quel modo, invitandolo col chiudere gli occhi.

«Anche a casa faccio sempre così», affermò l'Agnesina.

«A casa?» ripeté suor Venezia.

Ma dove, dov'era questa benedetta casa?

«Località Lon...»

«Località Lonzolo, lo so, lo sappiamo, tutto l'ospedale lo sa. Ma nessuno è ancora riuscito a scoprire dove sia.»

«Mi dispiace», mormorò l'Agnesina.

«Non ve ne sto facendo una colpa. Ma è possibile che non vi venga in mente proprio niente che ci possa aiutare?» chiese suor Venezia.

L'Agnesina proruppe in un singhiozzo.

Poi sospirò.

«Non ricordo nemmeno quello che ho mangiato a pranzo...»

«Pregate il Signore che vi aiuti allora», consigliò la religiosa.

«Anche quelle, le preghiere», fece la Gavargna, «sparite!»

Suor Venezia scosse la testa.

«Nemmeno il rosario, prima, con l'aiuto della radio?» chiese.

«Quello sì, ce l'avrei potuta fare se il giovanotto non mi avesse distratto», spiegò l'Agnesina.

«Male!» sentenziò suor Venezia. «Potevate dirgli di lasciarvi in pace nel momento della preghiera.»

«Ma no, poveretto. Aveva proprio voglia di sfogarsi, raccontarmi cose.»

«Cosa?»

«Cose sue...»

«Cose brutte?»

«Non so...»

«Ve ne siete già dimenticata?»

«No, magari fra qualche ora sono bell'e sparite ma...»

«Ma?» insisté suor Venezia.

«Ma niente. È solo che non so, sembrava che si volesse confidare, capite...»

«Capisco», fece suor Venezia. «Capisco che non vi fidate di me.»

«Ma cosa dite!» obiettò l'Agnesina.

«E allora?»

«Va bene», fece l'Agnesina, «ve lo dico. Ma come se mi confessassi.»

Tanto, aggiunse subito, era certa che il giorno seguente non avrebbe più ricordato né quello che il Caiazzi le aveva raccontato né che lei l'avesse riferito a suor Venezia.

50.

Pure l'appuntato Misfatti s'era dimenticato qualcosa.

Quando l'aveva visto, la sera in cui in compagnia della moglie aveva assistito allo spettacolo del Circo Astra, ne era rimasto impressionato. La vista di quell'individuo che era stato presentato come uno degli uomini più forti del mondo l'aveva lasciato a bocca aperta.

E aperta gli era rimasta durante tutto il numero di quello, che era consistito nel sollevare, dopo essercisi infilato sotto, l'elefantino che poco prima era uscito a fare un giro di pista con la proboscide allacciata alla coda della madre, sulla cui groppa stava appunto il forzuto.

Non molto alto, baffi a manubrio, calzoncini neri con un fin troppo evidente rigonfiamento centrale, per il resto solo muscoli lucidi e vibranti: l'appuntato aveva calcolato tra sé che con una sola sberla quel soggetto avrebbe potuto staccare la testa di chiunque.

Concluso il numero sua moglie aveva messo in dubbio che l'elefante fosse vero e lui, tra lo scrosciare degli applausi, aveva tentato di rintuzzare l'obiezione. Ma subito era entrata in pista la principessa comediavolosichiamava e ogni parola gli era morta sulla lingua, l'ombelico della giovane s'era conquistato tutto il suo interesse, l'immagine del forzuto s'era dileguata in un amen a beneficio di quel delizioso pancino e dell'imaginifico corredo di contorsioni.

Tutto s'era raffigurato, attorno, sopra e sotto quella dorata striscia di pelle con quella sorta di invitante occhio nel mezzo…

Tutto tranne che…

I tre carrozzoni erano parcheggiati non molto distanti dal tendone, allineati in parallelo l'uno all'altro, le finestruole aperte da cui uscivano voci e travestimenti vari, segno che i circensi stavano preparandosi per lo spettacolo.

Distratti quindi.

Il momento ideale per spiarli, cosa che il Misfatti aveva fatto avvicinandosi gatton gattoni e sollevandosi sulle punte per esplorare l'interno alla ricerca del transfuga. Avvicinandosi al terzo e ultimo carrozzone aveva sentito le pulsazioni del cuore aumentare, il suo naso di volpe, nel quale peraltro entrava il pungente odore delle bestie feroci, esaltarsi poiché avvertiva di essere vicino alla meta.

Le mani dietro la schiena, il collo teso, l'occhio a scrutare un tavolino apparecchiato con due tazzine, aveva udito prima una voce maschile.

«Sarà meglio prepararsi», aveva detto il direttore del circo passando poi sotto il suo sguardo in canottiera e mutande.

Non c'era stata risposta.

Ma davanti agli occhi dell'appuntato Misfatti aveva preso corpo la principessa.

Senza veli, come madre natura l'aveva messo al mondo.

Proprio così, messo.

«O minchia!» era sfuggito al Misfatti.

In quel preciso istante s'era sentito afferrare per il collo.

S'era girato e allora sì che il ricordo del forzuto e dei suoi baffi a manubrio gli era tornato alla memoria, avendolo faccia a faccia, non più di un paio di centimetri, e nello sguardo ancora il pendaglio che aveva appena visto penzolare tra le gambe della sedicente, d'ora in avanti, principessa eritrea.

«E adesso?» era uscito dalle labbra dell'uomo più forte del mondo.

51.

«Adesso a letto», disse Maristella Maccadò.

L'indomani le toccava ancora alzarsi presto per effettuare l'iniezione, l'ultima, alla sconsolata vergine abbandonata.

A letto, ma non prima di un passaggio in bagno per darsi una lavata viste le ampie tracce di gelato che contornavano la bocca di tutti.

«Anch'io?» chiese il maresciallo.

Maristella gli indicò gli angoli della bocca.

Sì, anche lui aveva un'ombra di gelato, cioccolato, agli angoli.

Con due rapidi colpi di lingua il Maccadò fece sparire le tracce.

«Intendevo chiedere se anch'io devo andare a dormire», fece poi.

«E dove vorresti andare?» chiese Maristella.

Gli era venuta forse qualche altra bella pensata?

Tutto sommato al Maccadò l'idea di farsi una dormita non dispiaceva affatto. Prima però avrebbe voluto chiarirsi un dubbio per cui la fece breve, andò subito al nocciolo.

«Tu per caso sai chi abita di fronte all'Emerita Panicarli, quella del furto?» chiese.

Maristella lo guardò sorridendo.

«O Né!» rispose.

Con la banda che si ritrovava in casa, con tutto quello a cui doveva badare non aveva proprio il tempo di fare conoscenza, stringere amicizie. E poi non era nel suo carattere dare confidenza. Da quando s'erano impiantati lì in paese aveva sempre e solo pensato a casa e marito, prima, poi a casa, marito e figli.

«Non so nemmeno che faccia abbia questa Emerita», chiarì.

Gli dispiaceva?

«No», assicurò lui.

Se mai gli dispiaceva di non avere sottomano l'appuntato Misfatti che invece avrebbe soddisfatto con dovizia di particolari la sua curiosità.

Forse anche specificando la marca della sigaretta il cui ultimo sbuffo aveva visto uscire come una nuvoletta dalla persiana accostata dell'appartamento al civico numero 36 di via Manzoni.

Erano già in camera da letto quando Maristella Maccadò disse al marito che era dispiaciuta del fatto di non poterlo aiutare.

Il maresciallo si stava slacciando la cintura dei pantaloni.

L'idea lo folgorò.

«E chi te l'ha detto che non puoi darmi una mano?» disse d'impeto.

«Come posso?» chiese lei.

«Me li sistemeresti un paio di pantaloni?» chiese lui.

«I tuoi?»

«No», rispose il Maccadò.

«E allora...»

«Sì o no?» la interruppe il marito.

«Ma certo, cosa ci vuole...»

«E allora», fece il Maccadò stringendo di nuovo la cintura, «aspettami un minuto. Vado e vengo.»

«Ma dove vai?» chiese Maristella senza ottenere risposta ma sentendo la porta di casa che si apriva e si chiudeva.

SECONDA GIORNATA

1.

Un miracolo che fosse ancora vivo.

Così si espresse il sedicente cavalier Eugenio De Fillìus. Erano i primi minuti di domenica 18 luglio, lo spettacolo del sabato sera era finito da nemmeno venti minuti, il direttore aveva eseguito un controllo di polso e cuore dell'appuntato Misfatti.

Tutta la compagnia era riunita nel suo carrozzone, c'era un lavoro da portare a termine.

«Ma quanta gliene hai data?» chiese il De Fillìus rivolgendosi al forzuto.

Questi, prima di rispondere, si strinse per quanto possibile nelle spalle.

Cosa diavolo ne sapeva di quanta fosse stata, mica era stato lì a misurarla.

«Smettila di guardarmi e rispondi», lo appellò il De Fillìus.

«Forse me n'è scappata un po' troppa», fu la sua risposta.

2.

I

E quello cosa diavolo sta facendo?, era stata la naturale domanda.

L'aveva solo pensata, se l'era fatta da sé la sera prima il forzuto del Circo Astra visto che non c'era nessuno cui chiederlo.

Era solo.

Solo soletto, a circa trenta metri dall'accampamento.

Acquattato, quasi nascosto dall'erba alta del prato che lo circondava, in una posizione che ricordava quella fetale.

S'era allontanato dall'accampamento prima degli ultimi preparativi per lo spettacolo e aveva preso la via dei campi spinto da un bisogno che non concedeva rinvii.

Sempre stato un po' lento in quel genere di cose e mai, davvero mai puntuale come invece sentiva dire di certe persone, invidiandole. Così che quando per lui suonava la sirena di quel richiamo, bisognava obbedire e correre.

Cosa che il forzuto aveva fatto diligente quella sera, raggiungendo la comoda situazione in cui si trovava quando aveva visto un nero figuro avvicinarsi al carrozzone della principessa Omosupe e drizzarsi sulla punta dei piedi per spiare.

A quel punto la domanda, ben altro campanello d'allarme, era sorta nella sua testa.

Cosa diavolo stava facendo quello?

Cosa andava cercando?

Quali che fossero le intenzioni dell'individuo, era necessario intervenire con rapidità. Nessuno, oltre a loro circensi, doveva conoscere il segreto sulla vera identità sessuale della principessa. Se fosse trapelata la voce nel ristretto ambiente degli artisti circensi, la concorrenza non avrebbe avuto scrupoli a sputtanare il Circo Astra e la sua stella, decretandone la rovina. Peraltro c'era un secondo, e forse ben più grave, rischio. Anni prima, certe malelingue dell'ambiente avevano mormorato circa il fatto che la principessa fosse il frutto di un rapimento a opera del direttore De Fillìus e di una sua compagna d'avventure. Il De Fillìus aveva invece sempre raccontato di averlo trovato abbandonato e ancora in fasce su una panca al termine di uno spettacolo in quel di Taranto. L'aveva tenuto con sé per carità cristiana, cominciando a impiegarlo in vari numeri dall'età di sei anni com'era uso comune nell'ambiente. Infine, quando ne aveva scoperta la singolare abilità nella rara arte dell'escapologia, considerata anche la sua conturbante bellezza, aveva voluto dare un tocco esotico al suo numero facendolo diventare l'orientale richiamo che attirava sguardi e spettatori.

Vera o meno che fosse la versione del De Fillìus, ciascuno degli artisti era cosciente del fatto che senza l'Omosupe il circo sarebbe andato a balle all'aria nel giro di poco tempo.

Sulla base di tali considerazioni il forzuto si era ricomposto alla bell'e meglio e si era preparato all'azione.

Nonostante la mole s'era avvicinato all'appuntato Misfatti silenzioso al pari di un predatore e infine con un balzo l'aveva afferrato per la collottola, sollevandolo da terra.

«Cosa state facendo?» aveva chiesto.

Il Misfatti, tra sorpresa e spavento, così sui due piedi, sollevato dal suolo tra l'altro, aveva soffiato un «Ma è un uomo!» carico di stupore, un po' per la scoperta sconvolgente, un po' per la posizione in cui il forzuto l'aveva messo.

Poi, uno camminando e l'altro penzoloni, si erano recati al carrozzone del direttore.

Una volta arrivati e non avendo ricevuto risposta ai due colpi che aveva dato alla porta, il forzuto si era voltato e aveva chiamato a gran voce.

Poco dopo, il direttore si era palesato provenendo dal carrozzone della principessa, le mani impegnate a stringere la cintura dei pantaloni.

«Cosa diavolo succede?» aveva chiesto ai due.

«Meglio se entriamo», aveva risposto il forzuto.

Una volta dentro il Misfatti aveva deciso di dichiarare chi fosse.

Di quella missione, del caldo, del vestito, della sete e di quel trattamento infine non ne poteva più.

«Sono un carabiniere», aveva esordito. «Un appuntato.»

E poteva dimostrarlo.

Solo allora s'era però accorto di non avere più con sé portafoglio, documenti, tesserino dell'Arma.

Aveva guardato boccheggiando il direttore, con il forzuto che continuava a tenerlo per la collottola mentre raccontava dove l'aveva preso e soprattutto quello che stava facendo.

Il De Fillìus aveva soppesato per un po' le informazioni e s'era preso qualche minuto prima di parlare.

II

«Un carabiniere, eh?» era sbottato infine.

Il tono era stato sarcastico.

Anzi, s'era poi corretto, addirittura un appuntato dei carabinieri!

«Già», aveva confermato il forzuto, «così ha detto.»

Il De Fillìus aveva sogghignato, imitato dal forzuto.

E per questo, aveva ripreso con una voce come se stesse declamando, se ne andava in giro vestito come un beccamorto.

«Senza uno straccio di documento!»

Senza un centesimo in tasca.

«A spiare!»

Tal quale a un guardone, o forse un pervertito, dentro le case altrui!

Il forzuto aveva approvato con un cenno del capo.

Il De Fillìus s'era rivolto a lui.

«Che è appunto tutto ciò che noi cittadini onesti ci aspettiamo che faccia un carabiniere. Anzi, mi scuso, un appuntato dei carabinieri!»

«Infatti», aveva ghignato a sua volta il forzuto pur non avendo ben compreso l'ironia del De Fillìus.

«Io...» aveva tentato di obiettare il Misfatti.

Ma il direttore l'aveva bloccato all'istante.

«Non obbligatevi a inventare bugie alle quali nessuno crederà mai. Non siamo nati ieri.»

«Giusto», aveva confermato il forzuto in pieno accordo.

Perché non era la prima volta che qualcuno tentava di sottrarre al suo circo l'attrazione più grande, colei che ne aveva determinato un successo internazionale visto che dopo Somacchia e Chiavenna l'Astra avrebbe valicato i confini d'Italia per portare il proprio spettacolo addirittura in Svizzera.

«Non è la prima volta», aveva ribadito il De Fillìus.

Più d'uno aveva tentato di avvicinare di nascosto la principessa e lusingandola cercato di convincerla a esibirsi per la concorrenza. La sua fedeltà però era stata tale che nessuna cifra, nessuna promessa per quanto allettante di più grandi onori l'aveva mai portata anche solo ad accarezzare l'idea di abbandonare quella che per lei era una vera e propria famiglia.

«Un focolare», aveva proferito con voce ispirata il direttore, «il riparo sicuro.»

Poi aveva cambiato tono. La sua voce s'era abbassata e incrinata.

In quei casi, aveva spiegato, nei casi in cui erano riusciti a mettere le mani sopra quei loschi individui, tutti loro di comune accordo avevano agito in modo che l'avvertimento a non farsi mai più vedere nei dintorni del Circo Astra si accompagnasse a un'esperienza difficile da dimenticare.

«Un ricordino.»

Il De Fillìus, anziché scendere in particolari, aveva fatto un cenno al forzuto.

«E già», aveva confermato questi facendo scrocchiare le dita.

Il Misfatti aveva retratto il collo.

«Tuttavia», aveva ripreso il direttore, «mi par di capire che in questo caso siamo di fronte a una situazione diversa.»

Nuova, in sostanza.

E s'era spiegato.

Perché il Misfatti aveva visto, conosceva il segreto della principessa Omosupe!

E ciò poneva il problema, la necessità di correre ai ripari, la giusta causa di mantenere il segreto circa il sesso dell'escapologa lo richiedeva.

All'appuntato Misfatti quelle ultime parole erano suonate abbastanza male.

Che diavolo di minaccia nascondevano?

«Ma io non dirò niente, cosa volete che me ne freghi se la principessa è un uomo o una donna», aveva tentato di difendersi.

Il De Fillìus aveva sorriso con sufficienza.

«E volete che io vi creda, dopo che siete stato sorpreso a spiarla? O spiarlo, se preferite.»

«E allora?» aveva chiesto il Misfatti.

Il De Fillìus aveva riflettuto un istante.

«Per ora non vedo altra soluzione che mettervi in condizione di non danneggiarci oltre. Sotto chiave per un po' insomma.»

Serviva tempo per prendere una decisione e al momento non ce n'era.

«Fra poco comincia lo spettacolo e non possiamo tardare», aveva detto.

«Ma poi?» aveva chiesto il Misfatti il cui respiro si stava accorciando.

«Poi si vedrà», aveva tagliato corto il direttore.

Un cenno del capo al forzuto, che era uscito per rientrare quasi subito. In mano reggeva una catena che per prima cosa aveva chiuso attorno a una caviglia del Misfatti.

«Ma cosa fate...» aveva balbettato l'appuntato. «Questo è un sequestro...»

Il forzuto non se n'era dato per inteso. Mentre il Misfatti, inascoltato, minacciava le peggio denunce, aveva fissato l'altro capo della catena alla gamba del letto del De Fillìus che era saldata al pavimento del carrozzone.

«La prudenza non è mai troppa», aveva dichiarato il sedicente cavaliere allargando le braccia.

A quel punto al Misfatti il respiro era mancato quasi del tutto.

Mai avrebbe pensato che dietro quei soggetti che aveva ammirato e anche applaudito pochi giorni prima dalle tribune del circo si nascondessero esseri così privi di scrupoli, spietati, feroci come le bestie che tenevano in gabbia.

Proprio come lui in quel momento, incatenato e privato, forse per sempre, di ogni libertà.

Alle bestie però almeno davano da bere e da mangiare.

Avrebbero fatto lo stesso con lui?

L'aveva chiesto.

«Un poco d'acqua almeno.»

Il De Fillìus l'aveva guardato sorridendo.

«Avete anticipato la mia offerta. Vi andrebbe anche qualcosa da mettere sotto i denti?»

III

Poco prima di mezzanotte, terminato lo spettacolo, il De Fillìus aveva riunito tutta la compagnia sotto il tendone del circo e l'aveva informata dell'emergenza.

Bisognava prendere una decisione.

Allo scopo aveva pregato tutti quanti di seguirlo nel suo carrozzone, onde discuterne con calma.

Tuttavia, appena entrato, gli era bastata un'occhiata per temere che la faccenda avesse preso una tragica piega. S'era gettato sull'appuntato Misfatti, controllandone polso e cuore.

Aveva tirato un sospiro di sollievo, per fortuna era ancora vivo. Il terrore provato per il rischio corso non era però svanito così in fretta.

Si era rivolto al forzuto.

«Ma quanta gliene hai data?» aveva chiesto.

E aveva ottenuto quella risposta.

Cioè che, forse, all'energumeno ne era scappata un po' troppa.

Tutti gli altri circensi, attoniti e silenziosi, erano in attesa di capire cosa stesse accadendo quando il De Fillìus, recuperata un po' di calma, aveva ripreso a interrogare il forzuto.

3.

«Troppa quanta?» insisté il De Fillìus.

Quanta polvere di Luminale sodico cioè.

«Un cucchiaio, occhio e croce», rispose il forzuto.

Tra i presenti cominciò a levarsi un brusio, qualcuno principiava a capire.

Cucchiaio da minestra.

«Raso?» chiese il direttore.

Il forzuto piegò la testa di lato.

Sbuffò.

«Abbastanza.»

«Pezzo d'imbecille che non sei altro!» sbottò il De Fillìus.

Non doveva mica addormentare un leone!

Perché la quantità di fenobarbital che il forzuto aveva diluito nella brocca d'acqua messa a disposizione dell'appuntato Misfatti era, pur senza avere una misura precisa, quella che di solito si usava proprio per mandare nel mondo dei sogni alcune delle bestie durante i trasferimenti. Leone e leonessa in ispecie erano sottoposte a quel trattamento ogni volta che il circo si rimetteva in viaggio e spesso, per maggior sicurezza del loro domatore, ingoiavano un po' della magica polverina anche prima degli spettacoli.

Per fortuna il Misfatti non aveva bevuto tutta l'acqua, la brocca ne conteneva ancora un'abbondante metà. Doveva essere piombato nel sonno prima di vederne il fondo.

Tuttavia il suo polso era sottile, il respiro si percepiva appena.

A giudizio del De Fillìus il pericolo che da un sonno indotto scivolasse verso quello eterno era tutt'altro che scongiurato.

«Se ci muore qui cosa facciamo?» disse rivolto a tutti e a nessuno in particolare, strozzandosi in gola la voglia primitiva di gridare la rabbia che aveva in corpo.

Se moriva, ripeté, cosa ne avrebbero fatto, l'avrebbero dato in pasto ai leoni?

La maggior parte dei presenti deviò lo sguardo ai quattro angoli del carrozzone. Solo il forzuto aveva tenuto la testa alta, dignitoso nonostante la tempesta che lui stesso aveva scatenato.

Infine, passato qualche istante di silenzio, il De Fillìus riprese a parlare.

«Ho deciso», disse.

Gli occhi di tutti tornarono a puntarsi su di lui.

Che il sedicente carabiniere appuntato si risvegliasse o morisse, ciò avrebbe dovuto accadere lontano da lì, dal Circo Astra.

Niente e nessuno avrebbe dovuto collegarlo a loro.

Bisognava agire presto e bene, il tempo volava.

«E l'ideale sarebbe portarlo in qualche ospedale e, approfittando delle tenebre, abbandonarlo all'ingresso, in modo da farlo ritrovare rapidamente così che qualcuno se ne possa prendere cura.»

Ipse dixit.

Tuttavia, osservò a seguire il De Fillìus, ospedali veri e propri sottomano non ce n'erano.

Due soli quelli vicini.

Chiavenna.

«Da escludere», sentenziò, in quanto era la loro prossima tappa.

L'altro, Bellano.

Se l'erano appena lasciato alle spalle.

«La scelta mi sembra obbligata», affermò il direttore.

A quel punto la cavallerizza Angelica alzò la mano per chiedere il diritto di dire la sua.

Il De Fillìus glielo concesse con un cenno del capo.

«Bisogna fare in modo che ci arrivi», disse.

E lei una mezza idea ce l'aveva.

4.

La mezza idea della cavallerizza Angelica aveva provocato più di uno sguardo dubbioso ma nessuna protesta verbale.

Tuttavia quando lei se n'era uscita a dire: «Lo portiamo a Colico», lo stesso De Fillìus non era riuscito a nascondere una smorfia di delusione.

Aveva creduto in un colpo di genio, invece...

«A Colico perché?» chiese nel silenzio generale.

«Semplice», rispose l'Angelica, «perché c'è la stazione ed è abbastanza lontana da qui.»

Portandolo, e abbandonandolo lì, c'erano molte possibilità che prima dell'alba qualcuno si accorgesse di lui e chiamasse i soccorsi. Nel caso invece che morisse... va be', sarebbe passato, così conciato com'era, senza documenti eccetera, per un vagabondo cui era stato presentato il conto della sua triste vita.

Gli occhi dei circensi si incrociarono, nessuna parola uscì dalle loro bocche mentre il De Fillìus cercava qualche obiezione da porre al piano della cavallerizza.

La trovò.

«E a Colico come ci arriva?» chiese.

L'Angelica sorrise, lì lo voleva.

«A cavallo», rispose.

Qualcuno rise, lei lo guardò, la risata si spense.

L'Angelica salì in cattedra.

«Da qui a Colico ci sono non più di una ventina di chilometri», disse.

Con uno dei suoi due cavalli, al trotto, non avrebbe impiegato più di un'ora.

Non c'era luogo più idoneo, affermò la cavallerizza.

«In ogni caso», concluse, «se qualcuno ha un'idea migliore io mi faccio da parte.»

Nessuno ne aveva, anzi.

Pur senza manifestarlo a parole, in ciascuno dei circensi nacque un sentimento di sollievo al pensiero che l'Angelica, sua sponte, si fosse presa l'impegno di grattare una simile rogna.

Pure il De Fillìus si unì al comune, inespresso sentimento. Ma da buon responsabile della compagnia si prese un paio di minuti per valutare il piano.

«L'idea mi sembra buona», disse poco dopo.

«Ma se per caso durante il trasporto si risveglia?»

L'obiezione uscì dalla bocca della principessa Omosupe che ancora vestiva gli abiti succinti che usava durante lo spettacolo.

Un paio di musi tra i circensi si allungarono.

Il rilievo era tutt'altro che stupido, ma la principessa non avrebbe fatto meglio a farsi i cazzi suoi e a lasciare che in ogni caso se la sbrogliasse la cavallerizza?

«Ci penso io», intervenne, rapido come una saetta, il direttore.

Anche a lui aveva dato fastidio l'intervento della principessa.

«Ci penso io», ripeté concentrando gli sguardi di tutti su di sé.

Considerando che il sedicente carabiniere appuntato l'aveva scampata sino a quel momento nonostante il micidiale beverone che il forzuto gli aveva servito, riteneva di poter affermare che ne avrebbe tollerato ancora un pochino.

«Lo terremo così», comunicò, «sempre mezzo addormentato, ma....»

Stavolta il Luminale lo avrebbero diluito in un po' di

vino. Si sarebbe così meglio giustificata l'impressione che fosse ubriaco, in modo che qualunque cosa gli fosse uscita dalle labbra avrebbe potuto passare per il vaneggiamento di una mente ebbra.

«Vi pare?» chiese retorico ai suoi artisti.

Gli rispose solo un silenzio carico di ammirazione.

5.

A tutti parve che la scena avesse qualcosa di epico.

La luna, il buio, l'inquietante profilo delle montagne su entrambi i lati della valle.

Non solo.

Anche l'ineffabile fruscio che animava la notte e l'abbaiare di qualche cane a evocare immagini di cacce selvatiche.

Insomma, quando l'appuntato Misfatti era già messo per traverso sul cavallo e la cavallerizza Angelica montò in sella pronta a partire, tutti i circensi la guardarono come se fosse destinata a non tornare mai più.

L'Angelica poi ci mise del suo quando levò in alto il braccio destro lasciandolo così per qualche istante. Ad alcuni sembrò che volesse esibirsi nel saluto romano, ad altri invece che si stesse immedesimando nella parte di qualche eroina da pellicola cinematografica. Poi con lo stesso braccio diede una pacca sul fianco del cavallo e la sua missione ebbe inizio.

Nonostante il carico di anestetico che il Misfatti aveva in circolo accadde subito qualcosa che inquietò la cavallerizza. Gli scossoni del trotto, e anche quelli del passo cui dopo un po' l'Angelica mise il cavallo, trasmettendosi al corpo dell'appuntato provocarono più di un inconsapevole lamento. L'Angelica li tollerò sino a quando non cominciò a sospettare che potessero essere i prodromi di un risveglio precoce. Man mano che avanzava nella notte, cercando di limitare i rumori di quella singolare cavalcata e gettando occhiate sospettose a destra e a sinistra, i suoi timori presero corpo, fino al momento in cui decise, quale misura preventiva, di fermarsi e, pur sapendo di correre qualche rischio, far bere al passeggero una nuova, buona misura della miscela di vino e Luminale di cui il De Fillìus l'aveva dotata. Fu procedura che rispedì il Misfatti tra le nebbie e consentì all'Angelica di portare a termine la sua missione senza ulteriori turbamenti.

Una volta giunta dentro i confini della stazione di Colico, la cavallerizza dovette fare i conti con una bella sorpresa. Il suo piano infatti prevedeva di scaricare il Misfatti dentro la carrozza di un treno in attesa che il traffico col nuovo giorno riprendesse, così che qualcuno l'avrebbe avvistato subito.

Ahilei!, però, non c'era alcun treno.

Vero era che da lì, verso le cinque e qualche minuto del mattino, ne partiva uno diretto a Milano, e quindi Bellano. Ma proveniente da Sondrio. Al momento i binari della stazione di Colico erano orfani, se si voleva escludere la presenza di quattro vagoni merci stazionati su un binario morto.

Lo sconcerto dell'Angelica durò pochi minuti, giusto il tempo di studiare una valida alternativa.

Poi partì all'azione.

Scaricato il Misfatti, lo trascinò presso l'edificio dei cessi con l'intenzione di abbandonarlo lì. Prima di mollarlo però gli fece bere ciò che restava della mistura di droga e vino.

Lo posizionò anche, scolpendone il fisico secondo la sua idea d'ubriaco vagabondo che si era lasciato cadere nel posto in cui era stato vinto dal sonno.

La stessa posizione in cui, circa alle sei del mattino, lo trovò il manovale Orisei.

6.

Dopo la Lacrima Verzarelli e, forse, l'edicolante Barella, suor Venezia era la prima a leggere il giornale sotto il cielo di Bellano.

Lo leggeva tutte le mattine, gratis, e a dispetto di una specie di regola che le suggeriva di non impicciarsi delle cose del mondo e badare solo alla sua missione.

Ma, si giustificava, per capire bene sotto che maschera si celasse il male, così come il bene, bisognava pur guardarlo in faccia 'sto mondo, perlomeno quello che entrava quasi ogni giorno nel suo ospedale sotto forma di feriti e contusi.

Così leggeva il giornale, tutte le mattine, quando ancora l'ala del sonno accarezzava la maggior parte di degenti e dipendenti. E gratis poiché sfogliava la copia che la centralinista Brunella Sassi portava con sé, consumandola poi riga dopo riga sino a quando non l'aveva letta del tutto, pubblicità comprese.

La mattina del 18 luglio aveva una ragione in più per sfogliare il giornale ed era quella di vedere cosa scriveva circa quanto era accaduto nella notte in cui erano stati portati in ospedale il Vinci e il Caiazzi.

Alle sei spaccate piantonava già il centralino in attesa dell'arrivo dell'addetta Brunella Sassi che non aveva mai osato dire alla religiosa quanto la contrariasse non essere la prima a sfogliare la copia ancora vergine del quotidiano tanto che, dopo la supervisione di suor Venezia, prima di passare alla lettura vera e propria lo ricomponeva con grazia di balia, illudendosi che fosse ancora fresco d'edicola.

Al vederla giungere con una decina di minuti di ritardo, suor Venezia sulle prime ebbe il sospetto che la Brunella quella mattina fosse priva di giornale.

Brunella Sassi invece aveva solo voluto prendersi una piccola vendetta nei confronti della religiosa, tenerla un po' sulle spine.

Quando, poco prima, in edicola aveva ritirato il giornale, l'occhio le era caduto subito sullo strillo che annunciava l'articolo riferito al furto notturno a Bellano.

«Belle cose che succedono, eh?» le aveva detto l'edicolante Barella.

La centralinista l'avrebbe letto lì, in piedi, il pezzo del Crispini, non fosse stato che era già in ritardo.

E anziché mettersi il giornale sottobraccio come fosse un ninìn, contro ogni abitudine l'aveva nascosto nella borsa, anche a rischio di gualcirlo.

Silenziosa, la Brunella entrò nel gabbiotto del centralino, ma non poté reggere a lungo la sua messinscena, così poco dopo, con un sorriso appena accennato, infilò la mano nella borsa e ne estrasse il prezioso contenuto mettendolo sul ripiano accanto al telefono.

Suor Venezia non si fece pregare, lesse d'un fiato poi riconsegnò il giornale alla Brunella che cominciò le manovre per ricomporlo mentre lei stava già riflettendo.

L'articolo del maestro Crispini era pieno di imprecisioni, quando non bugie vere e proprie.

Era il caso di parlarne col maresciallo Maccadò?

Doveva pensarci su.

Si girò per andarsene, salire verso il reparto.

«Sia lodato Gesù Cristo», fece Brunella Sassi.

Suor Venezia aveva fatto due passi.

Si girò.

«Come dite?» chiese.

La Brunella la guardò con espressione stupita.

«Ho detto, sia lodato Gesù Cristo», ripeté.
«Ah!» fece suor Venezia. «È vero.»
E ripartì.

7.

Seduto a terra contro l'edificio dei cessi.

La testa reclinata sulla spalla, le gambe larghe.

Pressoché privo di conoscenza e con un orbitale vinoso che gli usciva dalle labbra sull'onda di un respiro cadenzato.

Combinato così il manovale Orisei aveva trovato l'appuntato Misfatti. Dopo averlo guardato per un po', aveva tentato di svegliarlo con un calcio per invitarlo ad andarsene da lì.

Niente da fare.

L'aveva guardato ancora per un po', le mani infilate in tasca. La cosa più semplice sarebbe stata prenderselo in spalla e scaricarlo altrove, che qualcun altro lo trovasse e di conseguenza se ne occupasse.

Toccarlo, però?

Che fosse un banale ubriaco l'Orisei ne era convinto.

Ma, conciato com'era, c'era il rischio che avesse addosso compagnia, pulci, pidocchi, zecche, gentili omaggi che l'Orisei lasciava volentieri alla pietà altrui.

Le sue mani rimasero nelle tasche dei pantaloni. I piedi invece si mossero alla volta della biglietteria per avvisare il collega Spurghi del ritrovamento. In fin dei conti, ragionò l'Orisei mentre si avviava, lui era un semplice manovale, l'ultima ruota del carro, non gli competeva altro che prendere ordini e obbedire.

Insomma, decidere, soprattutto in un caso come quello, non toccava a lui.

Il bigliettaio accorso insieme con l'Orisei al cospetto del Misfatti lo riconobbe subito.

Era quello che il giorno prima gli aveva fatto una testa così perché il treno non fermava a Somacchia!

«Ma se non c'è nemmeno la stazione», sbottò il manovale.

«Ben appunto», rise lo Spurghi.

Era quello che aveva cercato di spiegargli a più riprese.

«Si vede che era già bello cotto», osservò l'Orisei.

Comunque fosse, puntualizzò il bigliettaio, adesso bisognava decidere cosa fare.

«Io non lo toccherei», suggerì il manovale esternando i suoi sospetti.

«O, be'», si disse d'accordo lo Spurghi, «nemmeno io.»

Quella era una situazione in cui un verdetto spettava al capostazione.

«Dottore», sentenziò quello.

Dottore perché, specificò l'acuto capostazione Alfieri, era loro primo dovere stabilire se l'uomo avesse necessità di cure urgenti. Solo in un secondo tempo, nel caso si fosse trattato di un vagabondo ubriaco, avrebbero interessato l'Arma, il cui intervento però avrebbe complicato un po' la giornata di tutti.

Dottore quindi.

Il dottor Ambio Gonico, specialista in medicina, chirurgia, malattie delle donne e, come specificava nei biglietti da visita che distribuiva, anche malattie segrete.

Il quale, oltre alla sua indubbia scienza, metteva a disposizione della clientela, sempre come specificato sul detto biglietto, un servizio di ambulanza gratuita.

8.

Alle sette Maristella Maccadò aprì gli occhi.

Nella casa regnava ancora il silenzio. Le due finestre della camera da letto erano aperte, le persiane socchiuse. Entrava il profumo di un'altra bella giornata. Un fresco profumo d'estate che si sarebbe appesantito col passare delle ore per colpa del caldo, riprendendo vita la mattina seguente.

Inspirò.

«Già sveglia?» chiese il maresciallo.

Maristella girò il viso verso di lui.

«Buona domenica», disse Maristella.

Il Maccadò non rispose.

Mica per villania o perché al mattino fosse un poco scontroso.

La ragione stava proprio in quella giornata, domenica, e nel fatto che con quell'augurio sapeva bene cosa intendesse sua moglie.

Suor Venezia sarebbe stata d'accordo con la signora Maccadò, se avesse saputo.

Infatti, se non aveva ancora telefonato al maresciallo, e men che meno a casa sua, era proprio per quella ragione: era domenica.

Dopo aver letto il giornale ed essere tornata in reparto aveva intrapreso un dibattito interiore che era ancora ben lungi dal risolversi.

Era domenica, il giorno del Signore e del riposo.

Chiamare quindi o non chiamare?

9.

Il dottor Ambio Gonico rispose subito alla chiamata.

Era stato il manovale Orisei ad assumersi l'incarico di andarlo a prendere dietro preciso ordine del capostazione. In realtà aveva tentato di sottrarsi al compito, sostenendo che a suo giudizio, trattandosi di un semplice ubriaco, sarebbe bastato lasciarlo lì in attesa che la sbornia gli passasse. Ma l'Alfieri, facendo valere il suo alto grado, era stato irremovibile. Così l'Orisei, le mani sempre in tasca, era partito e non aveva perduto l'occasione di raccontare a un paio di conoscenti incrociati per via perché e percome stava andando a chiamare il dottore. Al quale aveva servito la sua versione: trattavasi di un ubriaco, né più né meno.

Il dottor Gonico ascoltò la diagnosi dell'Orisei senza far commenti. Una volta giunto presso l'edificio dei cessi della stazione diede una prima occhiata al Misfatti, accucciandosi per meglio vederlo.

L'Orisei, incontenibile, si ripeté per l'ennesima volta.

«La capirebbe chiunque la malattia di quello.»

Al che il Gonico decise che era ora di ristabilire le distanze.

L'alito vinoso, d'accordo, sbottò.

«Però c'è dell'altro», aggiunse.

L'Orisei sorrise.

«Non sarà solo vino, magari c'è anche della grappa.»

Se voleva essere una battuta, il Gonico non la colse.

«Voi», rispose, «fatemi la cortesia di occuparvi di binari e di scambi, e lasciate a me il compito di pensare a quest'uomo!»

L'Orisei non se la prese per il tono asciutto del dottore.

«Se avete del tempo da perdere...» commentò.

Ne aveva, non ne aveva?

Nell'un caso come nell'altro, fu il pensiero del dottor Gonico, non era affare che riguardasse quel villanaccio, presuntuoso e arrogante.

Cui bisognava dare una lezione.

Questione di dignità, primato dell'intelletto.

A quel punto il dottor Gonico per niente al mondo avrebbe ammesso che il vagabondo fosse ubriaco, come in effetti pareva anche a lui.

O solo ubriaco.

Senza parlare, si inginocchiò e cominciò a visitare di fino l'appuntato Misfatti, emettendo a tratti dei borbottii frammisti a parole che giungevano ignote alle orecchie dell'Orisei.

Di tanto in tanto, ad alta voce: «Ecco qua, ecco qua!».

Infine si levò in piedi e comunicò all'Orisei di aver rilevato nel soggetto la presenza di ben due sindromi embricate tra loro.

L'Orisei, senza la minima idea di cosa fosse una sindrome, figurarsi due, lo guardò senza parlare, facendo la felicità del Gonico: considerata l'ignoranza del manovale era pronto a metterlo nel sacco con tutta la sua speciosa arroganza.

«Caro giovanotto, vi sono indiscutibili segni di una sindrome psilocibinica e di una coprinica», sentenziò.

Il viso dell'Orisei assunse un'espressione stuporosa.

Nella gola del Gonico nacque e morì un nitrito di gioia.

«Chiunque si sarebbe lasciato ingannare dall'alito vinoso del soggetto. Naturale, logico per chi non conosce la materia.»

Perché era naturale, logico...

«Quasi obbligatorio!»

... bere qualche bicchiere di vino mentre si pranzava a base di funghi.

«Funghi?» scappò dalle labbra all'Orisei.

«Esatto», confermò il Gonico.

Tra i quali però doveva esserci qualche intruso non proprio commestibile, tossico invece, velenoso.

«Non so se mi spiego», chiese il Gonico senza necessità di risposta.

Il poveraccio che stava ai loro piedi era lì a dimostrare la sua diagnosi.

«La congestione con arrossamento del collo e del viso...» attaccò il Gonico levando in altro l'indice destro.

... la bradicardia, forse un poco di aritmia, l'evidente perdita di forze e l'ancora più evidente stordimento...

«... sono tutti segni che indicano come quest'uomo soffra di una sindrome da ingestione di funghi tossici. L'alito vinoso avrebbe potuto ingannare un qualunque, superficiale osservatore. Non me.»

Dal che si deduceva che avevano fatto benissimo a consultarlo.

«E allora?» chiese l'Orisei che ormai era all'angolo.

Allora non restava altro da fare che avviare il soggetto presso il più vicino ospedale, cioè l'Umberto I di Bellano.

Il manovale, sovrastato dalla facondia del dottore, aveva cambiato atteggiamento sia fisicamente poiché s'era come retratto in sé, ingobbito come se ciò che il Gonico aveva detto gli stesse pesando sulle spalle, sia mentalmente, poiché intuiva che se avesse vinto la sua tesi sulla semplice ubriachezza prima di sera avrebbe avuto sulla coscienza un morto.

Si offrì di utilizzare il telefono della stazione onde avvisare il nosocomio bellanese che era in arrivo un caso di grave avvelenamento da funghi.

Il Gonico, a quell'uscita, ebbe un impercettibile dissenso.

Il castello di balle che aveva messo in piedi per ridurre al silenzio il manovale non avrebbe certo ingannato altri, men che meno i colleghi ospedalieri.

D'altronde non poteva rimangiarsi ciò che aveva detto con tanta enfasi.

«Va bene», disse.

Ma non usasse altro termine che intossicazione, lasciasse stare i funghi.

Possibile intossicazione, niente di più.

Tra loro sanitari si usava così, affermò.

Possibile intossicazione alimentare.

Poiché anche il vino, in fondo, era alimento e quello lì ai suoi piedi era, così come aveva dedotto anche il manovale, un semplice, volgare ubriacone.

10.

Il Gnazio aveva già ripreso il suo posto dietro il bancone del bar dell'Imbarcadero.

La caviglia era ancora gonfia, gli doleva un po', zoppicava.

Ma di stare un altro giorno intero chiuso in casa a contare i minuti proprio non ne aveva intenzione. La moglie aveva opposto una debole resistenza alla sua volontà di riprendere i ritmi quotidiani.

«Se te la senti», aveva commentato.

Poi s'era girata sul fianco e aveva ripreso a dormire.

Aveva aperto come al solito, alle sei, benché fosse domenica.

Anzi, alla domenica gli piaceva ancora di più aprire a quell'ora per godere il lento risveglio del paese, uno stravolgimento di tempi e di abitudini cui pochi facevano eccezione.

Tra questi l'immancabile maestro Fiorentino Crispini, per ribadire la fedeltà al marsalino, il battellotto, l'edicolante che gli portava la «Gazzetta Sportiva» e «La Provincia».

E il maresciallo Ernesto Maccadò.

Che da conoscitore e buongustaio aveva da sempre lodato la qualità del suo caffè.

Vedendolo entrare il Gnazio rifletté che forse quella mattina non sarebbe riuscito a soddisfare il palato fino del maresciallo. La sera prima, pur di tornare in fretta a casa, la Damina aveva omesso di pulire per bene l'attrezzatura.

Poteva solo sperare che il Maccadò, per qualsivoglia ragione, volesse bere qualcosa d'altro.

Speranza vana.

«Caffè?» chiese.

«Sì», confermò il maresciallo ma con un tono vago, come se avesse potuto rispondere allo stesso modo a qualunque tipo di offerta.

E distratto con lo sguardo.

Sembrava che stesse cercando di seguire il volo di un'invisibile mosca.

Il Gnazio stava armeggiando con la macchina mentre il maresciallo, fatti due passi, si avvicinò al suo obbiettivo.

Al bar era entrato con quell'intento.

Il caffè, d'accordo.

Il giornale però, e soprattutto.

Voleva leggere quello che l'imaginifico maestro Crispini aveva scritto.

Il giornale l'aveva individuato, il titolo in prima pagina, fatti quei due passi necessari per metterlo a fuoco, pure.

«AUDACE LADRO ARRESTATO DA GUARDIA NOTTURNA.»

Oltre non gli riuscì di andare.

La copia de «La Provincia» era già in mano a un avventore, seduto comodo, le gambe accavallate, una tazzina di caffè vuota sul tavolino e un filo di fumo che usciva da dietro il giornale squadernato.

Il Maccadò ragionò sul da fare, suggendo un sorso di caffè e storcendo il naso.

Era una vera schifezza.

Ma avrebbe bevuto anche del tossico pur di avere tra le mani il giornale e dare una scorsa all'articolo del Crispini.

Certo nessuno gli impediva di chiedere la cortesia all'anonimo lettore di cedergli per un paio di minuti il foglio, nessuno gli avrebbe negato un tal favore.

Ma era al signor maresciallo in persona che dava fastidio muoversi in tal senso, dando l'impressione, solo l'impressione?, di voler conoscere particolari che in teoria avrebbero dovuto essergli ben noti.

E proprio perché era il signor maresciallo.

Il Maccadò bevve un altro sorsino della porcheria che il Gnazio gli aveva spacciato per caffè e stette in attesa.

L'anonimo lettore nel frattempo aveva girato un paio di pagine. Secondo il Maccadò doveva ormai essere faccia a faccia con le notizie sportive. In questo caso non c'era via di scampo.

Se colui che continuava a celarsi dietro le pagine del giornale era uomo di sport, il maresciallo poteva dire addio al progetto di prendere visione, come se niente fosse, dell'articolo incriminato.

In caso contrario...

Nell'attesa di scoprire le propensioni del lettore, il Maccadò consumò il sacrificio di bere sino in fondo il caffè, senza perdere d'occhio il suo obbiettivo.

Quello, con l'indolenza della domenica mattina, si stava apprestando a chiudere il giornale.

Il Maccadò si preparò a scattare.

«Quanto vi devo?» chiese al Gnazio.

Domanda strana, anche un po' sciocca, mica era cambiato il prezzo del caffè.

Il Gnazio infatti esitò a rispondere facendo guadagnare al maresciallo il tempo necessario affinché l'agognato giornale, piegato in due, venisse abbandonato sul piano del tavolino.

«Ma niente maresciallo, offro io», si decise a rispondere il Gnazio sentendosi colpevole.

Manco sentì il Maccadò.

Erano quasi le otto e trenta quando mise gli occhi sulla prima pagina del «Gagliardetto».

In quel preciso istante il carabiniere Grafico entrò nel bar come se camminasse su un tappeto di uova fresche.

Il Maccadò, girandosi, lo vide.

«E tu cosa ci fai qui?» sbottò.

11.

«Suor Venezia», esalò il carabiniere Grafico.

Era una risposta quella?, chiese lo sguardo del Maccadò.

Il giovane deglutì.

Suor Venezia, spiegò, aveva appena telefonato in caserma e detto che aveva urgente necessità di parlare col maresciallo.

«È stato male anche il tuo collega?» scappò al Maccadò.

Il Virgola era in ospedale dalle prime ore dell'alba per tenere d'occhio il Caiazzi, sollevando suor Venezia dall'incarico. Un sacrificio che il Maccadò aveva chiesto al suo carabiniere a titolo personale. L'idea gli era venuta la sera prima, quando era uscito da casa per la seconda volta senza dare spiegazioni. Era volato in caserma e s'era fatto consegnare i pantaloni del brigadiere Mannu. Rientrato poco dopo, Maristella Maccadò s'era dovuta mettere al servizio della dignità dell'Arma: con alcuni punti ben posizionati aveva adattato le braghe alle misure del Virgola.

Il Grafico negò, anche se in verità avrebbe potuto essere.

Suor Venezia al telefono aveva solo detto che voleva parlare col maresciallo e lui, ligio alla richiesta, era corso ad avvisarlo, beccandolo a colpo sicuro perché l'aveva visto arrivare e poi infilarsi dentro al bar dell'Imbarcadero.

Lo scambio di battute era avvenuto sotto gli occhi, e a

portata di orecchie soprattutto, del Gnazio che, la tazzina del Maccadò in mano, si era fermato come se gli dovessero fare una fotografia.

Il maresciallo, accortosi dell'interesse del Gnazio, gli scoccò un'occhiata.

Voleva dire «E be'?».

Il Gnazio rispose a sua volta con una scossa del capo, come a far intendere che stava pensando a cose sue, ben lontano dall'intenzione di origliare.

Una seconda occhiata il Maccadò la rivolse poi al Grafico, indicandogli la via dell'uscita che quello prese all'istante. Si avviò anche lui, salutando e augurandosi di trovarsi, appena entrato in caserma, faccia a faccia con l'appuntato Misfatti, di ritorno dalla sua missione segreta.

L'orario, abituato ai cronici ritardi dell'appuntato, faceva ormai ben sperare e benché fosse domenica, il Maccadò non nutriva dubbi che quello si sarebbe presentato per far presente di essere di nuovo in forza, a disposizione.

Di lui, invece, fu subito chiaro che non c'era traccia. Nemmeno la più tenue scia d'incenso che s'era lasciato dietro il giorno prima.

Adesso gli toccava richiamare la suora.

«Sorella», salutò composto quando la religiosa rispose.

Suor Venezia evitò i convenevoli, saltò subito al dunque.

«Maresciallo, ma l'avete letto il giornale?»

12.

L'ambulanza del dottor Gonico era un Fiat 15 ter, un autocarro militare leggero prodotto dalla Fiat Veicoli Industriali, impiegato dall'esercito nella guerra italo-turca e in quella del '15-18, adattato all'uso di trasporto feriti.

Il Gonico, che aveva servito la patria nella sanità e aveva mantenuto contatti con alcuni compagni d'arme, l'aveva acquistato per una cicca una decina di anni prima, quando aveva approfittato di una svendita di mezzi dismessi dal Regio Esercito. L'idea di poter mettere a disposizione dei propri malati un mezzo di trasporto l'aveva affascinato, anche perché era sicuro, come in effetti era poi accaduto, che il suo carisma ne avrebbe guadagnato, lasciando di stucco la concorrenza.

Passati alcuni mesi dal clamoroso acquisto, il Gonico s'era accorto che le occasioni per mettere in mostra il mezzo non erano così numerose come si era augurato, e aveva cominciato a fare i conti. Ammortizzare la spesa effettuata, peraltro esigua, non sarebbe stato un problema: aveva già sperimentato il sottile trucco di caricare l'onere del proclamato «trasporto gratuito» sulle sue parcelle. Aveva tuttavia sperato di ricavare di più dal suo investimento e infine aveva capito come fare.

Il Fiat 15 ter era pur sempre un automezzo militare adattato a trasporto feriti.

E se lo si poteva adattare a questo scopo, perché non ad altri?

Trasporti, punto e basta.

Con pochi accorgimenti, il Gonico l'aveva fatto diventare un veicolo pronto a soddisfare quasi ogni genere di richiesta, laddove si rendesse necessario trasferire materiali, esseri umani, in alcuni casi anche bestiame, da una parte all'altra. E se bisognava trasportare un malato o ferito che fosse, voilà!, il Fiat 15 ter tornava a interpretare il ruolo per il quale era stato acquistato.

Due sere prima una banda di giovanotti, coscritti di leva, gliene aveva chiesto l'affitto per andare a folleggiare sulla sponda opposta del lago. Se l'erano tenuto per un giorno intero, garantendo al Gonico un lucroso profitto, ma restituendolo a notte fonda senza nemmeno una goccia di carburante nel serbatoio, tant'è che per le ultime centinaia di metri, onde raggiungere la casa del dottore, l'avevano dovuto spingere.

Il Gonico non si era preoccupato di controllare.

Se ne avvide solo quando, tornato dalla stazione per prendere il mezzo in vista del trasporto in ospedale del Misfatti, l'ambulanza non volle saperne di partire.

Maledì i giovinastri che l'avevano lasciato in quelle pettole e il chilometro di strada che lo separava dall'unico distributore.

In sovrappiù chiuso alla domenica, per cui gli sarebbe toccato dare una mancia al proprietario per ungerlo e farsi servire.

Partì, bidone in mano, riflettendo che per l'avvenire gli sarebbe convenuto rivedere i termini del noleggio del suo mezzo, a maggior ragione qualora avesse avuto a che fare con clienti inaffidabili.

13.

«Sì», aveva risposto il maresciallo Maccadò alla domanda di suor Venezia.

Mentendo sapendo di farlo.

Aveva dato un'occhiata al giornale?

Sì.

E allora bisognava che andasse subito da lei perché c'era qualcosa che non quadrava.

Cosa?, fu lì per chiedere il Maccadò.

Si trattenne in tempo.

«Vi richiamerò fra poco», assicurò e chiuse la comunicazione millantando una cosa urgente da fare.

«Grafico!» ordinò una volta deposta la cornetta.

Al volo a comperare una copia de «La Provincia»!

Poi, una volta solo, si alzò dalla sedia, andò alla finestra e l'aprì, seguendo uno dopo l'altro i passi da paperetta del Grafico che raggiungeva l'edicola posta al centro di piazza Grossi e contava un centesimo dopo l'altro il prezzo del giornale.

Si sentiva inquieto.

Mentre sotto i suoi occhi la giornata prendeva vita come tante altre domeniche, quieta cioè, con l'indolenza dei primi ben vestiti che uscivano da casa per prendere un giornale o bersi un caffè o anche solo per stare alla larga da mogli e figli che si preparavano per assistere alla messa grande, il maresciallo Maccadò avvertiva un crescente nervosismo, come se stesse aspettando qualcuno che non si decideva ad arrivare.

Qualcuno o qualcosa?

Forse era solo suggestione.

Forse la colpa era solo di quella specie di battibecco che aveva avuto con la moglie e che aveva battezzato l'avvio della giornata. Anche la telefonata di suor Venezia, benché non avesse alcun motivo per immaginarla men che innocente, stava contribuendo a metterlo in apprensione.

Finché sentì aprirsi il portone della caserma.

Più passi, più scarpe, più tacchi stavano salendo le scale verso il suo ufficio, battendo con tonalità diverse sui gradini.

Il primo pensiero del Maccadò fu che l'appuntato Misfatti fosse tornato all'ovile e per un breve istante il suo animo si alleggerì.

«Prego», sentì dire al carabiniere Grafico.

«Grazie», udì, e le sue speranze furono abbattute senza pietà.

Non era la voce del Misfatti.

La porta, come un sipario, si aprì mostrandogli l'impiegato delle poste Eusebio Sesamo.

Al che, prima ancora di dire qualcosa, il Maccadò ebbe la certezza che quella giornata fosse nata storta davvero e che niente e nessuno, nemmeno un miracolo, sarebbe riuscito a raddrizzarla.

14.

L'appuntato Misfatti ci aveva provato.

Sotto gli occhi del manovale Orisei, comandato da capostazione e dottore di non perderlo di vista fino all'arrivo dell'ambulanza, aveva tentato dapprima qualche movimento, dando a vedere infine di volersi rimettere in piedi.

Nessuna parola era uscita dalle sue labbra tranne qualche sospiro, o verso, che aveva accompagnato i suoi scoordinati movimenti, primitivi come se uscisse da un letargo. Il carico di miscuglio con il quale l'avevano addormentato era ancora discreto. Non più per tenerlo sedato come un leone in trasferta. Sufficiente però a turbarne la coscienza, così da impedirgli di ricordare il recente passato, cogliere con chiarezza dove fosse, capire chi gli stesse di fronte.

Il manovale Orisei, notando quei tentativi di risveglio, quegli occhi a mezz'asta che anelavano ad aprirsi del tutto senza farcela, anziché aiutare il Misfatti aveva fatto due passi indietro.

Aveva ricominciato a pensare che quello che aveva sotto gli occhi non fosse altro che un vagabondo ubriaco.

Alla larga, si era detto l'Orisei che aveva iniziato a temere che il vagabondo potesse anche essere aggressivo. Fece ulteriori passi indietro mentre il Misfatti tentava penoso di riprendere la stazione eretta.

Di passo in passo, quando il dottor Gonico giunse alla guida dell'ambulanza, l'Orisei era ormai a distanza di sicurezza rispetto all'appuntato. Tanto che il Gonico gli chiese se per caso stesse andando via.

L'Orisei non gli rispose.

Piuttosto gli fece notare con una certa malizia che il vagabondo aveva cominciato a dare segni di risveglio, fatto che gli sembrava più tipico di una sbornia, per quanto colossale, quando cominciava a svanire che non di una intossicazione da funghi.

Il Gonico per tutta reazione sorrise.

«Beata ignoranza!» disse con intenzione.

D'altra parte, se lui era manovale una ragione c'era.

E in virtù di quella ragione non poteva certo sapere e nemmeno immaginare quali alterazioni subivano i processi cerebrali quando le molecole tossiche dei funghi, così come di altre sostanze pericolose, riuscivano a interferire.

«Siamo di fronte», concluse il dottor Gonico, «a un classico caso di agitazione psicomotoria.»

In altre parole: «Eretismo tossico», inventò lì per lì.

Per curare il quale era indicato l'uso della canfora monobromata, sciroppo che non mancava mai nella piccola farmacia con la quale era attrezzata la sua ambulanza.

Prima di provvedere a caricarlo sul mezzo, spiegò il Gonico, era necessario sedare l'ammalato al fine di proteggerlo da cadute o atti inconsulti durante il trasporto.

«Mi sono spiegato?» chiese il dottore mentre, la confezione dello sciroppo in mano, si avvicinava all'appuntato Misfatti.

15.

«Il direttore Filiformi mi ha incaricato di consegnarvi questa con estrema urgenza», aveva detto l'impiegato postale Sesamo con una certa timidezza e stando fermo sulla soglia dell'ufficio.

Per un lungo istante il Maccadò l'aveva guardato.

Era domenica, che ci facevano le Regie Poste aperte?

Quello aveva intuito la sua perplessità.

«Siamo aperti per via del francobollo», aveva spiegato.

Credeva di averlo fatto, perlomeno.

Ma il Maccadò non aveva compreso.

«Che francobollo?» aveva chiesto.

Il francobollo che celebrava la revoca delle inique sanzioni comminate dalla Società delle nazioni un anno prima. Tutti gli uffici d'Italia delle Regie Poste erano aperti per coloro che ne volessero l'annullo in quella giornata di gioia per l'intera nazione.

Ah!, aveva borbotatto tra sé il maresciallo.

Capirai che gioia!

«Va be'», aveva concluso e fatto cenno all'impiegato di farsi avanti.

Dopodiché, presa la busta che il Sesamo aveva in mano, l'aveva osservata per un istante.

Busta chiusa, anonima.

«Grazie», aveva detto congedando e salutando in un colpo solo il Sesamo.

Una volta che l'ebbe aperta e letta, smadonnò.

Tra sé e sé, per carità, ma smadonnò.

Si trattava di un fonogramma accompagnato da un biglietto scritto dal direttore delle Regie Poste in cui lo stesso Filiformi spiegava di averlo ricevuto dal comando della Guardia Confinaria di Ventimiglia dopo due tentativi falliti da parte della stessa di mettersi in contatto con la caserma di Bellano. Il primo, calcolò tra sé il Maccadò, doveva essere avvenuto mentre suor Venezia aveva telefonato tenendo la linea occupata, il secondo mentre la linea era invece libera ma in caserma non c'era nessuno, essendo il Grafico sceso al bar dell'Imbarcadero per avvisarlo che la suora aveva bisogno di lui.

Il Filiformi peraltro si premurava di informarlo che aveva ricevuto lui in persona la comunicazione, come da richiesta del chiamante, garantiva sul suo onore che avrebbe rispettato il segreto cui era tenuto per le questioni di ufficio. In quel caso, sottolineava, ancora più stringente, come se lui stesso fosse carabiniere.

Proveniente dal «Comando Guardia Confinaria di Ventimiglia», il fonogramma chiedeva una conferma di identità, residenza, profilo morale eccetera di Buonavigna Filippo, allo stato trattenuto presso la caserma della stessa Confinaria dopo essere stato fermato nel corso della notte mentre tentava di raggiungere il territorio francese passando per il varco di Olivetta San Michele, provincia di Imperia.

Il Maccadò rilesse il testo un paio di volte.

Ma non certo per il bisogno di capirne il senso, più chiaro di così!

Fu solo un modo per prendere tempo.

Acquisire innanzitutto un dato di fatto: i timori che aveva avvertito poco prima stavano diventando drammatica realtà, la giornata nata storta si stava intorcinando sempre di più.

Poi decise di prendere di petto la situazione.

Perché, se il Filippo Buonavigna che stava a Ventimiglia ospite della Confinaria di là era quello che il Misfatti stava cercando in val Chiavenna, a chi stava dando la caccia il suo appuntato?

Quanti Filippo Buonavigna residenti a Bellano c'erano al mondo?

Si lasciò andare sulla sedia e alzò gli occhi al soffitto, come chiedesse aiuto all'alto dei cieli.

Oppure a quel sant'Antonio da Padova il cui santino stava ancora nella tasca della sua giacca.

Sant'Antonio, suor Venezia, il giornale.

Manco s'era accorto il maresciallo che il carabiniere Grafico, lieve come una piuma, glielo aveva messo sulla scrivania ed era sparito dalla circolazione.

Lo afferrò.

Il titolo già lo conosceva.

«AUDACE LADRO ARRESTATO DA GUARDIA NOTTURNA.»

16.

«Bellano, 17 luglio 1937 – XV E.F.

Verso le ore una del 17 corrente, certo S.C., giovinastro già noto alle Forze dell'Ordine per precedenti di scarsa entità, veniva valorosamente fermato dalla guardia notturna Romeo Giudici che ne interrompeva la fuga dopo un tentativo di furto presso l'abitazione di Emerita Diachini in Panicarli, moglie del valoroso manovale fascista Achille Panicarli.

L'azione furtiva del malvivente veniva sabotata dalla stessa padrona di casa che, accortasi dell'intrusione, lanciava all'istante grida d'aiuto dalla finestra della sua abitazione, grida prontamente raccolte da residenti nei pressi i quali, senza nessun indugio, accorrevano al richiamo.

Tra i primi lo stesso figlio Vinci, promessa del nostrano ciclismo, che affrontava il lestofante con coraggio, avendone la peggio. Dallo scontro col malfattore infatti il giovanotto riportava lesioni per le quali si rendeva necessario il suo trasporto presso il locale nosocomio. Ma la fuga del fuorilegge aveva vita breve grazie alla prontezza della guardia notturna Giudici che incrociandolo per via lo affrontava, lo fermava e lo riduceva all'impotenza, consegnandolo così alla giustizia.

Non nuovo a imprese di poco conto come si diceva, non ci sentiamo di escludere che il malaccorto delinquente notturno abbia voluto rivestire la sua squallida impresa di un colore politico ostile al Regime, prendendo di mira la casa sguarnita dalla presenza di un onesto lavoratore di provata fede, al servizio della Patria nelle terre d'Africa, divenute terre dell'Impero. Non si esclude peraltro che egli abbia sottovalutato il valore e il coraggio delle donne fasciste, illudendosi che fosse facile cosa sorprenderle nel sonno e saccheggiarne la dimora.

Per il momento le Forze dell'Ordine, sotto la direzione del comandante della locale stazione dei Reali Carabinieri maresciallo maggiore Ernesto Maccadò, laboriosamente impegnate nelle indagini, tacciono. Siamo tuttavia certi che esse viaggino a vele spiegate verso un rapido chiarimento dei fatti, garantendo così la pace, l'ordine e la tranquillità alle oneste famiglie del luogo, come accade in tutto il territorio nazionale.»

Di tutta la prosopopea che il maestro Crispini aveva distillato nel suo articolo, la cosa che più irritò il maresciallo a fine lettura fu il riferimento alle forze dell'ordine.

Maiuscole, come se avesse a disposizione un battaglione di carabinieri e non fosse invece ridotto a contare quasi solo su sé stesso.

Il Virgola era ancora in ospedale, e ci sarebbe dovuto restare ancora un po' a tener d'occhio il Caiazzi nonostante avesse diritto a essere sostituito.

Ma con chi?

Col Grafico forse, uno che a suo giudizio aveva sbagliato a sceglersi quel mestiere?

Oppure ci doveva andare lui, lasciando la caserma senza nemmeno un graduato?

Ci sarebbe voluto il Misfatti, con lui presente la situazione sarebbe stata meno complicata.

Forse però, pensò il Maccadò sollevando la cornetta per chiamare suor Venezia, stante l'avvio che aveva preso la giornata nemmeno lui sarebbe stato sufficiente.

Sant'Antonio di Padova magari.

Ecco, lui forse avrebbe potuto aiutarlo a capire cosa ci facesse il Buonavigna a Ventimiglia e dove fosse finito il suo appuntato.

17.

L'avrebbe consolato sapere che era sulla via del ritorno?

Era da poco uscito dall'abitato di Colico e viaggiava alla considerevole velocità di quasi venti chilometri orari.

Prima di caricarlo sull'ambulanza il dottor Gonico aveva aspettato che la canfora monobromata facesse il suo effetto narcotizzando di nuovo il Misfatti.

Solo dopo, e non prima di averlo assicurato con dei legacci, facendosi aiutare dall'Orisei che si schifava un po' di toccarlo, aveva provveduto a infilarlo nell'ambulanza, quindi era partito.

Guidava lui.

Per i primi tempi, e anche per dare maggior enfasi all'acquisto dell'ambulanza e al relativo «trasporto gratuito», il Gonico aveva prezzolato un autista che era durato nell'incarico sino a quando il dottore aveva scoperto che lo chauffeur approfittava dei viaggi, di andata e di ritorno dall'ospedale senza far distinzione, per trasporti di merci o di passeggeri non autorizzati, servizi per i quali chiedeva un pagamento. Fatale era stato un trasporto di galline caricate presso il magazzino del consorzio agrario di Bellano, che avevano lasciato dentro l'ambulanza tracce che all'olfatto del Gonico non erano sfuggite. Smascherato il furbo, il dottore aveva deciso di non fidarsi di altri se non di sé stesso, e da quel momento era diventato anche autista dell'ambulanza di proprietà.

Guidava lui, quindi, pur non essendo quella del portare mezzi motorizzati attività nella quale eccellesse.

Peraltro ne era conscio.

Ne derivava una prudenza estrema, lo sguardo mobilissimo a indovinare ogni sorta di possibile pericolo che potesse sbucare da destra o da sinistra, la trombetta azionata come un isterico per avvisare del suo passaggio, e la velocità mai, ma proprio mai, oltre i venti chilometri orari, benché qualche dissennato che l'aveva presa a noleggio gli avesse fatto notare che poteva toccare i trenta, e forse più.

Chi va piano va sano e va lontano, pensava e rispondeva nel caso. Dimenticando che spesso, in ragione della sua prudenza, poteva capitare che l'unico a giungere sano al traguardo fosse lui.

Nel momento in cui il maresciallo Maccadò sollevò la cornetta del telefono per richiamare suor Venezia, l'ambulanza si era ormai lasciata alle spalle l'abitato di Colico e si apprestava ad affrontare, con tutte le cautele possibili e perlopiù inutili, la salita della Garavina.

18.

Imprecisioni.

Quando non bugie vere e proprie.

Disse così suor Venezia al Maccadò riferendosi all'articolo del Crispini.

Dal tono di voce sembrava scandalizzata davvero e il maresciallo, protetto dall'invisibilità del telefono, sorrise per tanta, beata ingenuità.

D'altra parte cosa poteva saperne una religiosa di come andavano quelle cose?

Rispose, paternale.

Imprecisioni, d'accordo.

«Le ho notate anch'io», disse.

La più marchiana era la faccenda del Vinci, il racconto del suo scontro col Caiazzi. Bisognava tener conto della natura eclettica del maestro, della sua tendenza a stare sempre un po' tra le nuvole e a lasciarsi trasportare dalla fantasia: non avendo informazioni precise su cui basarsi aveva ricostruito i fatti alla maniera di un romanziere, tutto lì.

«Nella sostanza però», concluse il maresciallo, «i fatti non cambiano.»

Che il Vinci fosse andato a sbattere contro un muro, contro sua madre oppure contro il Caiazzi, i sospetti continuavano a pesare sul Serafino, c'era poco da fare.

«Siete sicuro?» ribatté suor Venezia.

Così, secca secca.

Tanto che al Maccadò sfuggì un'espressione contrariata, la stessa che gli veniva quando qualcuno osava mentire senza ritegno sotto i suoi occhi e che non contenne, né avrebbe contenuto pur se avesse avuto suor Venezia davanti a sé, con tutto il rispetto.

«Cosa intendete dire?» chiese.

Anche lui secco secco.

«Io?» angelica, adesso, la suora.

Niente di che.

Tuttavia si permetteva di far notare che non sempre le cose stavano come sembravano. Il primo sguardo talvolta era solo un pregiudizio, magari ne serviva un secondo per vedere meglio.

«Vi spieghereste meglio?» chiese il Maccadò.

«Intendo dire che una verità vale l'altra fino a che non si è davanti all'unica, quella veramente vera.»

Il maresciallo si passò una mano sul viso.

Cos'era tutta quella filosofia?

«Vi siete svegliata con la voglia di porre indovinelli?» chiese.

«Lungi da me la tentazione di scherzare», rispose suor Venezia.

Però se voleva ascoltare una versione dei fatti che li spiegava altrettanto bene, doveva andare da lei, in ospedale.

Il Maccadò si appoggiò alla sedia.

«Non potreste dirmi qualcosina al telefono?» chiese più per cortesia che per curiosità.

Non aveva, davvero, tempo da perdere.

A fronte del caso Caiazzi, aveva per le mani due faccende che scottavano: il Buonavigna da una parte con la sua misteriosa presenza in quel di Ventimiglia, dall'altra la parimenti misteriosa assenza dell'appuntato Misfatti.

E poi, in fondo, era domenica anche per lui.

«Sarebbe troppo lungo», rispose suor Venezia.

Doveva tener conto, spiegò, che le attività mattutine di un ospedale, alla domenica soprattutto, non le permettevano di perdere tempo, cosa che già stava facendo.

«Inoltre», aggiunse, «preferirei che il nostro colloquio avvenisse in una forma privata e confidenziale, lontano da orecchie estranee.»

Il maresciallo depose la cornetta.

Non aveva detto né sì né no.

Ma non ce n'era bisogno.

Se voleva sentire ciò che suor Venezia aveva da dire, doveva alzare le chiappe e andare in ospedale senza altri indugi.

19.

Il paese si stava animando.

I caffè che davano sul molo erano tutti aperti, parecchi tra i tavolini disposti all'aperto erano già occupati.

Il Maccadò, dalla soglia della caserma, notò giornali squadernati, sigarette che fumavano, mani che si agitavano per salutare, richiamare o magari impegnate a dare forza a concetti di una discussione quasi certamente oziosa. Nella cacofonia della mattina le voci, inintelligibili, si mischiavano al suono di alcune radio che trasmettevano canzonette.

Casalinghe, pensò il maresciallo, che mettevano un po' in ordine la camera da letto prima di uscire. L'immagine evocata lo portò a pensare a sua moglie che in quel momento con tutta probabilità stava facendo la stessa cosa, lo fece sospirare e lo spinse a darsi una mossa.

Si avviò mentre dal molo vide uscire un paio di barche a vela che nonostante l'assenza di vento avrebbero cercato di raggiungere il largo. All'altezza del Cavallino Bianco il Tibidati attendeva elegantissimo in giacca e cravatta che il giardino a lago del suo ristorante venisse preparato comme il faut.

Il Maccadò non poté fare a meno di fermarsi per rispondere al saluto di questi e, tanto per non essere scortese, chiedere come andassero gli affari.

«A gonfie vele», rispose il Tibidati.

Nonostante da giorni non si vedesse un filo di breva, aggiunse con un precario senso dell'umorismo.

Erano in arrivo, per l'ora di pranzo, novanta svizzeri francesi curiosi poi di andare a visitare l'Orrido.

«Sempre così d'estate», osservò il commendatore. «La domenica d'altronde è sempre un giorno particolare.»

Forse che il Maccadò non lo sapeva?

Eccome, invece.

E l'avrebbe, almeno per quel giorno, cancellata dal calendario, con buona pace del Tibidati e degli svizzeri francesi che volevano visitare l'Orrido.

Perché la domenica, come da tradizione, Maristella Maccadò esigeva che lui partecipasse insieme con tutta la famiglia alla messa grande, ore dieci del mattino.

Mancava un'oretta ormai alla scadenza.

Al maresciallo sembrò di sentire quello che Maristella gli aveva detto decine e decine di volte.

Che alla domenica anche il lavoro doveva inchinarsi ai diritti della famiglia.

Già in un paio di occasioni gli era capitato di bucare l'appuntamento per questioni di servizio, e non c'erano stati santi. E il peggio era che Maristella riusciva a mascherare la delusione per la sua assenza, facendolo stare ancora più male.

Quindi, se non voleva ripetere l'esperienza, meglio riprendere la via dell'ospedale.

Cosa che avrebbe fatto subito, che stava per fare, se il maestro Fiorentino Crispini da un tavolino all'interno del Cavallino Bianco non l'avesse visto e bloccato con prontezza salutandolo dall'altro lato della strada.

Se il Crispini avesse intuito lo stato d'animo del Maccadò avrebbe lasciato perdere.

Invece attraversò e gli si fece incontro con l'ineffabile sorrisetto dei suoi baffi, chiedendo se ci fossero novità sull'indagine che stava conducendo.

Il Maccadò si sentì feroce.

«Una c'è», rispose.

«E posso venirne a conoscenza?» chiese il Crispini.

«Come no!» acconsentì il maresciallo.

Riguardava la diffusione di notizie false e tendenziose a mezzo stampa.

Il volto del maestro cominciò a decolorarsi.

«È reato passibile di denuncia», completò il maresciallo.

Sul viso del Crispini si operò un viraggio. Sull'intellettuale pallore di poco prima prese a diffondersi un colore – vasodilatazione – che dal rosa antico proprio di certe bambole si avviò rapido ad assumere un volgare tono vinaccioso.

20.

Come lo vide entrare in reparto, suor Venezia assunse un'espressione che non aveva bisogno d'altro per spiegarsi: aggrottò la fronte e sporse le labbra in un culo di gallina meravigliosamente simile alla realtà.

Il Maccadò comprese che non doveva far intendere di essere lì perché lei l'aveva convocato.

«Maresciallo, buona domenica!» salutò lei fingendosi sorpresa.

«Lasciamo perdere», bofonchiò lui.

Dentro di sé avvertiva il lento, inarrestabile estinguersi di un lumicino, la speranza di riuscire a salvare il canonico appuntamento delle dieci con la famiglia.

«Vi spiace attendermi un minuto nella saletta dell'infermeria?» disse suor Venezia.

Per suor Venezia un minuto era un minuto.

Il Maccadò ebbe giusto il tempo di salutare il Virgola e rispedirlo in caserma.

«Eccomi», fece la religiosa scaduto il minuto.

«Sono curioso», rispose il Maccadò.

«Lo credo bene, quello che ho da dirvi è molto importante», aggiunse la suora.

E doveva farlo subito, prima che cominciasse il consueto giro dei ricoverati che rispetto al solito era anticipato di un'ora, onde permettere a lei e alle sue consorelle di presenziare alla messa delle dieci presso la cappelletta dell'ospedale.

A quell'uscita il maresciallo sospirò.

Nulla tuttavia era ancora perduto. Bastava non perdere altro tempo, come aveva detto suor Venezia, e forse ce l'avrebbe fatta.

«Ditemi allora.»

«Non qui», rispose suor Venezia.

Meglio uscire sulla piccola terrazza con vista lago sulla quale i pazienti convalescenti e purtroppo quelli fumatori passavano un po' di tempo prendendo il sole, beandosi della vista e, alcuni, del loro vizio.

«E perché mai tutta questa segretezza?» indagò il maresciallo.

Suor Venezia tacque e prese la via della terrazza seguita dal Maccadò.

Solo una volta fuori, con la certezza che le uniche orecchie in ascolto fossero quelle dei gabbiani, se pur le avevano, suor Venezia rispose alla sua domanda.

«Perché sto per dirvi cose che mi sembra giusto sappiate. Ma le ho sapute per via traversa e chi me le ha riferite non è certo un testimone tra i più attendibili.»

21.

Un po' come le diagnosi del dottor Ambio Gonico.

Che, per i colleghi ospedalieri del circondario, erano quasi sempre motivo di divertimento e dileggio.

Pur raggiunto da voci circa le burlette di cui era fatto oggetto, il Gonico non se n'era mai curato. Gli bastava che la fiducia dei pazienti che si affidavano a lui non venisse meno, anche perché in fin dei conti era da quella che ricavava da vivere, e largamente. Che continuassero a credere, cioè, che se egli agiva in un certo modo era per l'alto senso del dovere che sentiva dentro sé, la missione cui s'era votato, difendere a spada tratta e preservare a tutti i costi la salute altrui. Nessuno sospettava che dietro le sue astruse diagnosi si nascondesse una profonda ignoranza sposata al naturale istinto di fuggire di fronte alla benché minima responsabilità.

Volava alto coi paroloni e più alto volava meno chi lo ascoltava riusciva a capire, se non che quanto più astrusa era la diagnosi tanto più corposa era la parcella.

D'altronde, non si diceva forse che quanto più amara era la medicina tanto più sarebbe stata efficace?

Mentre il dottor Gonico quindi, concentrato alla guida come se viaggiasse su un terreno minato senza superare i canonici venti chilometri orari, scollinava l'impervia salita della Garavina per affrontare, il piede incollato al freno, la perigliosa discesa, la richiesta d'avviso giungeva alla centralinista dell'ospedale bellanese, Brunella Sassi.

Di telefonare si incaricò il capostazione colichese Alfieri, sicuro che nessuno tra i colleghi, e men che meno il manovale Orisei, da lui considerato alla stregua di un servo della gleba, avesse le qualità dialettiche sufficienti per comunicare in modo consono con una struttura quale l'ospedale, spiegando i motivi della chiamata e rispondendo a eventuali richieste di chiarimenti.

La centralinista era abituata a ricevere telefonate d'ogni sorta. L'abitudine al telefono aveva sviluppato in lei una specie di sesto senso secondo il quale giudicava il tipo di persona che stava all'altro capo del filo. E si comportava di conseguenza.

I toni bassi, persuasivi delle voci maschili così come quelli morbidi e magari con qualche piccolo, delizioso difetto di pronuncia nelle voci femminili la disponevano a una gentilezza servile.

Quelli incerti, interrotti da colpi di tosse, sospiri, esitazioni, dialettismi, così come le voci di coloro che parlavano come se lei fosse una banale staffetta di notizie e non il primo, fondamentale contatto tra la malattia e la salute, la vita e la morte, la mettevano invece in una condizione di facile irritabilità, propensa a maltrattare l'interlocutore.

L'Alfieri entrò di diritto nella seconda categoria perché subito dopo essersi presentato pretese brusco di parlare con un medico.

«Perché mai?» chiese la centralinista.

«Perché ne ho bisogno», fu la risposta del ferroviere.

«Può dire a me», ribatté la Brunella.

«Siete medico?» indagò il capostazione.

Brunella Sassi era già rossa in viso come se fosse preda di un'improvvisa scalmana.

«Io...» fu lì per rispondere.

Ma l'Alfieri non gliene concesse il tempo.

«Signorina, o signora che sia», inveì, «sappiate che così facendo state solo rubando tempo prezioso alle possibilità di un uomo intossicato da funghi velenosi! Me lo volete passare un medico o no?»

La centralinista stette per un momento con la cornetta in mano.

Funghi?, stava pensando.

Ma se col secco che c'era non cresceva nemmeno l'erba nei prati e nei giardini!

Guardò la cornetta da cui continuava a uscire l'imperiosa voce del capostazione colichese.

Rispondere oppure no?

Con un gesto deciso la depose sulla forcella, quindi avvisò dell'imminente arrivo chi di dovere.

22.

Certo sarebbe stato meglio sia per lei sia per il maresciallo se le cose che stava per dire avesse potuto sentirle dalla bocca di Agnesina Gavargna località Lonzolo, visto che da lei le aveva apprese.

Non c'era stato niente da fare però.

Suor Venezia un tentativo l'aveva provato, un paio d'ore prima, subito dopo aver letto il giornale e ben prima di decidersi a telefonare in caserma.

Alle sette spaccate aveva mandato il Caiazzi in infermeria per la medicazione e s'era fermata nella stanza.

L'Agnesina era sveglia.

«Allora...» aveva cominciato suor Venezia.

«Agnesina Gavar...»

«Sì, sì, lo so», l'aveva interrotta la suora.

Ma non era lì per quello. Per la sera prima, piuttosto.

«Ieri sera cioè», aveva chiarito suor Venezia.

«Ieri sera?» aveva chiesto l'Agnesina.

«Vi ricordate di ieri sera?» aveva chiesto la suora.

«Oggi che giorno è?» aveva chiesto la Gavargna.

Suor Venezia aveva consultato il soffitto.

«Agnesina», aveva ripreso poi, voce da santa subito, «vi ricordate che ieri sera mi avete raccontato una cosa?»

«Io?» aveva risposto la vecchina.

«Proprio.»

«E cosa di bello?»

«Mi prendete in giro?» aveva chiesto la suora forse con più energia di quanto volesse.

Il viso della Gavargna aveva allora assunto un'espressione dolente. Gli occhi s'erano inumiditi. Tutti i forse ottantotto anni della donna erano calati sulle sue gote, trasformandone il viso in una mela d'inverno.

Suor Venezia ne aveva intuito l'estrema fragilità, aveva deciso di lasciar perdere.

«Su, su Agnesina!» l'aveva stimolata.

«Che giorno è oggi?» aveva chiesto lei.

«È domenica, c'è la messa.»

L'Agnesina aveva allora sorriso dolcemente.

«Ah, la messa... sì.»

«Pregate», aveva suggerito suor Venezia prima di uscire dalla camera.

Una volta uscita sulla terrazza e dopo aver tirato un bel respiro, suor Venezia confessò al maresciallo come e da chi aveva saputo quelle cose. Dopodiché gli chiese di promettere che si sarebbe fidato di lei e avrebbe lasciato in pace la povera Agnesina.

«Promesso?»

«Promesso», rispose il Maccadò, lo sguardo sul lago e sulle barche a vela che ancora aspettavano una seppur minima bava di vento.

23.

«Quell'articolo è una favoletta», attaccò suor Venezia.

Dalle barche sul lago lo sguardo del maresciallo si spostò sulla religiosa.

«In che senso?» chiese.

«Ma l'avete letto?» gli rispose la suora.

«L'ho letto, certo», disse il Maccadò planando su un tono mite.

Suor Venezia stappò la bottiglia.

«Bene, allora, prima di tutto…»

Prima di tutto non era affatto vero che il Vinci fosse andato a sbattere contro il Caiazzi, perché invece…

«Perché invece ha sbattuto contro sua madre, su questo siamo d'accordo», completò il maresciallo.

Suor Venezia smise per un momento di versare da bere.

A braccia conserte, il capo proteso, guardò il maresciallo dal basso verso l'alto e solo perché la statura non le consentiva di fare altrimenti.

«Sapete anche il resto?» chiese poi.

Il Maccadò si mise in guardia. Una frase sbagliata e, ne fu certo, la suora l'avrebbe mandato a quel paese.

«Non vi leggo nel pensiero», disse.

«Allora ascoltatemi», riprese suor Venezia.

Il Maccadò accettò e tornò a guardare il lago e le barche, sollevato per essere uscito con onore da quel piccolo duello verbale.

24.

Avvisato dall'infermiere Scontati, a sua volta informato dalla centralinista Sassi, che stava arrivando un grave caso di intossicazione da funghi, il dottor Eselino Mori, primo assistente del primario, eseguì un rapido ripasso di ciò che era prescritto fare in quei casi riandando con la memoria alla *Diagnostica Clinica delle Malattie Interne* del professor Ferruccio Schupfer, autore del testo sul quale aveva studiato.

Idratazione del paziente, svuotamento dello stomaco tramite lavanda gastrica, lassativi per rimuovere dall'intestino le tossine. Atropina e mannitolo pronti all'uso nel caso se ne prospettasse la necessità.

Concentrato nell'esercizio di non dimenticare niente di ciò che gli serviva per affrontare un caso abbastanza fuori dal comune, il Mori aveva comunque prestato l'orecchio a ciò che l'infermiere aveva poi aggiunto a commento della notizia.

Innanzitutto che si doveva trattare di un caso davvero eccezionale. Lui, che avrebbe rinunciato a qualunque cosa pur di trovare un solo fungo, da che c'era quel secco aveva solo e sempre fatto delle gran passeggiate per i boschi tornando a casa ogni volta con le pive nel sacco.

In secondo luogo che l'intossicato stava giungendo in ambulanza, da Colico.

«Colico, ambulanza.»

In pratica, aveva concluso il Mori, voleva dire dottor Ambio Gonico.

S'era fatto una risata.

«Scommettiamo che al massimo si tratta di un'indigestione?» aveva detto.

«Fossi matto a scommetterci», aveva risposto, ridendo pure lui, l'infermiere.

25.

Le campane che chiamavano alla messa grande accolsero festose il maresciallo Maccadò mentre stava uscendo dall'ospedale.

Non aveva bisogno di altro per raggiungere un intollerabile livello di confusione. Ciò che suor Venezia gli aveva appena rivelato aveva scatenato in lui due opposte reazioni. Non sapeva se prendere per buone le parole della religiosa oppure archiviarle come ingenuo frutto della fede che aveva nella sincerità di ogni essere umano, soprattutto quando era steso in un letto d'ospedale.

Decidere significava agire di conseguenza.

Dovette fermarsi.

Cosa che fece a metà della scala che scendeva dall'ingresso, e sotto gli occhi della centralinista, per riflettere un momento massaggiandosi le tempie.

Visto così, sembrava uno che non stesse tanto bene.

Forse una vertigine oppure un calo di zuccheri. La Brunella, che per il solo fatto di lavorare da una decina d'anni dentro le mura di un ospedale si lanciava spesso in ardite ipotesi diagnostiche, lo tenne d'occhio.

Il Maccadò, passato il momento critico, raddrizzò le spalle invece, diede un'occhiata all'orologio e partì di gran carriera.

Maristella Maccadò era tutta in ghingheri come al solito la domenica, pronta per uscire da casa con tutta la banda tirata a lucido, lustra, leccata e silenziosa come da ordini materni.

Vedendo comparire il marito rimase di stucco.
«Pensavo che ormai non venissi», disse.
Sorrise di piacere, dando una inconsapevole, profonda coltellata al cuore dell'uomo.
«Infatti», confermò il maresciallo.
Era passato solo perché era di strada, casa loro stava lungo il tragitto che dall'ospedale portava al centro del paese.
Era lì solo per avvisarla.
«Di non aspettarmi», disse in tono da pentito.
Maristella masticò cose da dire.
«Come mai?» le uscì soltanto.
Il Maccadò gonfiò le gote.
«Lascia perdere», lo salvò la moglie.
Non voleva sentire storie, che fossero vere o false.
«Ti spiego poi», disse lui.
«Sì, poi», rimbalzò lei.
Perché per loro, adesso, aggiunse, s'era fatta l'ora di andare.
«Vi accompagno», sussurrò il maresciallo.
Maristella Maccadò parlò con gli occhi.
Pure il marito le rispose con lo sguardo. Non c'era tempo e sarebbe stato lungo spiegare come, senza ragionarci troppo sopra, aveva deciso di credere giusto un po' alle parole di suor Venezia e fare una verifica che gli consentiva di percorrere un tratto di strada in loro compagnia.
Così fu fino a un certo punto di via Manzoni.
Poi, all'altezza del civico 36, si salutarono.
Maristella con al seguito la truppa, in ordine decrescente d'età e silenziosa, proseguì alla volta della prepositurale.
Lui invece si fermò, pronto a salire le scale che portavano al secondo o forse terzo piano dell'appartamento che stava di fronte al civico numero 37, residenza di Emerita Diachini in Panicarli.

26.

Secondo abitudine, suor Venezia era già nella cappelletta dell'ospedale.

Terzo banco dell'unica fila.

Insieme con le altre consorelle che prestavano servizio come lei, recitava il rosario condotto da suor Dorina, la più anziana del gruppo, inabile ormai a ogni lavoro tant'è che usciva dal quartierino riservato alle suore solo in occasione di messa e rosario.

Piano piano il coro di voci che rispondevano a suor Dorina si andava ingrossando grazie all'intervento dei ricoverati di ambo i sessi che, potendo farlo, avevano lasciato il letto per assistere alla messa.

Suor Venezia non mancava mai di invitare alla funzione tutti coloro che sapeva in grado di muoversi in autonomia. Lo stesso invito, con un tono però più autorevole, lo rivolgeva al personale laico.

«Benché in orario di lavoro, la santa messa fa parte dei doveri di ogni buon sanitario, infermiere o medico che sia!»

Quando il rosario volgeva al termine, spesso fingendo di raccogliere qualcosa da terra, dava una rapida occhiata alle sue spalle, facendo l'appello di chi aveva aderito al suo invito e soprattutto di chi aveva fatto orecchie da mercante.

Il rosario era lì per finire, suor Dorina stava per attaccare il *Salve Regina.*

Suor Venezia ripeté la mossa.

Lasciò cadere per terra un'immaginetta e si predispose alla solita, furtiva occhiata d'ispezione.

Quella domenica qualcosa ne bloccò l'azione.

«Eia ergo, advocata nostra...» saliva il coro della preghiera.

Un rumore di passi di corsa che senza riguardo stavano percorrendo il corridoio che portava verso la cappelletta rese incerte le voci dei fedeli riuniti.

Di colpo poi tutto cessò.

Terminò la preghiera, scomparve il rumore di passi.

Il sacerdote fece capolino all'altare accompagnato da uno strano rumore.

Cric, croc...

Era lo scrocchio di un paio di scarpe di cuoio che, per quanta fosse la delicatezza investita nel camminare da parte di colui che le indossava, non potevano fare a meno di gemere.

27.

Secondo piano senza dubbio.

Al piano terra c'era un negozio di alimentari, chiuso stante il giorno festivo. Il primo invece era con tutta evidenza disabitato, le maniglie dell'antiporta erano legate con catena e lucchetto, non c'era indicazione di nomi, il bottone del campanello pendulo.

Secondo piano quindi, senza possibilità di errore, famiglia Civignola.

Il maresciallo Maccadò suonò, certo che nessuno gli avrebbe aperto. La messa grande stava per cominciare. Trovare in casa qualcuno a quell'ora sarebbe stato quasi come beccare un terno al lotto, e senza giocare.

Dopo una prima, suonò una seconda volta, giusto per non lasciare nulla di intentato, predisponendosi a girare i tacchi e a raggiungere il resto della famiglia, era ancora in tempo, quando un rumore di sedie smosse o qualcosa di simile lo trattenne.

Forse s'era trattato di un falso allarme?

No, perché udì a seguire un altro rumore, di chiavi questa volta. La porta di casa tuttavia non si aprì.

Una voce però, femminile, lontana, come se provenisse da dentro una scatola, disse: «Un attimo solo, per favore».

Seguì una serie quasi inintelligibile di parole e imprecazioni all'indirizzo della serratura della porta e delle numerose chiavi che componevano un mazzo tra cui doveva esserci quella giusta.

«Ecco!» disse la voce.

Tre giri secchi infine, e la porta si aprì.

«Scusate l'attesa.»

Per una frazione di secondo, pochi istanti, il maresciallo restò a guardare il vuoto, chiedendosi da dove provenisse quella voce che aveva udito senza però vedere le labbra dalle quali era uscita.

I suoi occhi avevano pescato nel nulla.

Poi aveva abbassato lo sguardo.

Allora si era trovato, ma solo per modo di dire, faccia a faccia con un individuo che gli aveva ricordato il Circo Astra e la coppia di nani che tra un numero e l'altro si erano esibiti coinvolgendo nei loro scherzi anche alcuni tra gli spettatori.

Così a occhio, non più alto, alta anzi, di ottanta, novanta centimetri al massimo.

La sorpresa lo fece sentire in imbarazzo, tant'è che la prima cosa che gli uscì di bocca fu: «Scusate».

«Di cosa?» chiese la... la...

«Elena», si presentò la padrona di casa. «Signorina Elena Civignola.»

«Del disturbo», chiarì il Maccadò in netta ripresa.

«Nessun disturbo», rispose la Civignola.

Scusasse lui piuttosto se l'aveva fatto attendere prima di riuscire a orientarsi con quel mazzo di chiavi.

Però, adesso che era riuscita ad aprire, senza che passasse per villana, voleva sapere se il signor maresciallo aveva intenzione di stare lì sulla soglia per il resto della domenica oppure preferisse entrare.

Il Maccadò sorrise.

Ormai del tutto padrone di sé, volle dar prova della sua arguzia.

«Ma voi aprite a chiunque suoni il campanello senza prima chiedere le generalità?»

Elena Civignola scosse il capo.

«No», rispose.

Ma l'aveva visto arrivare, entrare e poi sentito salire. Non poteva che andare lì, stante il negozio chiuso, il primo piano disabitato e un cosiddetto terzo piano che in realtà era un solaio.

Parlando, la Civignola s'era portata le mani ai fianchi, in tutto simile a certe statuette di dubbio gusto che ornavano svariati giardini, le cui dimensioni erano, centimetro più centimetro meno, pari alle sue.

«Allora?» chiese.

Poi le spuntò un mezzo sorriso. Il maresciallo non poté fare a meno di notare un accenno di baffi sul labbro superiore della Civignola.

«Non vi ruberò troppo tempo», rispose, facendo un passo nel corridoio.

«Faccio strada», disse la Civignola.

Solo allora il maresciallo si rese conto che la signorina Elena Civignola era vestita di tutto punto come se fosse pronta per uscire da casa.

Magari, lo folgorò il pensiero, per andare a messa.

Non sapeva che era la messa invece ad andare da lei.

28.

Imperdibile appuntamento per la maggior parte dei fedeli, per precisa volontà del signor prevosto la messa grande prevedeva un momento dedicato ai bambini.

Pur gradendo che ci andassero accompagnati dai genitori, il sacerdote aveva proposto che una volta entrati in chiesa i bambini se ne liberassero per andare a occupare i banchi delle prime file, dividendosi tra femmine, disposte alla sinistra rispetto all'altare, e maschi, a destra. La loro doveva essere una presenza attiva. Li aveva stimolati a partecipare con gioia alla messa domenicale, facendo sentire le loro voci con canti adeguati alla liturgia che le giovani ugole avevano preso l'abitudine di preparare nel corso della settimana sotto la guida dei propri educatori: per i maschietti era il coadiutore del parroco che li istruiva, presso i locali dell'oratorio destinati all'insegnamento del catechismo. Le femmine invece si addestravano presso la sala dell'oratorio femminile, obbedendo a certa suor Mughina, dotata di una voce da soprano, che nel corso del tempo aveva messo insieme una corale femminile di tutto rispetto. Tra i due gruppi s'era infine creato un sano spirito di competizione, e di domenica in domenica la messa grande era diventata un cruciale momento di vita, a volte spettacolare. Pochi adulti, anche se privi di figli, erano disposti a rinunciarvi e parecchi erano facili all'emozione quando sentivano quelle voci salire verso le volte della chiesa, evocando sentimenti e sensazioni corrosi, parole sepolte, ricordi di mattine incontaminate.

Era ciò a cui mirava il signor prevosto, donare ai presenti, grazie alla forza di quei canti e di quelle voci, la capacità di resistere all'usura quotidiana, ricordando a ciascuno quei momenti di perfetta innocenza.

Poi il prevosto aggiungeva il suo tocco personale in coda alla messa.

Subito dopo l'«Ite, missa est» tratteneva i presenti con il racconto di eventi biblici, affascinanti grazie a una non comune capacità affabulatoria. Gestendo con l'abilità di un regista i tempi del racconto, a volte il sacerdote estraeva dal suo passato gli episodi che l'avevano chiamato alla vocazione sacerdotale e in questi casi dimostrava anche di avere il dono dell'ironia.

Infine, per chiudere e a mo' di saluto, capitava che invitasse giovani e giovinette a impegnarsi nella soluzione di un enigma: un portavoce designato di volta in volta per ogni gruppo ne avrebbe offerta la soluzione la domenica successiva e coram populo, ottenendo in segno di vittoria una simbolica medaglietta.

Non succedeva tutte le domeniche.

A volte sì, a volte no.

La domenica 18 luglio 1937 fu una di quelle sì.

Il prevosto s'era preparato.

Finita la messa avrebbe raccontato della visita del Signore ad Abramo e delle promesse che in quell'occasione gli fece, dopodiché avrebbe proposto l'enigma, l'indovinello, la domanda che nei giorni a seguire avrebbe tormentato figli e anche genitori.

E, pur se stava celebrando, pregustava la gioia di quel momento.

29.

Anche il maresciallo Maccadò stava aspettando il momento giusto per sparare una domanda che per adesso continuava a restargli sul gozzo.

Ma la signorina Elena Civignola aveva inserito nella lingua un caricatore di parole e, a quanto pareva, era ancora ben lontana dall'averlo esaurito.

Aveva cominciato subito, a mitraglietta, dopo avergli fatto strada e averlo fatto accomodare in un salottino.

Aveva obbedito e lei era sparita.

Era tornata quasi subito, reggendo un vassoio sul quale si intuivano due bicchieri minuscoli come ditali e una bottiglia senza etichetta piena di un liquido rossastro che la Civignola aveva chiarito essere liquore di ciliegie di Spagna.

«Fatto con le mie mani», aveva precisato.

Durante la breve assenza della donna, il Maccadò aveva potuto fare due considerazioni.

La prima era che la Civignola non aveva alcuna intenzione di andare a messa. Una severa pendola che gli stava sotto gli occhi segnava ormai le dieci passate da qualche minuto.

La seconda era che nel salottino erano presenti alcuni oggetti d'arredamento fatti a misura d'altezza, o bassezza, senza intenzione d'offendere, della stessa padrona di casa. Aveva infatti inventariato una poltroncina dai piedi leonini, una sedia concepita con fattezze adulte ma dotata di gambe che facevano pensare ai seggioloni degli infanti e soprattutto un predellino posto nell'incavo in cui si apriva la finestra che dava sulla sottostante via Manzoni. Con una rapida mossa e un altrettanto empirico calcolo, il Maccadò aveva appurato che quella poteva essere la posizione dalla quale la Civignola osservava il viavai della contrada, compensando grazie al rialzo il deficit di statura.

Al suo ritorno col vassoio, il maresciallo era pronto a rendere conto della ragione per la quale si era permesso di disturbarla ma la Civignola aveva preso subito l'iniziativa, innanzitutto versandogli un bicchierino di quel liquore asprigno e costringendolo a berlo benché non ne avesse alcuna voglia. Dopodiché, mentre lui ancora stava suggendo il liquorino, era partita a dire che se il motivo della visita era quello di conferire con suo fratello era spiacente di deluderlo, poiché non era in casa né avrebbe saputo dirgli dove si trovasse in quel preciso momento.

Tuttavia, aveva aggiunto, aveva il sospetto che il signor maresciallo non avesse alcun bisogno di lui.

Di lei piuttosto.

«Indovino o no?»

Il Maccadò era stato lì per confermarle di aver centrato il bersaglio ma la Civignola era stata spietata.

«E posso immaginare il perché», aveva aggiunto rispondendo alla sua stessa domanda.

Ancora, il maresciallo aveva tentato di aprire la bocca per parlare ma la padrona di casa non se n'era data per intesa.

«Vorrei però che non mi giudicaste male», aveva detto.

Con uno scatto della lingua il Maccadò aveva approfittato del sospiro che era seguito alla richiesta della Civignola ed era riuscito a dire qualcosa.

«Perché mai?»

Sul viso della padrona di casa era sorta un'espressione di ironica consapevolezza.

30.

Incredulità, invece, fu quello che la smorfia di suor Venezia volle esprimere alla notizia.

Il canto delle scarpe di cuoio si era zittito all'altezza del terzo banco, dove lei si era appena seduta.

L'infermiere che le indossava si era chinato verso di lei.

L'alito già di pane e salame le aveva bisbigliato qualcosa all'orecchio.

«Siete sicuro?» aveva gorgogliato la voce della religiosa.

Il silenzio dell'infermiere era stato sufficiente a garantirle di aver sentito bene.

Solo dopo si era alzata per seguirlo, sotto gli occhi di tutti i presenti, poiché doveva essere successo qualcosa di grave per spingere suor Venezia ad allontanarsi dalla cappelletta proprio mentre il celebrante stava facendo il suo ingresso sull'altare.

Qualcosa che, a giudicare dall'espressione che era sorta sul viso della suora, doveva essere davvero fuori dal normale.

31.

«Volete dirmi che il primo pensiero che avete avuto dopo avermi visto non è stato quello di avere a che fare con un essere mica tanto normale, una sorta di fenomeno da circo?» aveva risposto la Civignola all'obiezione del Maccadò.

Proprio così.

Il maresciallo però cercò di negare.

«Lasciate perdere, è inutile, lo so», lo salvò la padrona di casa. «Me ne frego.»

Qualunque idea ci si facesse di lei, bisognava sapere una cosa.

«Sono del tutto normale», disse la Civignola.

A parte l'altezza, ovvio.

Per il resto, nessuna differenza.

Merito di suo padre Quinto, spiegò la padrona di casa, e di sua madre Anemore che sino a quindici anni prima avevano gestito il negozio al piano terra dentro il quale lei si era sempre occupata di fare il bilancio e stare alla cassa, destinata a quel compito grazie a una naturale propensione per la matematica che le aveva sempre permesso di fare addizioni, moltipliche e sottrazioni senza ricorrere ad altro che alla rapidità della sua mente.

Alla sera faceva i conti della giornata.

«Durante il giorno invece me ne stavo alla cassa, nascosta dietro il bancone.»

E guardando dritto negli occhi i clienti grazie a un rialzo opportunamente posizionato alla giusta altezza.

A quella soluzione i suoi erano giunti per gradi, a cominciare da quando, attorno ai sette, otto anni, avevano notato che la sua crescita non teneva il passo con quella dei suoi coetanei. Il medico di allora li aveva tenuti in ballo per un bel po', rassicurandoli.

«Crescerà, crescerà, ci vuole pazienza, non siamo mica fatti tutti alla stessa maniera.»

A ogni mezzo centimetro conquistato, il dottore non faceva altro che ripetere quel ritornello e intascare il costo della consulenza.

Quando però sua madre Anemore aveva fatto notare al marito che quei mezzi centimetri corrispondevano ai tre o quattro guadagnati in altezza dai suoi pari età, anche lui s'era convinto.

Che fare però?

La risposta al quesito era giunta grazie a un colpo di fortuna, un sabato mattina sotto forma di un giovane uomo baffuto che senza nemmeno togliersi il cappello aveva acquistato pane e salame. A quel tempo alla cassa stava l'Anemore, la figlia accanto a lei. Il baffuto aveva scherzato con la bambina, le solite domande, come ti chiami, quanti anni hai.

Alla seconda aveva risposto la madre.

«Ne avrebbe dieci, ma non cresce.»

Con modi affabili l'uomo aveva chiesto all'Anemore se poteva far uscire la bambina da dietro il banco onde poterle dare uno sguardo d'assieme.

Solo dopo s'era presentato.

«Mi chiamo Nazzareno Strampelli.»

Agronomo e genetista.

In sostanza, aveva spiegato, il suo lavoro consisteva nel creare nuove varietà di frumento, resistenti alle più varie malattie e condizioni ambientali.

L'Anemore l'aveva guardato storto.

Che fosse un matto?

Uno sguardo al marito e il Quinto s'era avvicinato.

Lo Strampelli intanto aveva concluso la presentazione e aggiunto che stava salendo verso la Valtellina per verificare le qualità di un terreno dove avrebbe tentato la coltivazione di un ibrido da poco concepito.

«Ma nostra figlia cosa c'entra col frumento?» aveva chiesto l'Anemore.

«Niente», aveva risposto lui.

C'entrava la genetica però.

A quell'uscita i genitori s'erano guardati.

Che fosse il caso di chiamare rinforzi?

«Cos'è?» aveva invece chiesto la piccola Elena.

Lo Strampelli, cercando di volare basso, aveva spiegato cosa fosse quella materia oscura, la sua importanza nel creare la vita dei vegetali, ma anche degli esseri umani.

«Vostra figlia non ha niente a che vedere con frumento e barbabietole», aveva detto rivolgendosi agli interdetti genitori, «ma forse ha qualcosa che non va da questo punto di vista.»

Geneticamente parlando, s'intendeva.

«E allora?» aveva chiesto il Quinto.

«Io mi occupo solo di frumento, come ho detto», aveva risposto Nazzareno Strampelli.

Ma per via dei suoi studi conosceva altri, alti e degnissimi personaggi, che avrebbero potuto prendersi cura della piccola. In Milano, per esempio, c'era tal Ernesto Pestalozza, ginecologo di fama, appartenente alla nobile famiglia chiavennasca, che stava facendo passi da gigante nel campo della genetica.

«Non escludo che possa esservi d'aiuto», aveva concluso lo Strampelli, andandosene poi col pane e salame sotto braccio.

Quella stessa sera il Quinto e l'Anemore avevano tenuto un consiglio di famiglia. Una settimana più tardi partivano per Milano sottoponendo la questione al professor Pestalozza e avendone, quale sentenza, il parere che c'era poco da fare.

La genetica c'entrava eccome, ma nessuno poteva porre rimedio a un caso di nanismo di Loran.

«Nanismo armonico», tradusse la Civignola di fronte alle rughe del Maccadò. «Si cresce regolari, ma poco.»

Ogni cosa al posto giusto ma come se si venisse al mondo per stare in un presepe.

La consapevolezza che per la loro figlia non ci fosse niente da fare aveva fatto piombare il Quinto e l'Anemore in cupi pensieri circa l'avvenire. Una volta acclarato che non sarebbe mai diventata altro che un nanetto, per lei sarebbero cominciati tempi duri di burle e dicerie, anche tra le più rozze.

Non sapendo cosa fare, avevano preso una decisione interlocutoria, decidendo di allontanarla dal paese.

Per un po', mica per sempre.

Un po' di tempo lontana da Bellano, giusto perché ci si dimenticasse di lei e per guadagnare il respiro necessario a ragionare con calma su cosa fosse meglio per il suo futuro.

«Così mi hanno mandato da un mio zio, fratello di mia madre, Inesio Lonzolo.»

A quell'uscita il Maccadò ebbe uno scatto.

La Civignola se ne avvide.

«Che c'è?» chiese.

Il maresciallo tentò di dissimulare la sorpresa perché... perché...

Nemmeno lui sapeva con chiarezza perché avesse sussultato.

Se l'era chiesto mentre la donna era andata avanti a raccontare.

Della vita che aveva condotto presso quello zio in quel tempo ormai così lontano.

Delle tante volte che aveva pensato per quale ragione fosse venuta al mondo.

«E, non fosse stato per la matematica...» sospirò.

32.

Suor Venezia aveva trattenuto il respiro lungo il tragitto dalla cappelletta fino alla saletta del pronto soccorso.

Lo lasciò andare una volta entrata e rendendosi conto che non si trattava di uno scherzo.

L'appuntato dei carabinieri Misfatti era steso sul lettino delle visite.

Prima di raggiungerne il capezzale, non riuscì a frenare uno sguardo di rimprovero al dottor Mori, sedicente agnostico, che dava un pessimo esempio a tutto il personale laico con il suo insistere nel disertare con altezzosa sufficienza la messa domenicale.

Poi raggiunse il lettino e guardò per bene il nuovo arrivato.

Ma in che stato era?

Quasi irriconoscibile.

L'aspetto era quanto di più desolato si potesse immaginare. Il viso aveva un disordinato accenno di barba, la cute era marezzata, le braccia penzoloni ai lati del lettino.

E il vestito!

Di panno pesante col caldo che faceva, stazzonato, macchiato, odoroso d'animale.

«Ma cosa è successo, cos'ha?» chiese.

Il dottor Mori tossicchiò.

Non che avesse avuto 'sto gran tempo per visitare a fondo l'appuntato. Tuttavia una cosa gli era sembrata evidente e temeva di dirla, visto il conto in cui suor Venezia teneva gli ubriachi.

«A tutta prima, sembra che sia ubriaco», mormorò.

Avesse detto che stavano per arrivare le dieci piaghe d'Egitto, la suora non ne sarebbe stata così sconvolta.

«Ossignore!» le scappò. «Ne siete certo?»

Il dottor Mori si strinse nelle spalle.

«Potrò esserlo fra un po'», rispose.

Cioè solo dopo averlo visitato come si conveniva.

«Bene, allora. Cosa aspettate?» sbottò suor Venezia, che e fece per uscire ma si fermò.

Aveva un paio di ordini da dare al Mori.

Anzi, tre.

Non far entrare nessuno.

Non dire niente a nessuno.

Non muoversi da lì fino al suo ritorno.

Prima di ogni altra cosa doveva avvisare il maresciallo Maccadò.

33.

«Come dite?» chiese il maresciallo.

La Civignola aveva appena affermato che uno più uno faceva due, in omaggio al rigore della matematica.

Il Maccadò s'era distratto rincorrendo la sensazione, ricordo o intuizione che fosse, evocata dal nome dello zio della Civignola, cercando di capire perché l'avesse così colpito.

Invece, anziché chiarire il mistero, la mitraglietta della Civignola in sottofondo che era andata avanti a parlare, s'era dimenticato pure il nome.

Che faceva… faceva…

Ma era un bel pretendere voler ricordare ciò che forse gli ricordava una cosa che aveva dimenticato!

La Civignola ripeté.

«Uno più uno fa due.»

«Sono d'accordo», fece il maresciallo. «Però…»

Aveva in animo di dire che, però, non era per parlare di matematica che era andato lì. Avrebbe anche aggiunto che non voleva farle perdere altro tempo e magari rinforzato la frase facendo notare che nemmeno lui ne aveva troppo da perdere.

Ma la Civignola fu categorica.

«Nessun però», disse.

La matematica non li contemplava. Era rigorosa, inflessibile, inattaccabile. Non faceva differenze.

Uno più uno faceva due per tutti, grassi o magri, alti o bassi.

Era un mondo equo del quale s'era innamorata grazie a un libro trovato per caso nella soffitta di casa dello zio.

Il Maccadò ebbe appena il tempo per sperare che la Civignola citasse ancora quel nome e quel cognome.

Niente da fare.

«*Le Tables generales d'arithmétique à l'usage des enfants*!» disse con enfasi.

Su quel testo, compitando numeri ogni giorno, per ore e ore visto che non aveva niente altro da fare, s'era allenata a giocare con addizioni, moltipliche, sottrazioni e divisioni.

I numeri erano diventati i suoi veri, soli amici.

«Li sognavo anche di notte!»

Così, terminata la sua permanenza presso lo zio quando, poveretto, era morto...

Lo zio, lo zio?, sperò ancora invano il maresciallo.

... una volta rientrata a Bellano ecco che in famiglia era piombata una cassiera fatta e finita. Non solo, ma anche un'esperta di ragioneria che nel giro di poco tempo aveva dimostrato di poter badare al bilancio dell'attività.

«Sempre all'altezza», affermò la Civignola schiacciando l'occhio al maresciallo per sottolineare il doppio senso della sua uscita.

Per pura cortesia il Maccadò sorrise.

Ma era ora di prendere in mano la situazione se non voleva che si facesse notte.

Deciso, senza passare per villano.

34.

Villano, no.
Deciso, però.
D'altronde, cosa poteva fare il carabiniere Grafico?
Il campanello della caserma e il telefono avevano suonato all'unisono e il collega s'era appena ritirato nel luogo comodo.
A chi dare retta per primo?
Per qualche secondo era rimasto indeciso sul da fare. Poi, pensando che al portone ci fosse il signor maresciallo, aveva fatto la sua scelta.
Senza dimenticare peraltro che era suo preciso dovere rispondere anche al telefono.
Quindi aveva afferrato la cornetta e aveva detto: «Restate in attesa, prego».
Non villano.
Deciso però.
Suor Venezia era rimasta di stucco. Non aveva avuto manco il tempo di presentarsi. Il Grafico intanto era corso giù per le scale ad aprire il portone.
E, sorpresa!
Niente maresciallo.
S'era trovato davanti il manovale Pennica inviato dal capostazione Mervini a consegnare in caserma un portafoglio giunto nella stazione di Bellano con l'accelerato Sondrio-Milano delle nove e trenta.
Era stato rinvenuto su un Colico-Chiavenna la sera precedente ed era nientemeno che dell'appuntato Misfatti.

«Ma l'appuntato non c'è», aveva specificato abbastanza in ansia il Grafico.

Il manovale aveva scrollato le spalle.

«Dove sia non è affar mio», aveva osservato, lui sì abbastanza villano.

Doveva solo consegnare il portafoglio, e cara grazia che l'aveva fatto, mica era obbligato.

Il Grafico l'aveva preso ed era salito di corsa.

«Scusate l'attesa», aveva detto alla cornetta.

Quella si era identificata, gli aveva detto di non preoccuparsi e quindi di passargli il maresciallo.

Ma pure lui non c'era!

«Non c'è.»

Suor Venezia aveva fatto due conti.

Dove poteva essere finito se era uscito dall'ospedale da più di mezz'ora?

L'intuito aveva suggerito alla suora che sarebbe stato inutile chiedere dove fosse.

«Be'», aveva concluso, «ditegli di richiamarmi appena arriva, subito. È urgente, non c'è tempo da perdere, l'appuntato Misfatti è qui in ospedale.»

35.

«Lo so», aveva appena detto la Civignola rispondendo al maresciallo che, gentile, con un sorriso forzato sulle labbra, le aveva fatto notare di avere una certa fretta, lo aspettavano in caserma...

Lo sapeva.

Ma tutto ciò che gli aveva raccontato era necessario a capire la sua condizione e a evitare che si formasse su di lei giudizi inesatti.

«Perché da quindici anni ormai questa casa è tutto il mio mondo», affermò senza tirare il fiato e costringendo il Maccadò ad ascoltare la fine della storia.

Quindici anni prima i suoi avevano deciso di ritirarsi dal commercio, vendere la licenza e affittare i locali dell'alimentari.

Lei, da sola, non avrebbe certo potuto mandare avanti l'attività. Suo fratello nemmeno.

Dopo la licenza ginnasiale, la maturità classica e la laurea in lettere, aveva inseguito il sogno che covava sin da piccolo, fare l'archeologo. Lo stava ancora inseguendo in verità, per il momento si limitava a estenuanti escursioni sulle montagne dei dintorni alla ricerca di fossili e cose simili, allo scopo di creare un museo.

«E poi, in verità maresciallo, noi stiamo bene del nostro.»

La parsimonia dei genitori aveva garantito un capitale di tutto rispetto, l'affitto del negozio lo alimentava con continuità, l'intero edificio era di proprietà...

Così, mentre suo fratello gironzolava per monti e vallate, lei stava lì.

Ma non si pensasse che le mancava il da fare.

«Tenere in ordine, cucinare, badare ai conti.»

Leggere, ascoltare musica.

Anche scrivere.

La Civignola arrossì appena.

«Scrivo qualche piccola novella», confessò. «Ma nessuno mai le ha lette.»

In ogni caso, tutte quelle attività le impegnavano la giornata al punto che quasi mai avvertiva il bisogno di uscire, lo faceva solo di tanto in tanto, dietro l'insistenza di suo fratello che invece non riusciva a stare in casa per più di poche ore, e solo in quei momenti in cui era sicura di incrociare il minor numero di persone.

«Sembrerà strano, ma anche se posso passare per un'eremita, le assicuro maresciallo che ben poco di ciò che accade nel mondo mi sfugge.»

Adesso o mai più!, fu il pensiero del Maccadò.

«Appunto», disse.

Per quello era lì.

«Lo so», ripeté sorridendo la signorina Elena Civignola.

36.

«Non lo so», dichiarò Maristella Maccadò.

La messa era finita e anche la pace.

Colpa del signor prevosto e dei suoi indovinelli.

Una volta benedetti i presenti il sacerdote era andato un po' lungo raccontando l'incontro di Abramo con il Signore, entrando nel merito delle tre promesse che il Signore aveva fatto al patriarca.

A sua volta aveva fatto una promessa ai bambini: chi avesse risolto l'indovinello che stava per proporre, avrebbe avuto in dono uno splendido libro illustrato che raccontava quella e tante altre storie affascinanti.

Quindi aveva dettato l'enigma.

«Davanti a chi anche sua santità il nostro Papa deve togliersi il cappello?»

Un brusio si era levato non solo dai banchi dove erano seduti bambini e bambine. L'augurio del sacerdote di trascorrere una buona domenica era stato sommerso dal rumore di decine e decine di voci, molte delle quali già intente a fare ipotesi sulla soluzione del quesito.

La banda Maccadò non faceva eccezione.

Il più grande soprattutto, privo di idee ma ingolosito dall'idea di poter vincere un libro illustrato, ancora prima di uscire sul sagrato aveva cominciato a tormentare la madre.

Lo sapeva?

Gli altri tre, per puro spirito di imitazione, avevano fatto il verso al grande.

«Lo sai, lo sai?»

Maristella Maccadò s'era contenuta fino a che era rimasta dentro la chiesa.

Una volta fuori si fermò e mise in fila i quattro, guardandoli negli occhi.

«Non lo so», dichiarò.

«Il papà lo sa?» ribatté il grande.

37.

Certo che lo sapeva, aveva detto la Civignola.

Sapeva alla perfezione quello che era successo di fronte a casa sua, l'altra notte.

«Leggo i giornali», sottolineò con una smorfietta.

«Anch'io», biascicò il maresciallo.

Il che stava a significare che non l'avrebbe importunata alla domenica mattina se avesse voluto sapere ciò che già sapeva grazie alla sapida penna del maestro Crispini.

«Mi chiedevo un'altra cosa piuttosto», disse.

La Civignola assunse allora un'aria civettuola, sbatté gli occhi, scosse un poco il capo.

«Non siete convinto?» chiese.

Il Maccadò evitò di rispondere, proseguì dritto per la sua strada.

«Per caso avete visto o sentito niente?»

La Civignola fece tanto d'occhi.

Attese un istante prima di rispondere, sembrò pensare a quella notte.

«Visto, no, niente. In quanto all'aver sentito, sì, il baccano che ha fatto quella. Tra l'altro avevo appena spento la luce, ero ancora sveglia», disse infine.

Il Maccadò arricciò le labbra.

«E non siete corsa a vedere cosa stava succedendo?» si incuriosì.

«Non ce n'era bisogno», rispose la Civignola.

Il maresciallo si sentì un po' in imbarazzo. Quel piccolo essere umano lo sbalordiva. Aveva l'impressione che stesse giocando con lui.

«Sono certa che stesse gridando al lupo!, al lupo!, come il pastorello della favolet...»

«Perdonatemi», la interruppe il Maccadò.

Era la seconda volta che nel giro di poche ore sentiva parlare di favole e favolette e non voleva perdere il filo del discorso.

«Ne siete certa in base a quali ragio...»

Toccò a lui essere interrotto.

«Il vostro carabiniere come sta?» sbottò la Civignola.

«Cosa c'entra il mio carabiniere?» chiese il maresciallo.

«L'ho visto andarsene via piuttosto in fretta ieri mattina.»

«L'ha solo rincorso il cane della Panicar...»

«Appunto», fece la Civignola.

«Appunto, cosa?»

«Il cane, maresciallo. È lui che fa la differenza tra chi è ben accetto in quella casa e chi invece farebbe meglio a farsi annunciare prima di entrare.»

Miglior sistema d'allarme, aggiunse, non poteva esistere. E l'avrebbe sentito se si fosse messo ad abbaiare, così come aveva fatto contro il suo carabiniere, soprattutto a quell'ora di notte.

«Invece no», concluse la Civignola.

Il Maccadò aggrottò la fronte.

Al lupo, al lupo!, stava pensando.

In fin dei conti, un fondo di verità era sempre presente nelle favole.

Fu lì per chiedere qualcos'altro alla Civignola ma venne interrotto dal suono del campanello.

Come percorsa da improvvisa scossa, la padrona di casa scattò in piedi.

Un'occhiata alla pendola e: «Ossignore, come vola il tempo!».

Già, pensò il maresciallo, se ne fosse resa conto anche prima...

Adesso era a lui che ne serviva un altro po'.

«Scusate se insisto...» disse.

«Scusate voi piuttosto, maresciallo, ma vi devo lasciare», disse la Civignola.

E senza attendere risposta si avviò verso il corridoio.

Il Maccadò restò interdetto.

Tra l'altro era ancora seduto, non s'era alzato insieme con la sua interlocutrice, anche perché, stesse in poltrona o in piedi, l'altezza era più o meno la stessa.

Lo fece adesso, prendendo lui la via del corridoio, per trovarsi faccia a faccia col signor prevosto.

L'incontro, per lo stupore di entrambi, avrebbe meritato una fotografia.

Fu la Civignola a risolvere l'imbarazzo dei due.

«Il signor prevosto mi usa la cortesia di passare da me tutte le domeniche dopo la messa, per confessarmi e comunicarmi», disse.

Al maresciallo non restò che rispondere al pacato saluto del sacerdote e uscire.

A passi lenti svicolò in contrada per evitare la gente che s'era attardata in piazza della chiesa e adesso stava rientrando a casa, si avviò verso la caserma dove il carabiniere Grafico lo aspettava con due novità.

38.

La prima.

«Ha telefonato suor Venezia.»

Questa l'ho già sentita, fu il pensiero del Maccadò.

Oppure, sospettò, il suo carabiniere s'era dimenticato di averglielo già riferito?

Nel qual caso, concluse, avrebbe dovuto fare quattro chiacchiere con lui, suggerirgli di cambiare mestiere e farsi visitare da un medico.

«Quando?» chiese con un filo di esitazione.

«Poco fa», rispose il Grafico tranquillizzando il maresciallo.

E voleva parlare con lui, urgente.

«E poi», proseguì senza riprendere fiato e senza dare al Maccadò il tempo di tirarlo.

C'era la seconda sorpresa, l'altra novità.

Ma gli era difficile trovare le parole giuste per dirla.

«Poi?» lo stimolò il maresciallo.

Solo adesso il Grafico rifletté che avrebbe dovuto pensarci prima, quando ne aveva avuto il tempo.

Era stato perduto… era stato ritrovato… era stato riportato…

«Hanno consegnato una cosa», buttò lì.

Al Maccadò la frase del Grafico suonò subito come foriera di un ulteriore peggioramento nell'atmosfera di quella domenica.

«E sarebbe?»

Il pomo d'Adamo del carabiniere si innervosì.

«Il portafoglio dell'appuntato.»

Lo sguardo del maresciallo si spostò a lato del Grafico, come se con lui ci fosse un altro e fosse stato quello a parlare.

Fu solo una mossa invece, che il Maccadò mise in atto per ripetere tra sé ciò che aveva sentito.

Dopodiché tornò a guardare il carabiniere.

«Ridimmelo», ordinò.

Il Grafico obbedì all'istante.

«Dov'è?» chiese allora il maresciallo.

Ma non intendeva il portafoglio.

39.

Spariti leoni e leonesse.

Come gli elefanti e le scimmie, nemmeno più l'ombra.

Solo l'indovinello del prevosto adesso.

Una volta rientrata a casa Maristella Maccadò spedì i figli a cambiarsi e poi fuori a giocare nel piccolo giardino davanti a casa che sino al giorno prima era stato una domestica savana. Non voleva nessuno intorno mentre preparava il pranzo.

Non ci fu niente da fare, l'indovinello del prevosto aveva occupato per intero la fantasia dei quattro Maccadò.

Del grande soprattutto, che circuì abilmente gli altri tre, raccontando meraviglie del libro colorato che avrebbero vinto se avessero dato la risposta giusto al quesito.

Senza esporsi, usò i fratelli come staffette, mandandoli uno dopo l'altro a sottoporre alla madre le possibili risposte che andava via via immaginando.

Davanti a chi anche il Papa si doveva togliere il cappello?

Davanti ai carabinieri magari, poiché aveva visto più d'una persona toglierselo incrociando suo padre.

«Non lo so.»

Davanti al pubblico, come aveva fatto il direttore del circo?

«Non lo so.»

Davanti alle suore?

«Non credo.»

Davanti agli angeli?

«Non lo so.»

Ma gli angeli li vedeva solo il Papa?

«Bisogna chiederlo a lui.»

Davanti alla sua mamma o al suo papà?

All'ennesima domanda Maristella Maccadò tralasciò di rispondere. Aveva già gli occhi rossi e lacrimosi per colpa della cipolla, tagliata che più fine non si poteva, pronta per essere rosolata. Guardò l'ora, erano le undici e trenta passate da un paio di minuti. Per preparare il risotto perfetto e servirlo in tavola al rientro del marito aveva tempo ma non doveva perderne altro.

Fissò un momento il terzo Maccadò che a sua volta la fissava in attesa di sapere se il Papa si levasse 'sto benedetto cappello davanti alla sua mamma o al suo papà.

«Vieni con me», disse al bambino.

Per mano lo portò al cospetto degli altri, riuniti nel giardinetto a formulare ipotesi dietro la guida del grande.

«Ascoltatemi», disse.

Volevano davvero conoscere la risposta esatta al quesito del Papa e del suo cappello?

Le rispose un coro di sì.

«Io so a chi bisogna chiederlo», affermò la donna.

Ma...

C'era una condizione.

Bisognava che la lasciassero in pace sennò non sarebbe riuscita a preparare il pranzo e il papà si sarebbe molto arrabbiato.

«Ve lo dirò solo dopo mangiato», promise e si allontanò col passo svelto della truffatrice poiché solo una persona a suo giudizio conosceva la risposta ed era colui che aveva formulato l'indovinello.

Cioè, il signor prevosto in persona.

40.

Per una mantecatura perfetta bisogna spegnere il fuoco quando il risotto è al dente perché la consistenza del riso è fondamentale se non si vuole ottenere un piatto di colla.

Forse il signor maresciallo non lo sapeva ma la perpetua sì. Per questo non si era nemmeno sognata di correre quando il campanello della canonica era squillato.

Chiunque fosse poteva consumarsi il dito a furia di suonare, lei dal fornello non si sarebbe mossa a nessun costo.

Invece il Maccadò conosceva bene l'importanza della mantecatura del risotto. L'avesse anche ignorata, ci aveva pensato sua moglie un quarto d'ora prima a ricordargliela quando era entrato in casa per avvisare che...

Subito però non era riuscito a parlare.

Al vederlo i quattro Maccadò erano partiti all'attacco.

Divisi in due blocchi compatti, uno verso la madre.

«Lo sa il papàà?»

Il secondo addosso a lui.

«Lo sai tuu?»

Maristella aveva appena assaggiato il riso, era ancora un po' indietro. S'era appena girata verso di lui poi era tornata a fissare il fornello, la mano sinistra a rimestare il riso con un cucchiaio di legno, la destra a sgocciolare di tanto in tanto un po' di brodo.

I quattro ossessi, indifferenti alla mantecatura, senza alcun freno, avevano ricompattato le fila.

Adesso erano un coro di cacofonie.

... libro... cappello... Papa... chiii?... mamma... papàà...?

Disorientato, per qualche istante il maresciallo aveva cercato di capire quello che stava accadendo.

Poi era anche riuscito a chiederlo, con voce ferma e decisa, riportando un po' di silenzio.

«Ma cosa diavolo succede?»

Maristella Maccadò era pronta per passare alla fase finale del risotto perfetto: spense il fuoco e tuffò in padella una bella noce di burro fresco.

«Se tu fossi venuto a messa lo sapresti», aveva risposto senza voltarsi.

«Ma cos'è, la mattina degli indovinelli?» aveva ribattuto lui.

Maristella era rimasta perplessa.

Come faceva suo marito a saperlo?

«Lo sai?»

I quattro, che erano sembrati indifferenti allo scambio di battute, avevano invece seguito il tutto senza perdere una virgola.

Riprendere l'assalto era stato giocoforza.

Il Papa, il cappello, chi...

«Se lo sai diglielo», aveva gridato Maristella sempre girata verso il risotto che viaggiava verso la perfezione assoluta.

«Cosa dovrei sapere?» aveva chiesto lui, a sua volta alzando la voce.

Maristella, la padella con il risotto pronto, s'era infine girata.

Un po' rossa in viso per il calore, la fronte lucida.

«È pronto», aveva detto, «mettiamoci a tavola.»

Il Maccadò aveva guardato il risotto prima, poi lei.

«Mettetevi a tavola», aveva detto a sua volta.

Maristella aveva capito senza bisogno di altre parole.

«Nemmeno a pranzo, anche se è domenica?»

L'uomo s'era stretto nelle spalle.

«Un guaio», aveva mormorato, «poi ti dico.»

Il grande aveva frainteso.

«Ce lo dici dopo mangiato?» aveva chiesto.

Il Maccadò, mentre sua moglie distribuiva nei piatti il risotto perfetto, aveva chiesto cosa intendesse il figlio.

Nella padella era rimasta la sua porzione, quella che avrebbe consumato la sera forse, e riscaldata.

«La risposta all'indovinello del signor prevosto», aveva risposto controvoglia Maristella Maccadò.

«E sarebbe?» aveva chiesto lui provocando in risposta l'ennesimo coro della figliolanza.

41.

Sì, riscaldato al forno, e magari con sopra una spolveratina di formaggio, giusto per fargli fare un po' di crosta.

Così, ormai, il prevosto avrebbe potuto mangiare il suo risotto.

Sic volui, o come si diceva.

Però non si faceva così, non era quella la maniera, anche se lui era un maresciallo dei carabinieri.

Una forchettata dopo l'altra, la perpetua stava mangiando la sua parte, in solitudine e lodandosi da sé per via della bontà.

D'altronde quello, il maresciallo, non aveva avuto intenzione di mollare, tutte e dieci le dita si sarebbe consumato pur di farsi aprire.

Non c'era stato bisogno di sacrificarne nemmeno uno però.

Il signor prevosto, al quarto o quinto squillo, aveva agito di sua iniziativa, chiedendole tra l'altro se per caso fosse diventata sorda.

«Gò su el risòt!» aveva risposto lei a mo' di giustificazione.

Dopodiché tutto era andato a farsi benedire.

Il maresciallo era entrato, aveva detto le solite storie che si scusava per l'orario ma doveva parlare col signor prevosto perché… perché…

Perché la gamba l'è tacàda al pè, s'era detta la perpetua esclusa dal poter sentire altro. Ed era tornata in cucina mentre i due si chiudevano nello studio.

42.

«Il perché è subito detto», partì in tromba il maresciallo Maccadò.

«Vi ascolto», rispose il prevosto.

Prima di tutto perché l'appuntato Misfatti era ricoverato in ospedale.

Il prevosto ebbe uno scatto con la testa ma non parlò.

«Già», confermò il maresciallo.

In stato di semi incoscienza, spiegò il Maccadò.

Il dottore gli aveva già praticato una lavanda gastrica e in quel momento stava operando un lavaggio intestinale, un clisterone insomma, per rimuovere quelle che suor Venezia aveva definito «tossine indefinibili» che avevano comunque ridotto il Misfatti in quello stato.

Sul viso del prevosto scesero rughe.

«Non so di più», comunicò il Maccadò.

Suor Venezia era stata parca di notizie e lui doveva stare a quello che gli aveva detto al telefono.

Poco altro, appunto.

L'appuntato non correva pericolo di vita ma non era in condizioni di ricevere visite oppure rispondere a domande. Bisognava lasciarlo riposare, avrebbe pensato lei ad avvisarlo di ogni cambiamento.

C'era poi un secondo perché.

«Perché mai il mio appuntato è salito in val Chiavenna mentre il Buonavigna si trova a Ventimiglia?»

A quel punto il prevosto afferrò i braccioli della poltrona, si sporse verso il Maccadò e uscì dal silenzio.

«Ventimiglia?»

«Ventimiglia», confermò il maresciallo.

Trattenuto presso la caserma della 33ª legione Gandolfo di Imperia-Oneglia della Guardia Confinaria.

«La Confinaria?» di nuovo il prevosto, sempre più chino verso il suo ospite.

«La confinaria», cantilenò il maresciallo.

Che, spiegò, l'aveva catturato mentre tentava di oltrepassare il confine italofrancese...

«E qui viene il bello», chiosò il Maccadò facendo una pausa a effetto.

... con il preciso intento, riprese, di raggiungere la Spagna e unirsi ai corpi di volontari italiani che combattevano contro i repubblicani spagnoli.

Il prevosto tornò ad appoggiarsi allo schienale, poi giunse le mani al viso come se pregasse, la fronte rugosa, le sopracciglia che quasi si toccavano.

Lasciò correre qualche istante odoroso di soffritto.

«Siamo stati abilmente ingannati», disse infine, parlando tra le dita.

«Come dite?» chiese il Maccadò.

Ma il prevosto sembrava altrove.

«Attirati ad arte da una parte per dargli il comodo di andare da un'altra», mormorò in maniera appena percepibile.

Poi sospirò e, sempre con le mani sul viso, reclinò il capo e scrutò il soffitto.

«Giocati come bambini, raggirati come...»

Come quelli della favoletta del pastorello che gridava al lupo!, al lupo!?, rifletté il maresciallo.

Mentre il prevosto mormorava, infatti, al Maccadò erano tornate in mente le parole della Civignola, la favoletta, quello che aveva detto poco prima di congedarlo. Il pastorello che gridava al lupo!, quando invece il lupo non c'era...

Fu tentato di dirlo, ma...

«E bravo il nostro Filippo!» sbottò il prevosto tornando a ricomporsi.

Non aveva più le mani a coprirgli il viso, la voce era tornata quella solita, forte, da omelia.

«Ci ha fatto correre in su mentre lui se ne andava in giù», disse ancora, accompagnando le parole con una franca risata.

Fuori luogo, a giudizio del Maccadò.

«Perdonatemi», interloquì infatti, «ma vi sembra una cosa tanto divertente?»

Il prevosto assunse repentino un'espressione contrita.

«Perdonatemi voi, maresciallo», si scusò.

Sapeva bene per quale motivo il maresciallo aveva parlato. Per un istante, disse, e se ne scusava ancora, aveva dimenticato il povero appuntato Misfatti e lo stato in cui si trovava anche per colpa sua. Avrebbe pregato per lui ed era certo che il Signore gli avrebbe concesso la grazia di una rapida guarigione.

«Se mi sono lasciato andare a una risata», spiegò, «è solo perché, così facendo, il nostro giovanotto ha reso più facili le cose. Sarebbe stato più difficile con una donna di mezzo come credevamo. Sa com'è maresciallo, aver a che fare con l'irragionevolezza della gioventù non è mai agevole. Stando così le cose invece la sua onesta famiglia potrà riabbracciarlo in tempi brevi.»

«Intendete dire che i Buonavigna non hanno mai voluto lasciarlo partire per la Spagna?» chiese il Maccadò.

«In verità, posso affermare che non ne fossero per niente informati. In ogni caso», proseguì il sacerdote, «quali che fossero le sue intenzioni, la cosa importante è che adesso tornerà a casa, dopodiché si vedrà il da fare.»

«Non vorrei sembrare importuno», interloquì il Maccadò, «ma come pensate voi, la famiglia insomma, di farlo tornare?»

Il prevosto sgranò gli occhi come se la domanda del maresciallo lo sorprendesse.

«I Buonavigna godono di ottime conoscenze in alto loco che possono intercedere, intervenire a modo senza che vi siano conseguenze per alcuno», disse.

E anche lui, senza vantarsi, per carità, ma in Curia... se si spiegava...

«Certo», rispose il maresciallo.

Per spiegarsi l'aveva fatto.

Il problema però era un altro.

Era, cioè, che secondo quello che gli aveva comunicato il seniore della milizia Taddeo Bellinelli, in servizio appunto a Ventimiglia, il buon Filippo gli aveva confessato di essere fuggito da casa spinto dall'avversione dei genitori al suo progetto di arruolarsi per mettersi al servizio della Patria, con la pi maiuscola, come ogni vero Italiano e Fascista, maiuscoli entrambi, avrebbe dovuto fare.

Non solo.

Il Bellinelli, travolto dalla facondia e dal desiderio del giovanotto di dare il suo contributo alla vittoria dei franchisti, aveva ceduto alla sua richiesta di favorire nel modo più rapido il compimento del suo sogno. Così l'aveva avviato alla sezione del PNF di Imperia, dove il Buonavigna non solo aveva messo nero su bianco di voler partire quale volontario ma l'avrebbe proprio fatto e nel giro di poche ore, avviandosi alla volta della penisola Iberica insieme con un manipolo di altri volontari come lui per essere incorporati in una delle due divisioni nate dallo scioglimento delle tre primitive, la «Dio lo vuole!», la «Fiamme Nere» e la «Penne Nere».

«E questo è un guaio», sentenziò a quel punto il sacerdote.

A lui andava a parlare di guai?, fu il pensiero del Maccadò.

«Ognuno ha i propri», commentò non sapendo cos'altro dire.

Il sacerdote allargò le braccia, pastorale, o arreso.

«Ma a tutto c'è rimedio», banale a sua volta.

«Sarà...» dubitò il Maccadò.
«Tuttavia, nella fattispecie...» riprese il prevosto.
Insomma, senza offesa, poteva star sicuro che per il momento di tutta quella storia sarebbero stati al corrente loro due soli, oltre alla famiglia che sarebbe stata sua cura informare con la dovuta cautela?
Il Maccadò, sorprendendo il sacerdote, soppesò la richiesta.
«A patto», disse poi, «che mi diciate chi ha messo voi o la famiglia sulla falsa pista del circo cacciando in questo bel guaio il mio appuntato.»
Vendetta?, fu il pensiero del prevosto.
Non aveva scelta.
«Come se fossimo in confessione?» chiese.
«Esatto. E io il prete», rispose il Maccadò.
Il sacerdote abbassò la voce, poi fece i nomi, tre.
Dopodiché, ritenendo conclusa la visita, chiese al maresciallo di informarlo nel caso avesse avuto novità.
«A disposizione», salutò il Maccadò.
Poi, sul punto di uscire dallo studio, si bloccò.
«So che oggi, dopo la messa, avete proposto uno dei vostri indovinelli», disse.
Il sacerdote sorrise.
«Volete per caso che vi riveli la risposta?»
Ci fosse stato portato, il maresciallo sarebbe arrossito.
Invece negò con forza.
«Nemmeno per sogno», disse.
«Va bene, allora non ve la dirò», rispose il sacerdote. «Ma sappiate che così come al santo Padre tocca farlo anche a un maresciallo.»

43.

L'ennesima telefonata di suor Venezia la prese il carabiniere Virgola.

Agitattta!, che sulle prime il Virgola capì un accidente di quello che aveva detto e cortesemente dovette chiederle di ripetere con più calma, cosa che la suora fece.

Punto primo: aveva as-so-lu-ta-men-te bisogno di liberare un letto.

Punto secondo: il letto le serviva perché aveva un malato da ricoverare.

Punto terzo: il letto di cui aveva necessità era quello occupato dal Serafino Caiazzi, che secondo il dottore era fuori pericolo per cui doveva andare via da lì, a casa o in galera non toccava a lei stabilirlo.

«Capisco che sarebbe stato meglio se in una situazione del genere ci fosse stato il maresciallo.»

Ma lei non poteva farci niente se pur avendolo chiamato per la seconda, forse terza volta quella mattina non l'aveva trovato e nemmeno sapeva dove andarlo a cercare.

Vista la situazione s'era quindi rivolta a lui perché era necessario prendere una decisione rapida.

E non poteva aspettare!

Ma perché avrebbe dovuto prenderla lui una decisione siffatta?, aveva chiesto il Virgola schiacciato dalla veemenza della suora.

Perché l'ospedale, spiegò allora suor Venezia, era un po' come una caserma, il più alto in grado dava gli ordini e gli altri obbedivano.

«Chi è il più alto in grado se il maresciallo Maccadò è assente?» chiese la suora.

«Col brigadiere Mannu in licenza, l'appuntato Misfatti», rispose il Virgola.

«Ma se è ben lui che devo mettere in quel letto!» sbottò suor Venezia.

Si decidesse quindi a fare il suo lavoro permettendo così a lei di fare il proprio.

44.

Il dottor Gonico invece l'aveva già fatto.
Ne era convinto, avendo consegnato il trasportato.
Adesso toccava ad altri fare il loro.
Unicuique suum!
Mica era abituato a lavorare gratis amoris dei!
Aveva bello pronto il conticino da consegnare (intervento festivo a domicilio... in un certo senso sì, comunque fuori porta aggravato dalla solita cresta per il cosiddetto trasporto gratuito in ambulanza), e qualcuno avrebbe dovuto provvedere a saldarlo.
Ma chi?
Paziente, aveva atteso un po' che dalla saletta del pronto soccorso uscisse qualcuno cui chiedere informazioni circa l'identità del trasportato.
Mica poteva essere caduto dal cielo!
Ma da quando aveva visto entrare una suora, di corsa come se avesse un topo alle calcagna, e poco dopo un collega di cui aveva visto i polpacci nudi e sentito il risuonare delle zoccole che calzava ai piedi, nessuno più s'era fatto vivo.
Mezz'ora buona.
Che quello fosse morto?, s'era chiesto il Gonico.
Nel caso sarebbe stata una mezza fregatura, non era mai né bello né facile esigere soldi da parenti o affini il cui congiunto era deceduto.
Ma poi, aveva pensato, morto, no!
Era ubriaco, tutto lì.

Di funghi quello non aveva visto manco l'ombra.

Aveva deciso, a un certo punto, di attendere ancora un quarto d'ora d'orologio, non di più.

E, visto che passati quei quindici minuti ne sapeva quanto prima, era passato all'azione.

Mica poteva stare lì tutta la giornata infatti, come la centralinista invece che era pagata per quello!

Ne aveva richiamato l'attenzione bussando con grazia sul vetro del gabbiotto dove stava. Parlando gentile, e facendo anche balenare il premio di una mancia, le aveva chiesto se per caso potesse dargli indicazioni relative all'identità dell'uomo che aveva appena portato in ospedale o, in alternativa, indicargli qualcuno che lo potesse fare.

«Ci terrei a seguire l'evoluzione della malattia, sapete com'è... Si tratta di un caso interessante.»

Brunella Sassi, sensibile all'esibizione di coscienza del Gonico e anche un po' alla mancia, non aveva avuto esitazioni.

«Ma è un carabiniere, abita qui, a Bellano.»

45.

Il prevosto preferì aspettare che il maresciallo si allontanasse per bene.

Lo fece stando in piedi, in cucina, sotto lo sguardo della perpetua che non osò interrogarlo.

Che intenzioni aveva?

Mangiare il risotto cui poteva ridare un po' di vita aggiungendo dell'altro brodo o continuare a fissare il vuoto?

Il sacerdote stava ragionando.

Non riusciva ancora a decidere cosa fosse meglio fare come prima cosa.

Andare dai Buonavigna per informarli della trappola in cui tutti loro erano caduti oppure recarsi in ospedale per informarsi sulle condizioni del povero Misfatti, delle quali in un certo senso si sentiva responsabile?

Decise di agire secondo il principio che gli consigliava innanzitutto di portare conforto agli ammalati.

Uscì senza rivelare alla perpetua dove si stava dirigendo.

Preferì evitare il lungolago col rischio di esporsi alla vista e alle chiacchiere di chiunque. In quel senso via Manzoni, che aveva appena imboccato, garantiva il massimo della segretezza. Un filo di fumo usciva dalle persiane accostate del secondo piano dell'edificio al civico 36. Il sacerdote sorrise appena al viso che si nascondeva dietro quei legni. A sua volta la Civignola rispose con un breve cenno del capo, pronta a ritirarsi nella sua camera, non appena avesse terminato la sigaretta, per occupare il pomeriggio ascoltando un po' di musica alla radio.

Le domeniche pomeriggio infatti non offrivano alcuna distrazione. Colpa dei negozi chiusi, della gente che si riversava al lago con quel caldo oppure se ne stava, sempre per via del caldo, chiusa in casa a dormire o a occuparsi di chissà che.

La Civignola guardò la sigaretta.

Due tiri ancora, le fumava fino al filtro.

Aspirò il primo con la voluttà di riempirsi per bene i polmoni. Poi guardò se per caso avesse la possibilità di farne un altro.

Macché, ormai era arrivata in fondo.

Fu tentata di buttare la cicca in contrada, ma meno male che non lo fece.

Perché altrimenti avrebbe colpito in testa il maresciallo Maccadò.

46.

Vedendolo comparire non appena aperto il portone, il carabiniere Virgola aveva pensato "Finalmente!", e poi dischiuso le labbra per riferire il messaggio di suor Venezia.

«Taci!» aveva ordinato il maresciallo.

Se c'era in ballo qualche altra novità non voleva saperla.

«È tutta roba vecchia», aveva risposto il Virgola.

«Allora dimmi», aveva concesso il Maccadò.

Una volta informato aveva guardato per un po' il pavimento, quindi aveva emesso la sua sentenza.

«Adesso basta!»

Il Virgola s'era stretto nelle spalle.

Ma non aveva inteso il significato dell'uscita del maresciallo.

Basta voleva dire che s'era fatta l'ora di smettere di accumulare uno sull'altro i problemi.

Ergo, era suonata quella di cominciare a risolverli.

Uno alla volta e tutti insieme loro tre.

«Anche se ridotti al minimo ce la possiamo fare», aveva garantito.

Prima di tutti l'appuntato.

L'ordine di suor Venezia andava eseguito.

«Tu Virgola, adesso te ne vai all'ospedale, prelevi il Caiazzi e lo porti qui.»

«Devo usare le catenelle?»

A stretta logica di regolamento, visto che per quanto ne sapeva si trattava di un ladro, la domanda era inutile.

«Ma che catenelle!» aveva invece risposto il Maccadò.

Gentile, invece, gli doveva chiedere di seguirlo in caserma, fargli presente che era lo stesso maresciallo Maccadò a pregarlo di usargli una simile cortesia.

«Digli che non se ne pentirà.»

«Al Caiazzi?» aveva chiesto, incredulo, il Virgola.

«E di chi stiamo parlando?» aveva ironizzato il maresciallo.

Il Virgola era stato lì per chiedere un'ulteriore conferma di ciò che aveva appena udito.

«Non sono stato abbastanza chiaro?» aveva però sussurrato nervoso il Maccadò.

«Sì», aveva risposto il Virgola.

«E allora va'!»

Poi: «Grafico!» aveva chiamato.

Quello: «Comandi», aveva risposto dall'ufficio riservato alla truppa precipitandosi verso le scale.

«Fermo lì!» aveva ordinato il Maccadò.

Gli portasse un foglio e una matita.

Quando l'aveva avuto davanti, s'era chiesto che incarico affidargli allo scopo di renderlo partecipe alle manovre che aveva testé iniziato. D'altronde non poteva sguarnire la caserma, doveva per forza lasciarlo lì.

«Se ricevi telefonate prendi appunti, se arriva qualcuno pregalo di attendere», aveva detto.

Poi, prima di uscire per portare a termine il compito che aveva tenuto per sé, gli era venuta l'idea.

«Ti intendi di indovinelli?» aveva chiesto.

Il Grafico non era riuscito a contenere lo stupore per quella domanda.

«Indovinelli, sai cosa sono, no?» aveva insistito il maresciallo.

In ogni caso, il Grafico avrebbe risposto sì.

Trovasse una risposta per quello allora.

«Davanti a chi anche il Papa è costretto a togliersi il cappello?» E, beninteso, pure un maresciallo.

47.

Un momento prima era lì, quello dopo non c'era più, sparito.

La Civignola comunque evitò di buttare la cicca in contrada, la tenne stretta tra le dita perché nel frattempo dal portone di casa Panicarli era spuntato il figlio dell'Emerita, il Vinci.

Bel colpo!

Lo disse, tra sé, il maresciallo Maccadò, emergendo dal portone di casa Civignola dove s'era nascosto per evitare di incrociare il giovanotto.

Bel colpo davvero, perché mentre si stava recando proprio lì, oltre a raffinare l'idea che gli era venuta, aveva anche pensato a un modo per poter rimanere solo a quattr'occhi con l'Emerita. Come allontanare il Vinci insomma, per permettere un discorso franco, senza peli sulla lingua sia a lui sia alla donna, naturalmente nel caso in cui il suo piano fosse andato a buon fine.

Allora sì che avrebbe preteso spiegazioni chiare, convincenti.

Invece, mentre era ormai giunto al ben noto civico 37, aveva sentito i passi pesanti e la voce del giovanotto che canticchiava scendendo le scale, e s'era messo al coperto, fregandosi le mani.

Un bel colpo davvero.

Anche per la Civignola, quando la donna vide il maresciallo Maccadò imboccare il portone di casa Panicarli.

Stando così le cose, la radio e la sua musica potevano

aspettare. E, pure, benedì il silenzio e l'immobilità che paralizzavano via Manzoni nei pomeriggi domenicali.

Sotto i suoi occhi aveva un privato palcoscenico, quello della cucina dell'Emerita, l'unico locale in cui la sua dirimpettaia poteva far accomodare il maresciallo, visto che la sua casa era priva di un salotto.

A meno di non volerlo ospitare nella sua camera da letto, sogghignò tra sé la Civignola.

Ma così per dire, per scherzo, con appena un pizzico di malizia.

48.

Che il maresciallo Maccadò fosse stato in vena di scherzi, e di quel tipo soprattutto, fu pensiero che non sfiorò nemmeno l'animo del prevosto.

Tuttavia, quando entrò nell'atrio dell'ospedale giusto in tempo per vedere la signora Misfatti stesa su una barella in procinto di oltrepassare la saletta del pronto soccorso, si sentì preda di una sensazione di disorientamento che controllò a fatica.

Lui era lì per avere notizie e confortare l'appuntato.

Ma quella che aveva appena visto era senza dubbio la sua signora.

Stesa su un lettino, gli occhi chiusi, bianca come il lenzuolo che la ricopriva sino al doppio mento, sparito il rosa antico che le colorava le gote.

Sino a quando, cioè, il dottor Gonico aveva bussato alla sua porta di casa avendo saputa l'identità dell'infermo che aveva trasportato.

La signora Misfatti aveva già pranzato, fedele agli orari.

Difficile dire se aspettasse o meno suo marito.

Lo aspettava, in un certo senso, ma anche no.

Lo conosceva, e sapeva che quando era impegnato in missioni o ricerche come quella per cui era partito non doveva farci un conto. Quindi all'orario s'era seduta a tavola, pranzando in silenzio e stilando un programmino per il pomeriggio domenicale.

Niente di che, il solito sonnellino postprandiale e poi un giretto in centro, chiacchiere, lungolago, caffè al bar dell'Imbarcadero, forse un gelato, chissà!, si sarebbe affidata all'ispirazione del momento.

Quando aveva sentito bussare, non aveva trattenuto una smorfia, un contenuto gesto di stizza.

Tra tutti gli orari possibili per tornare, suo marito aveva scelto il peggiore, quello della pausa digestiva.

Aveva aperto e invece s'era trovata sotto gli occhi un improbabile individuo, vestito di tutto punto, tanto di farfallino!, ma sconosciuto.

L'aspetto non lo denunciava per essere un questuante.

Aveva forse sbagliato, cercava qualcun altro?

«No», era stata la risposta del dottor Gonico.

No, se quella era la casa di un carabiniere, certo appuntato Misfatti, come gli avevano indicato in ospedale.

La casa era quella.

«Ma cosa c'entra l'ospedale?» s'era affrettata a chiedere la donna.

Il Gonico non s'era fatto pregare.

L'ospedale c'entrava perché lui in persona, dottor Ambio Gonico da Colico, aveva soccorso e poi trasportato il detto appuntato Misfatti in ospedale dove tuttora si trovava in stato di ricovero.

Lui invece s'era permesso di disturbare la famiglia poiché, dovendo rientrare in sede, aveva l'incombenza, fastidiosa ma necessaria, di consegnare a un parente il conticino relativo al suo servizio.

Mentre il Gonico parlava il bel colore sulle gote della signora Misfatti aveva cominciato a svanire.

Quando il medico aveva estratto la busta dalla tasca, la Misfatti si era lasciata andare a terra.

A quel punto al Gonico non era rimasto altro da fare che rimettere il conto in tasca, chiamare aiuto e, visto che c'era andato con quella, farsi aiutare a caricare la donna sull'ambulanza per portare anche lei al pronto soccorso.

49.

Quando il collega Virgola fece ritorno in caserma in compagnia di Serafino Caiazzi, il carabiniere Grafico stava rivalutando un elenco di probabili risposte all'indovinello che il Maccadò gli aveva lasciato in dote prima di partire a sua volta.

Non aveva saputo spiegarsi il perché di quella stravagante domanda.

Tuttavia, poiché era uscita dalle labbra del signor maresciallo aveva pensato che una ragione, ancorché imperscrutabile, dovesse averla, e ci si era messo d'impegno per risolvere l'enigma.

L'elenco che aveva compilato prevedeva una discreta gamma di possibilità, dal papà alla mamma del santo Padre, dagli angeli ai santi fino alle suore.

Quando il Virgola suonò al portone, il Grafico ripiegò per bene il foglietto sul quale aveva ponzato e scritto le risposte, e se lo rimise in tasca non senza una certa soddisfazione seraficamente depositata sul suo viso imberbe che scomparve non appena aprì.

Si aspettava solo il collega.

«Lui chi sarebbe?» chiese.

«Caiazzi Serafino», rispose il Virgola.

Al che il Grafico fece un passo indietro e allungò la mano per prendere un mazzo di chiavi che stava appeso allo stipite della porta della camera di sicurezza.

«Ma cosa fai?» chiese il collega.

La risposta si compose in uno sguardo, senza parole:

per quanto di prima nomina, sapeva bene cosa fosse un ladro e quale fosse il suo posto.

«Lascia perdere, va'», disse invece il Virgola, facendo un passo dentro l'atrio e invitando (addirittura «Prego» con tanto di gesto della mano aperta) il Caiazzi a entrare.

Con un altro «Prego» sempre il Virgola indicò al Caiazzi la scala che saliva verso gli uffici.

«Lo facciamo accomodare nel nostro», disse.

Il Grafico era confuso.

Prego?

Accomodare?

«Ma...»

«Ordini del maresciallo», tagliò corto.

Trattarlo bene, gentilmente.

Quindi: «Se ti serve qualcosa, dillo», comunicò al Caiazzi il Virgola.

Al Serafino tutta quella gentilezza, sin da quando il carabiniere era andato a prelevarlo in ospedale, suonava sospetta.

Temeva il trappolone.

Tuttavia, pensò in quel momento, finirci dentro a stomaco vuoto o pieno non avrebbe cambiato la situazione.

«Avrei un po' di fame», disse allora.

50.

Uno senza fondo come Romeo Giudici era difficile trovarlo.

Uno spettacolo però vederlo mangiare.

Le luganeghe sparivano in due bocconi. Delle costine di maiale restavano le sole ossa, lustre come il pavimento della canonica perché le succhiava per bene.

Circa il bere, a canna, direttamente dal bottiglione. Tanto era in una baita di montagna, non era il caso di stare troppo a badare alla forma.

Alle due del pomeriggio, pieno come un porco, con un rutto maiuscolo il Giudici annunciò la sua intenzione di prendere la strada del ritorno. Aveva guardato la cima della montagna che gli stava alle spalle, nuvole nere ne stavano avvolgendo la vetta. Se non voleva correre il rischio di trovarsi in mezzo al diluvio o, peggio, sotto una tempesta di grandine gli conveniva rimettersi a cavallo della Guzzi.

Una mano stretta alla manopola del gas e l'altra invece levata in aria a salutare la bella compagnia, partì quindi gridando a squarciagola saluti e arrivederci.

51.

Aveva bussato con molta, forse troppa discrezione.

Quindi gli toccò rifarlo con un po' più di forza.

Nonostante ciò il maresciallo Maccadò dovette attendere un bel paio di minuti per veder comparire prima di ogni altra cosa il naso dell'Emerita.

Carnoso, gli parve, come non aveva notato il giorno prima. Preso in sé stesso, lo era senza dubbio.

Lo divenne meno quando, aperta del tutto la porta, comparve per intero la figura della padrona di casa.

Il Maccadò rivide allora la sua opinione. Per quanto carnoso fosse, quel naso stava in armonia coi diametri di quel viso. Si riscosse dal pensiero notando lo sguardo dell'Emerita, fisso su di lui. Comprensibilmente stupito, non poteva essere altrimenti.

In fin dei conti era il primissimo pomeriggio di una domenica di luglio; lei, dopo aver pranzato e rigovernato la cucina, si stava godendo un meritato riposino.

Cosa c'era di tanto grave da portare un maresciallo dei carabinieri a bussare alla sua porta?

«Niente di che», fu la risposta del Maccadò.

Cioè, corresse subito.

Niente che la dovesse preoccupare, come lo sguardo dell'Emerita che s'era scurito faceva intendere, tuttavia s'era trovato nella necessità di doverla disturbare.

«Se mi fate entrare vi spiego. E vi prometto di non farvi perdere tempo», disse.

Si trattava dell'Arma.

«Dei suoi regolamenti, per la precisione», specificò.

L'Emerita aveva già fatto due passi lungo il corridoio, il maresciallo no. Che aspettasse un invito?

«Prego, venite», disse.

Il maresciallo acquisì con un sorriso.

Ma: «Il cane?» chiese.

L'Emerita sorrise.

«Già», disse.

Non doveva preoccuparsi, era chiuso nella camera da letto.

«Bene», approvò il Maccadò, «perché è appunto per quello che sono qui.»

Fu l'Emerita a fermarsi ormai a metà corridoio.

«Per il mio cagnolino?» chiese.

«In un certo senso», rispose il Maccadò.

L'Emerita fece due passi ancora lungo il corridoio e poi si fermò di botto.

«Non avrà forse ferito quel povero carabiniere?» domandò.

«No, non lui», rispose il maresciallo.

Ma i pantaloni della divisa erano da buttare.

L'Emerita non ebbe dubbi, aveva capito tutto. Il maresciallo era andato da lei per chiedere un risarcimento.

Non disse niente, percorse difilato il resto del corridoio, entrò in cucina.

«Accomodatevi, prego», disse.

«Permesso», fece il maresciallo, sedendo dopo di lei.

Così, a quattr'occhi, uno di fronte all'altro.

Così voleva il Maccadò.

Così pure l'Emerita, perché piaceva anche a lei parlare con franchezza e conosceva bene i suoi diritti e le sue ragioni.

«Ditemi», disse.

Il Maccadò prese dalla tasca interna della giacca il foglio e la matita che il Grafico gli aveva fornito.

«Vi dicevo dei regolamenti.»

Un'ossessione spesso, purtroppo.

Come nel caso di quei pantaloni.

«Dico io, vi sembra il caso di fare tante storie per un paio di braghe?» buttò lì.

L'Emerita scosse la testa, non capiva.

«Storie... che storie?» chiese con un sorriso incerto.

«Carte da compilare», chiarì il Maccadò. «O cartacce, come le chiamo io.»

In ogni caso, per mantenere la promessa di non farle perdere troppo tempo, la questione stava in quei termini. Per ottenere la fornitura di un nuovo paio di pantaloni bisognava compilare e inoltrare all'ufficio competente un formulario.

«Corredato, ove possibile, della testimonianza di qualcuno in grado di confermare lo svolgimento dei fatti così come dichiarato dal firmatario.»

In caso contrario, il costo dei pantaloni di ricambio sarebbe stato addebitato al richiedente.

«Mi spiego?» chiese il maresciallo.

Soldi non ne voleva, questo fu chiaro nella mente dell'Emerita. S'era spiegato quindi.

«Sì», rispose la padrona di casa, rilassata.

Se si era permesso di andarla a disturbare di domenica, era solo perché con i pochi uomini a disposizione non poteva permettersi di tenersene uno a bagnomaria perché privo di braghe decenti. Quanto prima avesse inoltrato la richiesta con la debita testimonianza, tanto prima avrebbe risolto il problema.

«Se è tutto lì, sono a disposizione», dichiarò l'Emerita.

«Avanti dunque», fece il Maccadò, la matita in mano. «Ditemi come è andata.»

52.

Il maestro Fiorentino Crispini era in ambasce.

Da quando il maresciallo gli aveva fischiato quella frase circa la diffusione di notizie false e tendenziose, perciò passibili di denuncia, aveva perso la pace interiore.

Si fosse spiegato meglio...

Invece aveva buttato lì quelle quattro parole velenose lasciandolo a meditare, a macerarsi anzi, nel dubbio di aver scritto qualcosa che avrebbe potuto farlo finire in guai seri.

Dopo l'incontro col Maccadò, Fiorentino Crispini aveva salutato di fretta l'avvocato Gerundito e il cavalier Cottarella, coi quali sino a poco prima s'era intrattenuto, ed era volato a casa per rileggere l'articolo che era apparso sul «Gagliardetto», alla ricerca di eventuali «notizie false e tendenziose». Pur compitandolo parola per parola con occhio critico, non aveva trovato che i fatti, così come gli erano stati riferiti.

E a quel punto, come un fiore che sboccia all'improvviso era sorta la domanda: che fossero proprio quei fatti che lui aveva raccontato a essere falsi e tendenziosi?

Non solo, allora, la pace interiore, già compromessa, era andata a farsi benedire.

Anche quella esteriore.

Le domeniche pomeriggio del maestro Crispini erano da sempre dedicate a letture o riletture, a volte intercalate da meditazioni a occhi chiusi che spesso cadevano in prolungati sonnellini.

Quella domenica ruppe la tradizione.

Una volta a casa, riletto l'articolo, saltato il pranzo, roso dal dubbio, Fiorentino Crispini decise, a tutela della sua integrità e anche della sua fedina penale, di rifare il giro delle persone con cui aveva parlato o che avevano avuto parte all'evento, fornendogli così materia per lo scritto, e avere conferma di ciò che era accaduto.

Il Gnazio, anche se in fondo era stata sua moglie Damina a dargli i particolari.

Il Romeo Giudici, che non aveva obiettato alla sua ricostruzione dei fatti.

Non sarebbe stata nemmeno cattiva cosa sentire la viva voce del Vinci.

Infine, alla disperata, poteva sempre tentare di intervistare la vittima, l'Emerita.

Bando agli indugi, però.

E partì quale solitario crociato nella luce accecante del primissimo pomeriggio.

53.

Tre sigarette, fumate a intervalli di dieci minuti circa una dall'altra e fino al filtro.

Allo scadere dell'ultimo tiro della terza, il maresciallo Maccadò uscì dal portone di casa Panicarli e la prima cosa che fece fu levare lo sguardo verso l'ormai nota finestra.

Uno sbuffo di fumo gli confermò che la Civignola era ancora lì.

Allora si tolse il cappello, saluto e insieme omaggio per la dritta che aveva ricevuto.

Solo per un momento fu colpito da ciò che aveva appena fatto.

S'era tolto il cappello.

Ma davanti alla signorina Elena Civignola: poteva essere quella la risposta all'indovinello del prevosto?

Se lo rimise in testa sorridendo.

Piuttosto, che fare adesso?

Andare a bussare di nuovo alla porta del Giudici oppure tornare in caserma per scambiare quattro chiacchiere col Caiazzi?

Dopo il confronto con l'Emerita, il quadro di ciò che era accaduto la notte del fattaccio gli era abbastanza chiaro.

Ma un rapporto che si chiamasse tale doveva comprendere anche testimonianze che avvalorassero in modo inoppugnabile ciò che sapeva.

Mica poteva scrivere che, per appurare la verità, aveva

messo sotto accusa l'insopportabile bizantinismo del regolamento dell'Arma, inventandosi la necessità di una dettagliata relazione al fine di ottenere la sostituzione di un paio di braghe.

54.

Le braghe, appunto.

Rilassata all'idea di non dovere altro se non il resoconto di ciò che era successo, l'Emerita non s'era fatta pregare. Aveva raccontato, pure drammatizzando.

Sospiri.

«Dopo una notte simile...» era partita.

«Come non capirvi», aveva acconsentito il Maccadò.

Dopo una notte simile, confusa, disorientata, preoccupata per il figlio...

«In ospedale!»

... e ancora spaventata, a un certo punto le era calata addosso una stanchezza inesprimibile cui certo avevano dato corda quel po' di gocce di canfora che aveva assunto per calmarsi.

Così, senza nemmeno accorgersi, s'era addormentata sulla poltrona, non verificando se la porta di casa fosse aperta o chiusa.

«Era aperta», aveva interloquito il maresciallo.

«Purtroppo sì», aveva confermato l'Emerita sconsolata.

«Vi prego di scusarmi», era di nuovo intervenuto il maresciallo.

Ma gli serviva un attimo per prendere nota scritta di ciò che aveva dichiarato.

«Per il verbale di cui vi dicevo.»

Verbale che alla fine le avrebbe sottoposto per la firma.

«Dopodiché non vi disturberò più.»

Adesso toccava a lui.

«Veniamo al cane», aveva ripreso il Maccadò.

«Il cane, sì», aveva assentito l'Emerita.

Cosa poteva dire?

Sempre stato così, sin da piccolo.

Rognoso, aggressivo, geloso forse, con chi non conosceva.

«Una vera e propria sentinella», aveva sorriso la donna.

«Un vero esempio di fedeltà», aveva caricato il maresciallo.

O, sì!

Parole sante!

In quella casa erano ben poche le persone che potevano entrare senza provocare l'intervento del cagnetto.

«Io», aveva elencato l'Emerita, «mio marito, nostro figlio, il postino, perché sono abbonata a due riviste e ricevo almeno una cartolina alla settimana dall'Africa, e il signor prevosto. Ma solo perché tutto quel nero della tonaca lo intimorisce, chissà perché! Sennò...»

Il Maccadò aveva preso nota.

«E così il mio carabiniere, essendo un perfetto estraneo...»

«E già», aveva confermato, contrita, la padrona di casa.

Visto che lei, addormentata com'era, non l'aveva sentito bussare, trovando la porta aperta s'era avventurato nel corridoio ed era successo quello che si sapeva.

«Bene», aveva detto il Maccadò, finendo di scrivere.

Poi aveva deposto la matita e aveva guardato la donna.

«C'è altro?» aveva chiesto l'Emerita.

55.

«No. E mi ascolti bene, signor maestro», disse il Gnazio.

Quello che gli aveva raccontato sua moglie Damina era lo stesso che avrebbe potuto dirgli lui se fosse stato al suo solito posto la mattina di sabato anziché a letto con la caviglia gonfia e dolorante.

Il che voleva dire che la doveva smettere di stare lì davanti al banco, tra l'altro senza consumare, continuando a rompergli l'anima col chiedere di ripensare alla notte di venerdì, se per caso gli fosse tornato in mente qualcosa di particolare, che magari gli era sfuggito stante la concitazione del momento e che poteva essere riemerso poi, con calma, a bocce ferme!

«Ma non vedete che diavolo di lavoro ho da fare?» sbottò il Gnazio annichilendo il Crispini.

Il giardino a lago, che ribolliva delle lingue di mezza Europa, esaurito!

Idem il locale interno, pieno come un uovo!

E tutti che volevano il suo famoso gelato, da servire alla velocità della luce perché bastava un attimo di esitazione e, col caldo che faceva, si scioglieva in un amen.

«Fatemi una cortesia, maestro, lasciatemi lavorare», concluse il Gnazio.

Se, riguardo ai fatti di quel venerdì notte c'era dell'altro, non era a lui e nemmeno alla Damina che doveva chiederlo.

56.

«Solo una cosa», aveva ripreso il maresciallo dopo aver finto di rileggere ciò che aveva scritto.

La porta di casa.

«Sì?» aveva chiesto l'Emerita.

«In genere è sempre chiusa, vero?»

«Be', ieri mattina, come vi ho spiegato prima...»

«L'altra notte», l'aveva interrotta il Maccadò.

L'Emerita aveva corrugato la fronte.

«L'altra notte, cosa?»

«Era aperta?» aveva chiarito il maresciallo.

«Aperta?»

«Dico, come ha fatto a entrare il ladro?»

L'Emerita aveva boccheggiato solo un attimo.

«Potrebbe averla scassinata...»

«O forse l'avete lasciata aperta sapendo che vostro figlio sarebbe rientrato tardi...»

L'Emerita aveva sospirato, una mano sulla fronte.

«Ma certo, sciocca che sono, scusate maresciallo...»

«Quindi il ladro ha trovato la porta aperta ed è entrato senza difficoltà.»

«Esatto», s'era affrettata ad approvare la donna.

«Ma il cane non l'ha aggredito», aveva osservato il Maccadò.

Quel cane.

Il bastardino che, tranne lei, il marito, il figlio, il portalettere e il prevosto, per via del nero della tonaca, si scagliava abbaiando e mordendo chiunque osasse entrare in quella casa senza farsi prima annunciare, in un certo senso, mettendosi così al riparo.

«Forse era di casa?» aveva sussurrato il Maccadò.

57.

Non c'era, non era in casa.

Così difficile da capire?

«Scusate se ve lo dico, signor maestro, ma è ora che la smettiate di comportarvi come un maleducato! Qui c'è gente che approfitta della domenica pomeriggio per godersi un po' di meritato riposo e se voi continuate a bussare e a gridare non so come andrà a finire.»

Lina Ranza faceva mestieri a domicilio e alla sera andava a lavare i piatti al Cavallino Bianco. Suo marito Ingenio pestava mazzate nelle cave della val Varrone, partiva il lunedì mattina e rientrava solo il sabato. Per venti minuti aveva sopportato la gazzarra di un angosciato maestro Crispini, convinto che il Giudici fosse in casa, addormentato come un orso.

Venti minuti.

Dopodiché aveva detto alla moglie che andasse a parlarci lei e vedesse di farlo smettere. In caso contrario, maestro o no, ci avrebbe pensato lui, zittendolo con una di quelle mazzate delle sue che di solito pestava sulla roccia.

La donna sapeva che suo marito non parlava tanto per dare aria alla lingua.

Quindi, per favore, che il maestro le facesse il santo piacere di smetterla e si convincesse che la guardia notturna Romeo Giudici non era in casa!

58.

«Di casa?»

L'Emerita era rimasta un momento interdetta.

Di casa, in che senso? Cosa voleva dire il maresciallo?

Il Maccadò non aveva risposto diretto.

Aveva mostrato il foglio sul quale aveva preso appunti.

«Questo è ciò che mi avete appena raccontato», aveva detto. «Adesso ve lo rileggete per bene e poi me lo firmate.»

Una volta fatte quelle due cosucce, sapeva cosa sarebbe diventato quel semplice foglio di carta?

«Una testimonianza scritta e firmata.»

«E perché mi dite queste cose?» aveva chiesto l'Emerita, appena una vibrazione, come di orgoglio ferito, nella voce.

«Così, per vostra informazione», aveva risposto con indifferenza il Maccadò.

E, con altrettanta indifferenza: «Giusto perché sappiate che dichiarare il falso è un reato».

La donna aveva sussultato.

«È tutto vero!» s'era difesa.

«Bene», aveva risposto il maresciallo. «Allora leggete e firmate, dopodiché vi lascerò in pace.»

L'Emerita aveva allungato le mani e preso il foglio.

Tre righe, forse nemmeno quelle.

Dopo averle lette aveva appallottolato il foglio sotto gli occhi per niente stupiti del Maccadò.

«Io non ho fatto niente», aveva sussurrato.

Il Maccadò, zitto.

L'Emerita gli aveva piantato gli occhi in viso.

«Maresciallo», aveva detto, scandendo bene le parole, «per quanto abbia un marito...»

Aveva lasciato cadere una pausa a effetto.

Per quanto avesse un marito, lei si sentiva una donna sola.

59.

Anche suor Venezia, in quelle ore.

Donna, perché lo era, benché suora.

E sola.

Ma in un senso diverso da quello che l'Emerita stava cominciando a spiegare al Maccadò.

Sola, con un dubbio che da qualche ora faceva capolino nella sua coscienza senza tormentarla in verità, ma comunque non lasciandola del tutto serena.

Se non gli aveva concesso lo spazio che quello pretendeva di avere, era stato grazie all'appuntato Misfatti prima e poi anche alla sua signora. Il primo però, adesso, lavato dentro e fuori, svestito di tutto ciò che indossava e ricoperto con un camicione bianco, riposava quasi beato nel letto che era stato del Caiazzi. L'altra invece stava ancora nella saletta del pronto soccorso, sdraiata come il marito e in attesa che l'iniezione di benzedrina che lei stessa le aveva praticato su ordine del dottor Mori la richiamasse al mondo dal deliquio in cui era caduta dopo la visita del dottor Gonico.

Nella relativa pace che era tornata, il dubbio aveva ripreso forza.

Riflettendoci con calma, si sentì portata ad assolversi. Ma, subito, il severo giudice che si nascondeva dentro di lei l'aveva redarguita dall'usare verso sé stessa quella clemenza che negava agli altri, si trattasse di lavoro oppure di pratiche religiose.

Forse le ci voleva un po' d'aria fresca, ammesso che

riuscisse a trovarla visto il caldo che continuava a fare, per decidere con lucidità.

Data un'occhiata alla Misfatti e visto che stava cominciando a rinvenire, decise di uscire un momento dall'angusta saletta e sulle prime, pur non essendo usa all'enfasi, giudicò quello che vide un piccolo miracolo.

Il signor prevosto!

Era lì, nel gabbiotto della centralinista, dove aveva trovato ricovero in attesa che comparisse qualcuno in grado di dargli notizie circa l'appuntato e, visto che aveva assistito all'arrivo della Misfatti, anche della sua signora.

Cosa fosse successo, la centralinista non aveva saputo dirglielo. Ma l'aveva invitato ad accomodarsi nella sua postazione in attesa che si facesse vivo qualcuno in grado di aggiornarlo.

Al signor prevosto non si poteva nascondere la verità, quale che fosse!

Pure il sacerdote, al veder comparire suor Venezia, tirò un sospiro di sollievo.

Si fece notare con un gesto della mano e uscì dal gabbiotto senza nemmeno ringraziare la Brunella per l'ospitalità.

Si incontrarono al centro dell'atrio e si immersero in un conciliabolo a bassa voce.

La più veloce a prendere la parola fu suor Venezia cui premeva risolvere il suo dubbio.

Avendo consigliato a una persona di dire una bugia, pur se a fin di bene, doveva considerarsi in peccato e quindi confessarsi prima di potersi comunicare?

Poi toccò al prevosto.

Se la bugia non avesse leso la dignità o anche gli interessi altrui e lei non aveva sulla coscienza altri peccatucci od omissioni, poteva considerarsi ancora degna di avvicinarsi al santissimo Sacramento.

«Io, invece», aggiunse, «sono qui per un'altra ragione.»

60.

«Mi devo spiegare?» aveva chiesto l'Emerita rispondendo al silenzio del maresciallo.

Se una donna diceva di sentirsi sola, insomma...

«No», aveva risposto il Maccadò.

Capiva benissimo.

Se mai aveva bisogno di capire cosa fosse successo quella notte, visto che l'allarme che lei aveva lanciato dalla finestra di casa aveva procurato un certo trambusto.

«Se lo vogliamo definire così.»

L'Emerita aveva inalato profondamente.

«Ero alla finestra della mia camera da letto», aveva detto.

«E fin lì ci siamo», aveva acconsentito il Maccadò.

L'Emerita aveva girato lo sguardo verso la finestra aperta, il maresciallo l'aveva seguita. Dalle persiane del civico di fronte era uscita una nuvoletta di fumo, ma non era sembrato che la padrona di casa ci avesse badato granché. Dopo poco il profumo del tabacco era giunto anche dentro la cucina.

«Quindi», aveva ripreso il maresciallo visto che l'Emerita pareva persa in altri pensieri.

«Quindi?» aveva ripetuto lei.

«Eravate alla finestra della vostra camera da letto», aveva riassunto il Maccadò. «Sola?»

L'Emerita aveva chiuso gli occhi.

«No», aveva risposto. «Ma non chiedetemi chi...»

«Signora cara», l'aveva interrotta il Maccadò, «non è

mia intenzione sapere chi ci fosse con voi. Affari vostri. Vi ripeto, voglio solo sapere come si sono svolti i fatti per poter fare chiarezza, nient'altro.»

«Be', insomma, ero lì... eravamo lì... faceva caldo... fa caldo... quando, tutto a un tratto...»

Tutto a un tratto, dopo essere uscito da casa avvisandola di non aspettarlo poiché avrebbe potuto rientrare anche non prima dell'alba, dalla contrada era spuntato il Vinci.

E lei era lì, alla finestra, non era sola e, vedendolo comparire, dopo un momento di terrore durante il quale aveva temuto di poter essere scoperta dal figlio, aveva avuto quella bella pensata e aveva cominciato a gridare al ladro, al ladro!

61.

Solo la disperazione avrebbe potuto obbligare i suoi passi a condurlo verso la puncia del Cane, dove si radunava la canaglia.

Beninteso, canaglia secondo i criteri di giudizio del maestro Fiorentino Crispini.

Le mamme, decentemente vestite, coi loro bambini, i padri, quando non trascorrevano altrove il tempo libero, per prendere un bagno avevano a disposizione la spiaggia che dalla foce del fiume si allungava sino in prossimità delle prime case del rione Coltogno.

Poca roccia, riparata, pur se non evitata, dalla breva, provvista pure di qualche riparo ombroso, offriva la tranquillità necessaria per godere un pomeriggio in lietezza, e per ciò era il tratto di riva preferito dalle famiglie.

La canaglia invece, l'irrequieta gioventù, compresa quella femminile, che amava divertirsi schiamazzando, sfidandosi in tuffi, addirittura lavandosi nelle acque del lago, si dirigeva verso la puncia del Cane dove ogni cosa, anche la più sconveniente agli occhi di chiunque passasse da lì, sembrava lecita.

Ebbene, tra mamme coi piedi a mollo per tenere d'occhio figli e figlie che giocavano, e rari padri, il Vinci non poteva certo trovarsi.

Per questo il maestro Crispini, appunto disperato, pur controvoglia giunse in prossimità della puncia del Cane e, ancora distante, si fermò per scrutare se tra i presenti ci fosse il giovanotto che era ansioso di intervistare.

Gli parve di vederlo dopo un po' pur se la meraviglia di ciò che aveva sotto gli occhi minò la sua certezza. Per accertarsene gli toccò scendere sulla riva, mischiarsi ai presenti, cosa che lo mise in imbarazzo poiché mai, nemmeno da bambino, aveva frequentato spiagge o fatto bagni, né alcuno poteva dire di avergli visto scoperta una parte che non fossero il viso oppure le mani, conseguenza di un esasperato senso del pudore.

Eppure quello gli sembrava proprio il Vinci.

Stava in cima.

Era il vertice di una piramide umana che aveva attirato gli sguardi, le grida e gli applausi di una piccola folla di scapestrati di entrambi i sessi che guardava affascinata.

Il Crispini, avvicinandosi ancora e stabilito che quello in cima, le braccia levate al cielo, era proprio il Vinci, a uno degli spettatori chiese la cortesia di chiamarlo, non si sentiva padrone di una voce tanto forte da poter sovrastare le grida intorno, e chiedergli di scendere poiché aveva bisogno di parlargli.

Quello eseguì con un fischio clamoroso dapprima e poi spedendo via etere la richiesta.

Replicò, il Vinci, chiedendo chi fosse che andava a rompergli eccetera.

Alla risposta seguì un momento di irreale silenzio.

Il giovanotto, memore delle infinite bacchettate che s'era preso dal Crispini lungo il corso di studi elementari, in perfetto italiano, poiché non aveva dimenticato quanto il maestro non sopportasse che i suoi alunni si esprimessero in dialetto, gli si rivolse mandandolo a dar via il culo.

62.

Che ladro?, aveva chiesto l'uomo che era con lei.

Ma che ladro e ladro!, aveva risposto l'Emerita.

Il ladro era lui!

Per finta!

Mica poteva farsi beccare in casa, addirittura in camera da letto, da suo figlio, con un uomo diverso dal marito.

Che le si levasse di dosso quindi, si tirasse su le braghe in fretta e la ascoltasse bene.

Mentre si ricomponeva e abbassava la gonna, spingendolo verso il corridoio e le scale, gli aveva ordinato di andarsi a nascondere nell'angolo più buio dell'atrio.

Doveva aspettare lì, bello schiacciato contro il muro, dando il tempo al Vinci di entrare e imboccare le scale mentre lei sceneggiava una specie di inseguimento. Una volta passato il giovanotto, era libero di uscire e di andarsene, standο bene attento a che nessuno lo vedesse, proprio come se fosse un ladro.

Quello che non aveva previsto era stata la foga con cui il Vinci aveva salito le scale. Lei aveva tentato di frenarlo dicendogli che ormai il furfante se n'era andato ma non c'era stato niente da fare. Che non l'avesse udita oppure non avesse compreso le sue parole, il risultato era stato lo scontro tra loro due.

E quello era tutto.

63.

Il cappello, come si diceva, sulle ventitré.

Poco regolamentare.

Ma il Maccadò, uscito da casa Panicarli, se l'era messo in testa senza badare a ciò che faceva, in preda a sentimenti contrastanti, rabbia e compassione sopra gli altri.

Aveva lasciato l'Emerita: per questa volta gliela perdonava, il procurato allarme era un reato. Ma gli faceva pena quell'uomo laggiù in Africa e un po' anche il Vinci.

Tuttavia, che stesse ben attenta e non ci riprovasse.

Anzi, le aveva consigliato di riflettere sui vantaggi che un po' di solitudine porta con sé. Poi, via, per non sentire altro. E, una volta fuori, il cappello sulle ventitré, si era avviato verso casa del Romeo Giudici.

Bussò più volte fino a che, invece del Giudici, vide comparire l'Ingenio. Sul volto dell'uomo, pronto a prendere per il collo il maestro Crispini, alla vista del Maccadò la rabbia svanì all'improvviso lasciando spazio a una sorpresa non priva di timore.

«Maresciallo!» fece l'Ingenio.

Il Maccadò, stante lo sguardo dell'uomo, si avvide solo allora del cappello sulle ventitré e se lo sistemò.

«Scusate se vi ho disturbato ma avevo bisogno di scambiare due chiacchiere col Giudici.»

Che era arrivato, da poco, annunciato dalle ritmate scorregge della sua Guzzi.

Era arrivato ma, spiegò l'Ingenio, per svegliarlo bisognava tralasciare l'uso delle buone maniere.

«Ci penso io», si risolse l'Ingenio.

E, dati due colpi alla porta del Giudici – due mazzate che avrebbero potuto spaccare un sasso, giudicò il Maccadò – la porta di casa della guardia si aprì, gemendo.

Salutato e ringraziato l'Ingenio, il maresciallo entrò, trovando subito di che stupirsi.

Non aveva mai avuto a che fare granché con la guardia notturna e quella era la prima volta che entrava in casa sua.

Un ambiente dalle geometrie così scombinate non l'aveva mai visto.

Frutto della protervia della sorella del Giudici, Evania, sposata e residente a Trezzo d'Adda, che alla morte dei genitori aveva piantato un casino per l'eredità consistente nella sola casa sita in via della Calchera numero 100 e preteso che venisse esattamente divisa a metà. I locali che componevano il quartierino, cucina, camera da letto dei due fratelli e quella dei genitori, erano disposti sul lato sinistro del corridoio. Secondo la volontà della sorella erano stati divisi a metà da un muro e con una porta d'accesso per ogni metà. Il Giudici, insomma, mangiava in una mezza cucina e dormiva in una mezza camera da letto.

Il cesso, per fortuna, era in comune con gli altri inquilini, all'esterno.

Una fortuna per il Giudici, considerò il maresciallo, che fosse rimasto marello: in quella casa una moglie e anche un solo figlio avrebbero dovuto fare i turni per mangiare e dormire.

Una volta esaurite tali considerazioni, il Maccadò si decise a parlare, perché se avesse aspettato il Giudici...

«Ditemi dell'arresto del Caiazzi», esordì.

L'aria della montagna non aveva arricchito il vocabolario della guardia, che rispose con un'alzata di spalle.

«L'avete arrestato voi, sì o no?» insisté il Maccadò.

Il Giudici lo guardò come se riflettesse.

O forse non aveva capito?

«Quando l'avete preso, cosa stava facendo Serafino Caiazzi?»

Più chiaro di così!

Fu chiara anche la risposta del Giudici, per una volta.

«Niente.»

«Niente?» sbottò il Maccadò.

Il Giudici confermò con un cenno del capo.

«E allora perché l'avete arrestato?» chiese il maresciallo.

Il Giudici allora inspirò, preparandosi uno dei discorsi più lunghi che avesse mai pronunciato da che era venuto al mondo.

«Io non l'ho arrestato poiché se l'avessi fatto avrebbe significato averlo colto con le mani nel sacco, e in quel caso avrei dovuto poi avvisare l'autorità dell'ordine pubblico, cioè voi signor maresciallo. Conosco i miei doveri di cittadino e di guardia notturna. Essendomi scontrato con lui ho solo partecipato al suo trasporto presso l'ospedale aiutato dal Gnazio che lo stava rincorrendo ma non so neanche il perché.»

Poi, esaurite parole e fiato, il Giudici lasciò cadere le braccia lungo i fianchi, dando a vedere di essere sfinito.

Il Maccadò aveva preso nota, una per una, delle sue parole.

Era... esterrefatto.

Avrebbe voluto dire tante cose, una sola gli uscì dalle labbra.

«Riposatevi.»

Poi se ne andò, diretto alla caserma.

64.

Verso casa, l'uno.

Verso la canonica, l'altro.

Uno, il Crispini.

Mentre tornava alla volta delle sue stanze sembrava ridimensionato, oltre che nello spirito, anche nella figura, rimpicciolita, riassunta in sé.

Non aveva più frecce al suo arco ormai.

E il sole, quella luce intensa dalla quale fuggiva preferendo la penombra che regnava tra le mura della sua casa, sembrava che l'avesse per bersaglio, come volesse farlo risaltare vieppiù agli occhi di chi lo guardava, segnalandolo come figura estranea, inconcepibile nel panorama del pomeriggio estivo.

Quando entrò in casa, andò a sdraiarsi sul letto vestito e sudato così com'era, vinto e convinto che la prossima persona cui avrebbe aperto la porta sarebbe stato il maresciallo Maccadò, lì sulla soglia per fargli pagare il fio delle «notizie false e tendenziose» circa le quali, senza riuscire, aveva tentato di fare chiarezza guadagnando solo rimbrotti e ingiurie.

L'altro, il prevosto.

65.

Confortato dalle buone notizie circa l'intera famiglia Misfatti e dopo aver confortato a sua volta suor Venezia sul fatto che una cosa volta a fin di bene era bene in sé, e che quindi poteva comunicarsi con tranquillità, il prevosto era tornato in canonica come se camminasse contro vento anche se in realtà non tirava nemmeno un filo di breva.

Una volta entrato in cucina la perpetua, che si era coccolata via, aveva fatto scattare la testa, solo quella, sull'attenti per vedere se volesse mangiare.

Ormai l'era quasi l'ora dela merenda, ma va be'...

Ma il sacerdote aveva dato mostra di non aver fame.

Si era seduto però, forse l'era stràc.

Poi aveva sospirato lungo.

Alòra gh'era in bàl vergòt, un quài pensè...

«E cosa dico adesso ai Buonavigna?» sbottò il prevosto dopo un po'.

La perpetua lo guardò.

«Sarès a dì?»

Cioè, sarebbe a dire?

«A dire cosa?» rimandò il prevosto.

«I Buonavigna. Cosa c'entrano? Cos'è che ci deve dire?»

«E voi cosa ne sapete dei Buonavigna?» chiese stupito il prevosto.

«Negòt! L'avete detto voi, adès», rispose la perpetua.

«Io?» fece il sacerdote.

«E già!» confermò la perpetua.

«In verità…» attaccò ma si interruppe subito.
«La verità», esclamò subito dopo.
Ecco quello che doveva dire ai Buonavigna.

66.

La verità era che dal sospetto di avere a che fare con ben due ladri in un colpo solo, adesso il maresciallo Maccadò si trovava a non averne tra le mani nemmeno uno.

Serafino Caiazzi se n'era stato buono buono in caserma, secondo gli ordini ricevuti.

«Problemi?» aveva chiesto il maresciallo rientrando.

Nessuno, risposta in coro.

Almeno lì, aveva pensato il Maccadò, tutto sembrava filare liscio.

Quindi s'era fatto portare il Caiazzi nel suo ufficio.

E, chiusa la porta: «Adesso facciamo i conti», aveva detto.

Ma benevolo, nel tono e nell'atteggiamento.

Il Caiazzi era entrato in sospetto.

«Che conti?» aveva chiesto.

«Dimmi cos'hai combinato l'altra notte», aveva chiesto il maresciallo.

Tale e quale al Giudici, il Serafino aveva risposto: «Niente».

«Siamo sicuri?» aveva insistito il maresciallo.

«Sicuri», aveva risposto il Caiazzi, con l'invisibile conforto di suor Venezia.

Lei, prima di lasciarlo partire in compagnia del carabiniere Virgola, gli aveva detto che se non aveva fatto niente di male, se insomma aveva peccato solo con l'intenzione, bastava che si pentisse, e davanti al tribunale celeste era a posto.

Per quanto riguardava quello terreno, invece, ormai pentito nelle intenzioni e deciso a redimersi, in pratica era innocente. E, di conseguenza, a lei sembrava sciocco che andasse a cacciarsi con le sue stesse mani in bocca al maresciallo.

Niente, quindi.

Era rimasto in giro sino a tardi, così, senza scopo.

Col caldo che faceva, chi riusciva a dormire?

E così, girellando, s'era trovato in via Manzoni proprio...

«Nel posto sbagliato al momento sbagliato!» l'aveva anticipato il maresciallo.

Le stesse identiche parole che suor Venezia gli aveva suggerito.

«Esatto», aveva confermato il Caiazzi.

Dopodiché...

Insomma, coi suoi precedenti, con la nomea che lo seguiva come un'ombra, cosa poteva fare?

Se l'avessero beccato in quel momento, nessuno avrebbe dubitato che il ladro fosse lui. Così, pancia a terra, s'era messo a correre per togliersi dalle balle, aveva imboccato via Plinio convinto di farla franca...

«Cioè...» s'era corretto il Caiazzi.

L'espressione non era delle più felici ma rendeva l'idea.

Per farla breve, imboccata via Plinio era successo quello che si sapeva.

«È andata così», aveva concluso il Caiazzi.

Il Maccadò l'aveva guardato per qualche secondo.

«Te lo dico io com'è andata», aveva poi detto. «Ti è andata bene.»

Se capiva quello che voleva intendere.

Il Caiazzi a sua volta l'aveva fissato per un po'.

«Credo di sì», aveva infine sospirato.

«Bene», aveva ripreso il maresciallo. «Allora, se davvero mi hai capito, vuol dire che farai in modo di non capitarmi tra i piedi da qui all'eternità.»

Il Caiazzi aveva inteso che il momento della sentenza era giunto.

E adesso?, aveva chiesto con la sola espressione del viso.

«Adesso va'!» aveva risposto il Maccadò.

Ma che si ricordasse due cose.

La prima erano le parole che gli aveva appena detto.

La seconda era quella di ringraziare qualcuno.

«Chi?» aveva chiesto il Caiazzi già in piedi.

«Colui o colei che ti ha suggerito come rispondermi. E così, a naso, propenderei per colei, se ci siamo capiti», aveva risposto il Maccadò pure lui in piedi e facendo segno al Caiazzi di levare le tende.

Aveva ancora da fare prima di tornare a casa e godersi quel che restava della domenica, un doveroso passaggio in ospedale, dove lo attendeva l'ennesima sorpresa.

67.

Quasi si offese la signora Misfatti quando il maresciallo Maccadò, entrato nella camera numero sette, dopo aver salutato le chiese come stesse suo marito.

«E io chi sono?» saltò su.

Il maresciallo non comprese il senso dell'obiezione.

La Misfatti era seduta tra i letti che ospitavano da un lato suo marito e dall'altro l'Agnesina Gavargna, al momento apparentemente assente.

«Scusatemi, ma...»

Non capiva in cosa avesse mancato.

«Scusate voi, maresciallo, ma sappiate che anch'io sono ricoverata!»

Così seduta?

E vestita come se fosse pronta per uscire da casa?

In verità non aveva proprio l'aspetto di un'ammalata.

«Proprio», spiegò invece la Misfatti.

Non c'erano letti disponibili. Ma il dottor Mori, non volendo correre rischi di sorta trattandosi della moglie di un carabiniere, ne aveva disposto un ricovero cautelativo. Suor Venezia non aveva avuto alternative. Pur convinta che la moglie dell'appuntato si fosse ripresa, aveva obbedito e l'aveva piazzata lì, a mo' di infermiera.

«Mi dispiace», si scusò il Maccadò, comunque incredulo.

In ogni caso, come stava il suo appuntato?

La moglie rispose girando sul marito uno sguardo languido.

«Non è ancora presente del tutto», rispose poi.

L'intossicazione, di quale natura nemmeno il dottore aveva saputo specificare, stava passando un po' alla volta. Dopo essere stato ripulito per bene, adesso doveva solo pensare a riposare. Nessuna fretta insomma.

E non bisognava fare caso a ciò che ogni tanto mormorava, vaneggiamenti, parole senza senso.

«Per esempio?» chiese il maresciallo Maccadò.

«Cose come camminare senza toccare terra, vedere metà uomo e metà donna o fare dei versi come se imitasse un cavallo al trotto. Il dottore dice che sono come sogni, colpa dell'intossicazione», spiegò la moglie.

Il Maccadò assentì col capo, poi tornò a guardare il suo appuntato. In quel momento aveva gli occhi chiusi e un'espressione ebete in viso.

«Tornerò», disse. «Comunque vi pregherei di tenermi informato.»

Poi, prima di lasciare la stanza, salutò.

L'Agnesina Gavargna, ritornata da chissà dove in quel momento, rispose.

«Viva il re!»

68.

«Evviva», aveva detto Maristella Maccadò vedendo suo marito sulla porta di casa.

Ma aveva parlato fiacca.

La domenica non se n'era andata del tutto ma era ormai entrata in quella che a lei era sempre sembrata una fase malata di quella particolare giornata della settimana.

Le sue ore, così dense di leggerezza al mattino, quando illudevano che si potesse realizzare qualunque cosa, come se in sé avessero una diversa velocità, si andavano appesantendo col passare, sino al momento in cui anche la domenica non tornava a essere una giornata come le altre.

Anzi, peggiore, visto che la tradiva sempre nelle sue aspettative.

Quella domenica poi...

Coi quattro figli che l'avevano massacrata di domande per risolvere l'indovinello del prevosto, il marito che non aveva nemmeno pranzato con loro, il pomeriggio che s'era inoltrato nella sua fase più calda e fastidiosa...

Evviva, aveva detto, stanca e con un viso che sembrava volesse cedere al caldo e alla noia.

Si riprese però subito al pensiero dei suoi doveri di moglie scrupolosa.

«Hai mangiato?» chiese infatti.

Per lo stomaco dell'uomo l'orario era passato da un pezzo. Disse che avrebbe atteso la sera per poter almeno cenare tutti assieme.

«Bene», approvò Maristella.

Perché allora, sempre che non dovesse tornare a uscire, poteva occuparsi lui dei quattro indiavolati e tentare di rispondere all'indovinello del signor prevosto.

«Ma certo», rispose il Maccadò con una sicurezza che suonò strana alle orecchie della moglie.

«Guarda che non è così facile come sembra», l'avvisò.

«Tranquilla», sorrise lui.

Sua moglie non lo poteva immaginare, ma a quell'esame non si presentava impreparato.

Grazie al carabiniere Grafico e alla sua beata ingenuità.

Il Grafico aveva infatti preso sul serio, come un ordine di servizio, le parole del maresciallo, e aveva stilato il suo elenco di risposte plausibili che gli aveva consegnato prima che il Maccadò uscisse salutando e augurandosi di dover varcare la soglia della caserma non prima dell'indomani.

Il foglietto, per non deludere il giovanotto, se l'era messo in tasca, ringraziandolo e ripromettendosi poi di fare con lui un bel discorsetto, fargli prendere in considerazione la possibilità di cambiare mestiere perché quello del carabiniere forse non era il più adatto a lui.

Mentre Maristella Maccadò, sollevata dal dover riscaldare il risotto, si prendeva la libertà di stendersi sul letto per un'oretta, il maresciallo riunì i figli intorno a sé.

«Allora», disse, «vediamo di risolvere questo mistero.»

Foglietto in mano cominciò a rivelare una dopo l'altra le risposte che il Grafico s'era appuntato.

Gli angeli, la mamma o il papà, le suore…

A ogni proposta gli rispose il coro dei quattro.

Ma no, l'avevano già detto loro, la mamma le aveva escluse tutte, però aveva detto che lui avrebbe saputo la risposta di sicuro.

Il maresciallo si pentì di aver ceduto all'orgoglio poco prima davanti al prevosto. Fosse stato meno intransigente, forse adesso avrebbe avuto la risposta esatta.

Ma adesso era adesso, e non vedeva via d'uscita.
O trovava la risposta oppure un'ottima scusa, come una chiamata della Misfatti o di suor Venezia o magari dalla caserma, per sottrarsi all'assedio dei quattro che mostravano di non avere alcuna intenzione di mollare.

69.

Quando infine il campanello suonò, il maestro Crispini tirò un sospiro che, nonostante la profonda conoscenza del vocabolario, non poteva definirsi in altro modo se non di sollievo.

Massì!

Nonostante quel suono preludesse a un incontro tutt'altro che amichevole, le lunghe ore pomeridiane nel corso delle quali l'aveva atteso l'avevano usurato.

Il nemico, anche se nella fattispecie si trattava del maresciallo Maccadò, andava affrontato a viso aperto.

E con dignità.

Per via della dignità, mentre il campanello suonava per la seconda volta, il Crispini perse più tempo del necessario davanti al grande specchio incastrato tra le due ante dell'armadio di camera. Era rimasto sdraiato sul letto tutto quel tempo, in verità si era anche addormentato un'oretta, e insomma la giacca e i pantaloni che indossava si erano un po' spiegazzati.

Pure i capelli, non più così numerosi come li aveva in gioventù, ma pur sempre ricci e ribelli, avevano bisogno di una sistemata.

Lo sfiorò, ma fu solo un battito d'ala del pensiero, l'idea che mentre lui si preparava per presentarsi in ordine davanti alla giustizia dell'uomo, quella stessa potesse scocciarsi di aspettare e desistesse, rimandando al giorno dopo.

Ma che senso aveva?

Ne avrebbe ricavato nuove ore di tormento e basta.

Al terzo squillo di campanello, il maestro Fiorentino Crispini si avviò a passo di cerimonia verso la porta di casa.

L'aprì e sulle prime non riconobbe la persona che aveva suonato con tanta insistenza e che, a giudicare dal dito indice pronto all'assalto, si predisponeva a farlo per la quarta volta.

Brunella Sassi invece non ebbe alcun turbamento visto che stava cercando proprio lui.

«E perché mai?» chiese il Crispini.

«Non sapete niente di quello che è successo oggi?» domandò a sua volta lei.

TERZA GIORNATA

1.

«Forse nessuno.»

Il maresciallo Maccadò parlò guardando la prima luce dell'alba, una mano sul viso.

Ci aveva pensato la sera precedente, a letto, prima di prendere sonno, e subito, non appena aperti gli occhi sul lunedì.

D'altronde non poteva essere altrimenti, dopo che i suoi quattro figli avevano smesso di fargli domande circa l'indovinello del prevosto solo perché sfiniti né più né meno di lui.

La lucidità del primo mattino aveva riportato con sé la questione insieme con la risposta.

«Nessuno», stabilì quindi ad alta voce.

«Cos'hai detto? Con chi ce l'hai?» chiese Maristella Maccadò aprendo appena appena gli occhi.

Il maresciallo si girò appoggiandosi su un gomito.

«Chi sono io?»

La donna aprì del tutto gli occhi.

Li sgranò, anzi.

Che razza di domanda era?

Il Maccadò comprese che sua moglie aveva frainteso il senso delle sue parole.

«Volevo dire», puntualizzò, «che grado ho?»

«Ma...»

«Dimmelo.»

«Maresciallo», si arrese la donna.

«Ecco.»

E davanti a chi si toglieva il cappello?

Non davanti a un tenente, o a un maggiore e nemmeno davanti a un generale.

«A nessuno», confermò.

Anche se tutti coloro che aveva elencato erano più alti in grado di lui.

«Figuriamoci quindi il Papa.»

Il grado più alto nella gerarchia ecclesiastica.

«A maggior ragione lui non si toglie il cappello davanti a nessuno! Forse la risposta giusta è questa, non sei convinta?»

Maristella Maccadò, alla quale non sarebbe dispiaciuto dormire ancora un'oretta, ripassò comunque tra sé il ragionamento del marito.

«È possibile», disse poi, ormai sveglia del tutto.

2.

«È impossibile.»

Punto e basta.

Così si era espressa il pomeriggio precedente Antiochia Buonavigna, madre del fuggitivo, in risposta alla comunicazione del signor prevosto il quale, tenendo fede al suo proposito, non le aveva nascosto la verità.

«Purtroppo però è così», aveva insistito il sacerdote.

L'Antiochia, che sin da giovane pativa il soprannome di Brogia, storpiatura di Borgia, coniato per stigmatizzarne il carattere collerico e impositivo, aveva insistito nella sua posizione: era impossibile perché lei glielo aveva proibito.

A quel punto il prevosto s'era quasi alterato.

«Quindi voi sapevate che razza di idee frullavano in testa a vostro figlio!»

La Brogia non s'era scomposta.

Dalla poltrona in cui era già seduta quando il prevosto era entrato nel salotto di casa, aveva fatto un gesto come se volesse scacciare una mosca. Solo allora il sacerdote, girando gli occhi alla ricerca dell'invisibile insetto, s'era accorto che nel locale mancava qualcosa.

Cioè, qualcuno.

Per la precisione il marito, il Buonavigna senior, che era andato ad aprirgli la porta di casa e l'aveva accompagnato sino alla soglia del salotto, dopodiché s'era volatilizzato come se niente fosse.

Il prevosto allora aveva capito.

Mosche nel salotto non ce n'erano.

Piuttosto, quel gesto era rivolto a lui, a quel «voi» che aveva usato intendendo con ciò comprendere anche il Gersico, che invece l'Antiochia non teneva in alcun conto.

«Suo padre si sarebbe lasciato convincere», aveva detto la donna poco dopo, lasciando capire che ciò che il prevosto aveva solo pensato aveva centrato il segno.

A quel punto nell'animo del sacerdote l'imbarazzo s'era sostituito all'irritazione e allo stupore di poco prima. Non riusciva a decidere che partito prendere, se andare o stare. E se stare cosa dire, oppure, se andare, con quale formula congedarsi.

«E adesso?» aveva buttato lì.

La Brogia, poiché anche a lui veniva spontaneo chiamarla così anziché col suo nome altisonante, aveva incrociato le braccia sul petto.

«Forse è meglio così», aveva detto.

«Dite davvero?» aveva chiesto il prevosto.

La Buonavigna l'aveva guardato per significare che non aveva l'abitudine di parlare a vanvera.

«Dico davvero», secca.

Grazie alle sue conoscenze le sarebbe risultato molto più facile farsi rimandare a casa quel figlio dissennato. Una volta individuato il suo recapito, il reparto di appartenenza insomma, con un bel certificato che avrebbe attestato condizioni di salute gravi…

«Meglio, disperate.»

… del genitore, il comando l'avrebbe rimpatriato, dopodiché sarebbe stata sua cura metterlo in condizioni tali da non commettere altre idiozie.

«Mi pare che invece sarebbe stato più indaginoso rincorrerlo sulle tracce di una carovana di zingari o circensi che siano.»

Il prevosto non si doveva preoccupare, quel matrimonio si sarebbe fatto, aveva aggiunto come se lui dovesse essere interessato.

«Ma vostro marito sta bene a quanto mi pare», aveva però obiettato il prevosto.

«Mio marito sta come dico io», aveva sentenziato la Brogia.

A quel punto il sacerdote aveva sentito nascere le parole giuste per accomiatarsi.

«Quindi, se non avete più bisogno di me...»

La donna l'aveva guardato senza parole e congedato con un gesto della mano.

E come per magia, così com'era sparito poco prima, il Buonavigna senior era riapparso per accompagnarlo all'uscita, silenzioso e ossequioso quasi non fosse il padrone di casa ma piuttosto un maggiordomo.

3.

Pure l'appuntato Misfatti aveva aperto gli occhi alla prima luce dell'alba.

Avvedendosi però che, seduta accanto a lui, addormentata profondamente, la testa su un cuscino che suor Venezia le aveva offerto e appoggiato allo schienale della sedia, c'era sua moglie, li aveva richiusi subito e aveva fatto una profonda riflessione su ciò che gli era capitato. Si sentiva molle come la pelle di un fico ma ormai abbastanza lucido per ricordare grossomodo i momenti cruciali della sua disavventura.

Tra i tanti (l'osteria di Somacchia, il forzuto che l'aveva preso per il collo sollevandolo da terra come niente, la riunione nel carrozzone del direttore De Fillìus), quello.

La principessa Omosupe o come diavolo bisognava chiamare quell'essere che era bello come una donna ma dall'ombelico in giù non aveva nulla da invidiare a molti maschi. Se avesse raccontato la piena verità a sua moglie, oltre a fare la figura del cretino avrebbe anche dovuto ammettere che aveva avuto ragione.

Dopo aver assistito assieme allo spettacolo del Circo Astra infatti, la signora Misfatti l'aveva punzecchiato non poco per la particolare attenzione con la quale lui aveva seguito il numero dell'escapologa e l'appuntato s'era difeso affermando, ben sapendo di mentire, che era rimasto incantato dalla non comune abilità dell'artista. La Misfatti non aveva creduto per niente alle sue parole. Aveva ribattuto che lui, come tutti gli uomini, era pronto a perdere la testa davanti a un qualunque ombelico, di donna e magari anche di uomo.

«Questa è bella!» era insorto il Misfatti.

«Vi importa poco di quello che c'è intorno e meno ancora di quello che c'è dentro!»

Peggio dei cavedani gli uomini, che abboccavano a un amo credendo di riempirsi la pancia e invece andavano a finire in padella.

«Dopodiché, una volta che la frittata è fatta, ti saluto!»

Il Misfatti aveva ribattuto alle critiche avanzando il sospetto che la moglie parlasse solo per invidia della bellezza e della grazia della principessa che avevano turbato il pubblico maschile presente.

«Un pubblico di scimmie», l'aveva sferzato lei, sigillando il battibecco con una piva di qualche ora.

Il giorno seguente la tempesta sembrava passata ma l'appuntato non aveva voluto correre rischi e non era più tornato sull'argomento. Tuttavia gli era capitato di farsi cogliere in alcuni momenti in cui rivedeva certe mosse azzardate della principessa, riassaporandole nella memoria con un sorriso fesso sul viso. Momenti che sua moglie aveva colto con occhio clinico e aveva commentato.

«Abbocca, abbocca!»

Che la padella poi era pronta.

Ripensandoci adesso, steso nel letto d'ospedale, non poteva che ammettere di aver abboccato per bene e forse più di tanti altri, perché mentre stava spiando dentro al carrozzone della principessa, poco prima che il forzuto lo pigliasse per il collo e fino a quando non aveva visto i notevoli pendagli dell'Omosupe, era convinto di stare per assistere a uno spettacolo che mezzo mondo gli avrebbe invidiato.

Meglio, rifletté, fare lo smemorato. Fingere di non avere alcun ricordo di quanto gli era capitato, tornando al presente, e allo sguardo di sua moglie, come se i due giorni appena passati non fossero mai esistiti.

Una volta deciso come comportarsi, pensò che poteva fingere di risvegliarsi.

Aprì gli occhi nel momento in cui l'Agnesina Gavargna salutava: «Viva il re!» annunciando l'ingresso nella stanza del maresciallo Maccadò.

4.

Il maestro Crispini aveva invece passato una notte comme ci comme ça.

Tutto merito della centralinista Brunella Sassi che la sera prima l'aveva aggiornato sugli eventi che si erano succeduti sotto i suoi occhi, dall'arrivo in ospedale dell'appuntato Misfatti («E avreste dovuto vedere in che condizioni!»), a quello della sua signora («Non in visita eh!, anche lei stesa su una barella»), alla partenza del Serafino Caiazzi con tanto di scorta com'era uso fare con tutti i delinquenti.

Il maestro si sarebbe volentieri sottratto a quel serrato mitragliamento di novità. Visto che però aveva fatto entrare in casa la centralinista, ci si era trovato in mezzo e poco a poco, colpo dopo colpo, il fuoco del cronista aveva ripreso a bruciare sotto la cenere che il maresciallo Maccadò vi aveva sparso sopra non molte ore prima.

Congedata la Sassi, con quel turbine di notizie che gli girava in testa, il Crispini aveva deciso di lasciar fare alla notte, che gli offrisse i suoi consigli, come si diceva.

Non c'era stato niente da fare.

Spenta la luce, tutti quegli elementi avevano preso a rincorrersi dietro i suoi occhi chiusi, componendosi inesorabili dentro un quadro di cupezza e mistero che avrebbe eccitato la fantasia di chiunque. Figurarsi la sua, pungolata tra l'altro dall'impegno che aveva con il caporedattore del «Gagliardetto» di fornire anche il resoconto degli sviluppi relativi al caso del furto in casa Panicarli.

Cosa c'entrasse, come si legasse il ricovero congiunto di appuntato e signora con l'evento furtivo era difficile capirlo. Tuttavia non si poteva negare che la singolare coincidenza di due eventi siffatti a distanza di poche ore uno dall'altro induceva quantomeno a una sospettosa attenzione.

E altra attenzione, molta, doveva porre nel raccontare ciò che aveva saputo grazie alle confidenze della Sassi per non scontrarsi di nuovo con il muso duro del maresciallo Maccadò e le sue nemmeno tanto velate minacce.

Nel pieno della notte, le parole che il maresciallo gli aveva detto circa le «notizie false e tendenziose» s'erano levate alte, addirittura sopra le tracce della voce che la centralinista aveva lasciato in casa sua.

Che fare quindi?

Rinunciare?

Rischiare?

Alle prime luci dell'alba, come d'abitudine, benché avesse dormito davvero poco, il maestro Fiorentino Crispini si era vestito di tutto punto ed era uscito per il consueto appuntamento con il marsalino.

Il Gnazio aveva ripreso stabile il suo posto, pur se la caviglia era tutt'altro che guarita. D'altronde la Damina gli aveva detto che lei non se la sentiva di sottoporsi a quelle levatacce e, come alternativa, gli aveva proposto di esporre il cartello «Chiuso per malattia» fino a che fosse guarito. L'uomo non le aveva nemmeno risposto.

Fosse stato inverno, avrebbe potuto considerare l'idea. Ma chiudere anche una sola giornata durante il mese di luglio voleva dire gettare nel cesso fior di guadagno.

Vedendolo entrare nel suo locale, aveva avuto il timore che il maestro volesse riprendere l'interrogatorio cui aveva tentato di sottoporlo il pomeriggio precedente.

Prima ancora di verificare se il suo dubbio fosse corretto, l'aveva anticipato.

«Caro maestro, se siete qui per avere notizie del furto

vi informo che potete andarle a chiedere direttamente al Caiazzi!»

Il Crispini l'aveva guardato con un'espressione di sconcerto. Sul viso del Gnazio ce n'era una decisamente ilare.

«Non vi sto prendendo in giro», aveva chiarito il Gnazio.

Il Serafino Caiazzi in persona era stato lì da lui, non erano passati nemmeno dieci minuti. Gli aveva chiesto se non poteva raccomandarlo a qualcuno dei suoi fornitori di bibite e liquori quale uomo di fatica, in modo da avere un lavoro che lo tenesse fuori dai guai e anche lontano da quel paese dove nessuno più si fidava di lui.

«Ma come?» era scivolato tra le labbra del Crispini.

«Si vede che finalmente gli è venuta la voglia di comportarsi bene», aveva risposto il Gnazio.

Ma il Crispini aveva inteso dire altro.

Com'era possibile che il Caiazzi se ne andasse in giro a cercar lavoro poche ore dopo essere stato arrestato per furto?

5.

«Maresciallo, buongiorno!»

La voce dell'appuntato Misfatti schioccò sonora nella stanzetta numero sette.

Vivace addirittura, troppo per uscire dalla bocca di uno che se ne stava steso in un letto d'ospedale e dopo due giorni di indicibili tribolazioni.

Ma il Misfatti l'aveva studiata bene.

Raccolte tutte le energie di cui disponeva aveva quasi gridato il saluto al Maccadò al solo scopo di svegliare sua moglie.

La quale, dopo un rapido sguardo d'insieme per rendersi conto di dove si trovasse, si rivolse stupita al marito.

«Sei sveglio, era ora!»

E poi la domanda che il Misfatti aspettava.

«Come stai?»

Con un filo di voce glielo disse. Gli scappava tantissimo la pipì, temeva di farsela addosso, sarebbe stata così gentile da correre a prendergli un pappagallo?

Il maresciallo Maccadò fu tentato di sostituirsi alla donna, ricordava bene il suo stato di ricoverata, sebbene non dimostrasse in alcun modo di essere ammalata.

A frenarne l'iniziativa fu l'occhiolino che il Misfatti riuscì a fargli e di cui gli chiese conto non appena la donna uscì.

«Si può sapere cos'è successo?»

«Sì», rispose il Misfatti.

Ma non adesso.

Adesso non c'era tempo.

Quel poco che c'era gli bastava per dire al Maccadò che gli avrebbe raccontato ogni cosa ma più avanti, una volta fuori dall'ospedale e quando avrebbero potuto parlare a quattr'occhi, senza estranei intorno.

Il Maccadò accennò all'Agnesina Gavargna.

Intendeva forse quella vecchietta un po' svanita?

«No, intendo mia moglie», precisò il Misfatti.

«Ma...» tentò di obiettare il maresciallo.

La signora Misfatti stava però entrando in quel momento nella stanza, sventolando il pappagallo.

«Eccomi, eccomi!»

Poi diede uno sguardo al Maccadò.

Decenza voleva che si allontanasse mentre lei metteva a proprio agio il marito.

«Torno più tardi», fece il Maccadò.

«Ditemi solo come va col furto», disse il Misfatti col preciso scopo di far intendere al suo superiore che quello e non altri era l'argomento di cui avrebbero potuto discorrere in presenza della moglie.

Dalla soglia della porta il maresciallo sorrise.

Perché in quanto a quello c'era ben poco da dire, visto che non c'era stato alcun furto.

Se mai un ben architettato giochetto, proprio come quello che aveva portato l'appuntato a finire in un letto d'ospedale con, al momento, un pappagallo tra le gambe.

Il primo si era risolto grazie a una lunga e confidenziale chiacchierata con la fedifraga Emerita Diachini in Panicarli.

Il secondo contava di risolverlo senza perdere troppo tempo, in giornata, e grazie ancora a un'amichevole chiacchierata a quattro.

6.

Suor Venezia non l'aveva visto arrivare.

Però lo vide mentre, in corridoio, in obbedienza alla decenza attendeva che il suo appuntato mingesse in santa pace.

Con l'energia che ne caratterizzava sempre le prime ore del mattino la suora pattinò verso di lui.

«È il Signore che vi manda», disse dopo aver frenato.

Il Maccadò fu lì per commentare.

«Se no vi avrei telefonato», gli rubò il tempo la religiosa.

«Avanti di questo passo conviene far montare una linea diretta», ironizzò il maresciallo.

«C'è poco da scherzare», ribatté suor Venezia.

Si trattava di una cosa seria e lei non sapeva a che santo rivolgersi.

Il Maccadò aveva ancora in tasca il santino che la suora gli aveva dato un paio di giorni prima.

«Lo rivolete?» chiese mostrandoglielo.

Ma suor Venezia non aveva alcuna intenzione di allearsi alla leggerezza del carabiniere.

La cosa era seria davvero.

Il direttore sanitario nonché primario di quel reparto, professor Mordacchi, aveva parlato. E quelle che uscivano dalla sua bocca non erano semplici parole ma sentenze vere e proprie, qualunque fosse l'argomento in oggetto.

Nella fattispecie aveva sentenziato che la signora Misfatti, ormai recuperata dallo svenimento e dallo shock del giorno prima, doveva tornarsene a casa.

«E questo va bene», commentò suor Venezia.

A seguire anche l'Agnesina Gavargna doveva andarsene dall'ospedale.

Non aveva malattia alcuna, era lì solo perché era stata dimenticata dai suoi compagni di gita e a giudizio del primario era rimasta a carico del bilancio dell'ospedale sin troppo a lungo.

Entro sera voleva vedere il suo letto libero, a disposizione di chi ne avesse avuta una reale necessità.

«E allora?» chiese il Maccadò.

«E allora io non so cosa fare», rispose suor Venezia.

Il primario era abituato a dare ordini e a vederli eseguire, cosa che lei era sempre riuscita a fare. Ma in quella particolare situazione non sapeva come comportarsi e soprattutto temeva che il professore ricorresse, come era già successo in un paio di occasioni, a una misura estrema, ovvero di affidare dei vagabondi ricoverati al manicomio provinciale di Como. Di veder partire l'Agnesina per quel luogo infernale non se la sentiva, al solo pensiero le veniva il magone.

«Quindi vi chiedo, maresciallo, se in qualità di carabiniere potreste darmi una mano per cercare di capire dove sia la casa di quella povera donna, dove si trovi insomma questa benedetta località Lonzolo da cui l'Agnesina dice di provenire.»

All'uscita di suor Venezia il Maccadò ebbe un sussulto.

«Avete detto Lo...?»

«Lonzolo!» ripeté suor Venezia. «Sempre che esista e non sia una fantasia.»

«Lonzolo!» ripeté il maresciallo.

La suora, notando l'animazione del Maccadò, si animò a sua volta.

«Non ditemi che sapete dove si trova!?» chiese.

Il maresciallo la guardò, una mano a massaggiarsi il mento.

«Forse», rispose.

«Dove?» chiese suor Venezia.

Ma il Maccadò non rispose.

«Lasciatemi il tempo di fare un paio di riscontri, poi vi farò sapere», disse invece.

«E ci vorrà molto?» chiese la religiosa.

«Non lo so, non credo», rispose il maresciallo mentre la signora Misfatti si affacciava alla porta della stanza numero sette.

«L'ha fatta, potete entrare adesso», disse rivolta al Maccadò.

Il maresciallo rifletté un istante.

Lo sguardo supplice di suor Venezia lo convinse a non perdere tempo.

«Dite a vostro marito», si rivolse alla Misfatti, «che ripasserò più tardi, ho appena ricevuto la chiamata per un'emergenza.»

7.

Emergenza, urgenza.

Che la definisse come più le piaceva.

In ogni caso glielo ripeteva per la terza volta visto che era la terza volta che chiamava.

Lui era il caporedattore delle pagine di cronaca del quotidiano «La Provincia» e aveva assoluto bisogno di comunicare con il maestro Fiorentino Crispini che di quel giornale era corrispondente per Bellano e zone limitrofe. Poiché il Crispini era sprovvisto di apparecchio telefonico domestico non aveva avuto altra alternativa che chiamare il posto di telefono pubblico e pregare la responsabile di avvisarlo della necessità di prendere contatto con lui.

La Gina Pedraglia lasciò sfogare per la terza volta il giornalista e poi, anche lei per la terza volta, ripeté le stesse cose.

Come tutti coloro che svolgevano seriamente il proprio lavoro aveva ben chiari quali fossero i suoi diritti e i suoi doveri.

Sui diritti sorvolava, visto che non erano in gioco.

«Circa i doveri, invece», sillabò quasi la Pedraglia, «ribadisco che sono autorizzata all'abbandono del posto di lavoro solo in caso di un'emergenza o di un'urgenza. Ditemi voi quindi per favore di fronte a quale caso mi trovo, altrimenti smettete di telefonare facendomi solo perdere del tempo.»

«Fate conto che sia un'urgenza allora», rispose quello.

Non poteva esistere infatti che un giornale serio non uscisse con il seguito di un fatto che era stato lasciato in sospeso, com'era il caso del furto in casa Panicarli. Troppi interrogativi erano stati lasciati senza risposte dalla penna del maestro Crispini e visto che aveva avuto tutta la domenica per cercarle e trovarle, stante il fatto che il lunedì il foglio non usciva, adesso doveva rendere conto del suo lavoro sul numero in uscita il giorno seguente.

«Urgenza, quindi», prese nota la Pedraglia in tono del tutto neutro.

«Ci conto», fece il giornalista tirando un sospiro di sollievo e predisponendosi a riattaccare.

«Un attimo solo», lo frenò la telefonista.

Perché, conoscendo appunto diritti e doveri del suo lavoro, adesso doveva prendere il modulo sul quale annotare nome e cognome del chiamante, ora della chiamata, motivo dell'urgenza, destinatario della richiesta eccetera eccetera a tutela della propria, indiscutibile professionalità.

8.

A passo svelto, e ripetendosi quel nome, «Lonzolo, Lonzolo», sempre più convinto che proprio quella fosse la parola uscita dalla bocca della signorina Elena Civignola durante la lunga chiacchierata che aveva avuto con lei la mattina precedente, il maresciallo Maccadò aveva imboccato per l'ennesima volta via Manzoni, diretto al civico numero 36.

Non appena entrato nella via però aveva dovuto rivedere la velocità dei suoi passi.

Tutt'altro che usuale vederlo in giro in quell'ora di donne che andavano per spese e di sfaccendati per trani. Il maresciallo era mosso da ben altri motivi ma il fatto che stesse percorrendo la via teatro del recente crimine, l'eco del quale ancora non s'era spenta, non poteva che eccitare curiosità e commenti.

Circa i commenti, pazienza, chiunque era libero di farli.

Alla curiosità invece, a certe insinuanti domande, sapeva bene come rispondere senza dire niente.

Tuttavia gli era toccato scontrarsi con un certo tipo di curiosità nei cui confronti si era sentito disarmato.

Più d'una casalinga infatti l'aveva interrogato su come andasse la gravidanza della moglie.

Mancava molto al termine?

Di quanto era aumentata la sua signora?

E le voglie, eh?, le voglie della gravidanza le aveva ancora?

E lui?

Sperava in una femminuccia oppure si sarebbe accontentato dell'ennesimo maschietto?

Non aveva guardato la pancia di sua moglie per vedere che forma avesse?

Lo sapeva che, secondo la forma dell'addome, si poteva intuire il sesso del nascituro?

Tutto quel chiedere, quel parlare di gravidanza e figli, l'aveva lasciato interdetto e quasi con un sentimento di colpevolezza.

Aveva risposto alle domande stando sul vago, un po' perché aveva fretta di raggiungere la casa della Civignola ma anche, e soprattutto, perché in effetti s'era curato poco della moglie.

Cioè, non che l'avesse trascurata, mai aveva mancato di chiederle mattina e sera come si sentisse.

Ma tutte quelle cose, le voglie, il peso, la forma della pancia...

Stava vivendo la gravidanza della moglie, ormai la quinta, trattandola come cosa di ordinaria amministrazione.

Nemmeno s'era mai posto la questione circa il sesso del nascituro, manco fosse obbligatorio che dovesse nascere maschio quando invece sua moglie avrebbe magari preferito avere una femminuccia.

Era stato negligente nei confronti di Maristella e magari anche dei figli?

Un poco, forse.

Come il giorno prima per esempio.

D'altronde, cosa poteva farci?

Immerso in quei pensieri il Maccadò aveva rallentato il passo e senza accorgersi aveva superato di qualche metro il civico 36, la sua meta.

Se n'era accorto solo quando, uscito dall'arco che immetteva nella piazzetta di Santa Marta, il custode delle carceri mandamentali, seduto a fumare a lato della porta d'ingresso delle stesse, l'aveva salutato riempiendo col suo vocione il vuoto della piazza e chiedendogli quando avrebbe avuto il piacere di ospitare qualcuno nel suo palazzo poiché allo stato era del tutto vuoto.

Il Maccadò l'aveva salutato con un cenno della mano.

Non aveva capito un accidente di quello che il custode gli aveva detto, ma si era reso conto di essere passato oltre il suo obbiettivo.

Allora, dopo aver fatto un dietro front assai poco militare, più una mossa da dandy a passeggio, e promettendo a sé stesso che da quella sera avrebbe cominciato a guardare la pancia di sua moglie e a studiare con lei un bel nome nell'eventualità che fosse nata una femmina, era tornato sui suoi passi.

Era stato così che, avvicinandosi alla casa della Civignola, aveva visto entrare nel portone al civico 37, dove abitava la famiglia Panicarli, un individuo.

L'aveva visto solo di spalle.

Nonostante ciò gli era parso di riconoscerlo.

9.

Il maestro Crispini s'era chiuso in casa.

Le spalle chine su un foglietto sul quale aveva preso alcuni appunti.

Studiava la situazione e mentre, sempre più, rileggeva i passaggi del suo ragionamento che aveva messo in bell'ordine, la situazione gli appariva via via più chiara.

Il Caiazzi libero, come aveva detto il Gnazio della cui parola si fidava.

Bene, significava solo una cosa, che il ladro non era lui poiché altrimenti il maresciallo Maccadò non l'avrebbe lasciato andare in giro a chiedere un posto di lavoro.

Le «notizie false e tendenziose», quei due aggettivi che lo stesso maresciallo gli aveva fischiato nelle orecchie il giorno prima.

Idiota!

Non il maresciallo, per carità!, ma lui.

Lui, che non aveva capito il messaggio, l'avviso che il Maccadò, senza rivelare notizie riservate, aveva voluto dargli: cioè che il Caiazzi, come lui aveva scritto, era una falsa pista, il ladro era un altro.

E che l'aveva combinata grossa visto che, dopo la notte del furto, l'appuntato Misfatti era scomparso dalla circolazione per ricomparire la domenica mattina ma trasportato da un'ambulanza per essere ricoverato in ospedale.

Forse a quel punto, ragionò tra sé il Crispini, si poteva anche ipotizzare l'esistenza di una banda che in qualche modo aveva coinvolto nelle sue malefatte la moglie dell'appuntato, allo stato delle cose l'unico particolare che il maestro non riusciva a inserire ragionevolmente nel quadro criminale che si stava facendo.

Quando la Gina Pedraglia suonò al campanello di casa sua, il Crispini sussultò tant'era la concentrazione con cui era immerso nelle ipotesi che stava costruendo.

La telefonista aveva fretta di tornare al suo posto.

«Siete pregato di prendere contatto col giornale al più presto», disse.

Fiorentino Crispini sentì i polmoni gonfiarsi d'orgoglio. Era la prima volta che accadeva, di solito toccava a lui chiamare per proporre articoli o chiedere il motivo di una mancata pubblicazione.

«Vi hanno detto perché?» chiese.

Gli sarebbe piaciuto sentirsi dire dalla Pedraglia che avevano bisogno di lui ed era anche certo che la telefonista l'avrebbe ripetuto a chiunque, a sua maggiore gloria.

Ma la Pedraglia aveva fretta.

«Non lo so, non mi interessa», rispose.

Piuttosto che il Crispini controfirmasse il modulo che aveva in mano dove era chiarito il motivo per cui aveva abbandonato il posto di lavoro.

«Verrò più tardi a dettare il mio articolo», annunciò il Crispini mentre firmava con uno svolazzo.

Alla Pedraglia fregava poco.

«Basta che rispettiate gli orari», disse a mo' di saluto.

Dalle otto alle dodici e dalle quindici alle diciannove.

Precise.

10.

Erano circa le nove e mezza del mattino quando il maresciallo Maccadò mise la testa fuori dall'ufficio e chiamò sia il Virgola sia il Grafico.

L'aria del locale era pesante.

Colpa certo del caldo che continuava a non mollare di un centesimo e della finestra che il maresciallo, scientemente o no, non aveva aperto. Ma al Virgola, e anche al Grafico tutto sommato, parve che la pesantezza di quell'aria fosse da attribuire a tutte le parole che per quasi un'ora il maresciallo aveva scambiato al telefono.

Parlando con chi, non avrebbero saputo dire.

Dal loro ufficio tuttavia avevano sentito la musica della sua voce senza intendere le parole e gli intervalli durante i quali, silenzioso, ascoltava.

La più logica delle conclusioni era che ci fosse qualcosa in ballo e che, vista la convocazione, li avrebbe messi al corrente.

Una volta che li ebbe davanti il Maccadò disse: «Ascoltatemi bene».

Lui adesso si doveva assentare.

«Devo andare in ospedale.»

Il sospetto che il Misfatti si fosse aggravato sfiorò la mente dei due carabinieri. Né l'uno né l'altro ebbero il coraggio di chiedere. Peraltro nemmeno il maresciallo nominò l'appuntato.

«Non so quanto tempo starò via», aggiunse.

Però...

«Che siano dieci minuti, un'ora oppure tutta la giornata, al mio ritorno voglio che ad aspettarmi ci siano tre persone.»

Le elencò.

Amedeo Boriga, studente di ragioneria.

Ulisse Cacomanno, apprendista giardiniere.

Inesio Cribbio, aiuto magazziniere presso il locale cotonificio.

In sostanza i tre amici di Filippo Buonavigna.

Fu il Virgola che ebbe l'ardire di osare una domanda.

Posto infatti che gli ordini non si discutevano, gli premeva però sapere una cosa e si scusava in anticipo se al signor maresciallo fosse parsa una sciocchezza.

«Dovessero chiederlo, per quale motivo li dobbiamo accompagnare in caserma?»

Il maresciallo Maccadò sorrise.

«Per parlare con me», rispose.

11.

La Civignola non gli aveva dato scampo, non gli aveva permesso di dire buongiorno né altro.

«Vi ho visto entrare», aveva detto.

Così era riuscita ad anticiparlo e a farsi trovare sulla soglia bella e pronta.

«Vi disturbo se entro un minuto?» aveva chiesto il Maccadò.

«Non l'avete ancora trovato questo ladro?» aveva ribattuto la padrona di casa sorridendo con tutto il suo piccolo, armonioso viso.

«Sarei qui per un altro motivo», aveva sorvolato il maresciallo.

«Oibò!» aveva reagito la Civignola esibendosi anche in un saltello.

Che fosse davvero stupita oppure stesse solo scherzando, difficile dirlo. Il Maccadò ormai conosceva l'imprevedibilità di quell'essere.

«Accomodatevi allora», l'aveva invitato lei.

«Lonzolo!» era sbottato il Maccadò, una volta fatto un passo all'interno, col preciso intento di giungere subito al dunque senza perdere troppo tempo.

12.

«Lonzolo!?» fece suor Venezia.

Ma era la località da cui diceva di provenire l'Agnesina Gavargna!

«Appunto», confermò il maresciallo Maccadò.

«E sapete dov'è?» chiese la suora.

«Sarei qui altrimenti?» sorrise il maresciallo.

«Volete dirmelo oppure devo indovinarlo?» si irritò suor Venezia.

13.

«Lonzolo?» aveva chiesto la Civignola fermando il suo incedere lungo il corridoio e girandosi verso il maresciallo.

Intendeva suo zio Inesio Lonzolo, quello presso cui da piccola era stata quando i suoi l'avevano allontanata per un po' di tempo dal paese affinché…

«Proprio», aveva confermato il Maccadò col preciso intento di frenare la facondia della Civignola e mantenerla in tema.

«Anche se non proprio», aveva però aggiunto subito dopo approfittando del silenzio della padrona di casa.

«Non vi capisco», aveva detto la Civignola.

«Non posso darvi torto», aveva acconsentito il Maccadò.

La situazione era quantomeno strana e se lui si era permesso di disturbarla era solo per mettere in atto un tentativo che forse non sarebbe servito a nulla.

«Tuttavia…»

«Ma vogliamo continuare a parlare qui in corridoio?» l'aveva interrotto la Civignola.

Il maresciallo le aveva concesso il salottino.

Però, niente liquorino.

«Sapete com'è, preferisco non bere in orario di servizio.»

Salottino, quindi.

Una volta seduto, l'occhio del maresciallo era subito corso al predellino che permetteva alla Civignola di guardare in tutta comodità il viavai della contrada.

«Vi ho visto passare e poi tornare indietro», aveva sorriso la Civignola.

«Me ne rendo conto», aveva sorriso a sua volta il maresciallo.

«Sapete? Quando vi ho visto passare oltre e poi tornare, ho pensato che lo stavate seguendo.»

Il Maccadò aveva aggrottato la fronte.

«Ma non sono affari miei, scusatemi, avrete fretta e io sto divagando. Mi stavate dicendo?»

Il maresciallo, desideroso di non trascorrere l'intera mattina con la Civignola, aveva ripreso il filo interrotto del discorso.

Tuttavia...

Deciso, però, riprese.

«Tuttavia se non l'avessi fatto me ne sarei pentito. Mai lasciare nulla al caso, come si dice.»

Ed era proprio un caso che in ospedale in quei giorni fosse ricoverata una donna, anziana e smemorata, da nessuno per il momento reclamata, in grado di dire solo il proprio nome e cognome, l'età, forse ottantotto anni, e la località di provenienza, a quanto pareva inesistente poiché non era reperibile in alcuna cartina geografica.

La cosa strana era proprio il nome della località.

«Lonzolo», aveva rivelato il Maccadò.

Lo stesso cognome dello zio presso cui lei era stata quando era bambina eccetera eccetera.

«E cosa c'è di strano?» aveva allora chiesto la Civignola.

«Non vi pare?» aveva ribattuto il Maccadò sorpreso che la sua interlocutrice non si stupisse della coincidenza.

«No, per niente», aveva confermato lei.

Perché Lonzolo era davvero una località.

Una cascina a voler essere precisi.

E stava dalle parti di Olcenengo.

14.

«E dov'è questo posto?» chiese suor Venezia.

«Olcenengo», ripeté il maresciallo.

Stava dalle parti... insomma era in provincia di Vercelli.

«Quindi l'Agnesina Gavargna viene da lì?» fece suor Venezia quasi incredula.

«Proprio», confermò il maresciallo.

«Siete sicuro?» insisté la suora.

«Certo», rispose il maresciallo. «Vi sembra così strano?»

15.

Non c'era niente di strano, proprio niente, aveva confermato la Civignola.

Già prima che suo zio morisse – addirittura già ai tempi in cui i suoi l'avevano mandata per un po' presso di lui quando eccetera eccetera – la terra su cui sorgeva la cascina aveva preso il nome del suo proprietario. Insomma, per indicare a qualcuno dove trovare questo o quello, per caricare o scaricare questa o quella cosa si diceva «andare al o dal Lonzolo». La stessa cascina, anche se non era scritto da nessuna parte, era chiamata così: cascina Lonzolo. Quando poi lo zio, che non s'era mai sposato e aveva cominciato ad avere una certa età, senza lo straccio di un erede che proseguisse la sua attività di agricoltore illuminato, aveva deciso che la cascina alla sua morte sarebbe passata a coloro che vi abitavano e lavoravano e aveva steso il testamento, ecco che per la prima volta tutto l'insediamento (trentacinque ettari comprendenti stalle, fienili, sili, granai, caseificio, pozzi, fontane, forni, magazzini, mulino e le abitazioni dei contadini riuniti in un'unica struttura) veniva indicato in un documento ufficiale come sito in località Lonzolo e come tale poi registrato da parte dei nuovi proprietari.

«Vedete bene quindi maresciallo che non c'è nulla di strano se qualcuno afferma di abitare in località Lonzolo», aveva osservato la Civignola.

Che non si era smentita, nel senso d'aver confermato

che quando aveva il pallino in mano risultava abbastanza difficile sottrarglielo.

«Se mai», aveva infatti proseguito, «ciò che suona strano è che da un luogo così fuori mano una povera vecchia per giunta smemorata capiti da queste parti sola soletta.»

«Per questo sono tornato a disturbarvi», aveva risposto il Maccadò.

E non poteva che dirsi felice di averlo fatto poiché con in mano le informazioni che lei gli aveva dato aveva quantomeno una pista da seguire.

«E lasciate perdere l'altra allora?» aveva buttato lì la Civignola guardandolo con un'aria furbetta.

«Non vi capisco», aveva detto il maresciallo.

«Mi spiego», aveva risposto la Civignola.

16.

«Vi spiego», disse il Maccadò.

La prima cosa che aveva fatto era stata correre in caserma e verificare la reale esistenza di una cascina in località Lonzolo nel territorio del comune di Olcenengo.

«Mai sentito», borbottò suor Venezia.

«Nemmeno io, fino a questa mattina. Ma l'importante è che esista e soprattutto che nel suo territorio ci sia questa famosa località», commentò il maresciallo.

Perché era proprio da lì che veniva l'Agnesina Gavargna.

«E come ha fatto a finire qui?» interloquì suor Venezia.

«Colpa di sant'Eusebio, patrono di Vercelli», fu la risposta, vagamente blasfema, del maresciallo Maccadò.

«Ma cosa dite, maresciallo!» protestò suor Venezia.

«Vi dice niente sant'Eusebio?» ribatté il Maccadò velatamente ironico.

Ci rimase male però e rinfoderò subito l'ironia.

«Be'... sì... ecco», balbettò infatti suor Venezia.

Il maresciallo si aspettava che la suora gli sciorinasse vita, morte e miracoli, come appunto si usava dire, del santo.

Toccò a lui invece contarle la lezioncina e giungere infine al dunque.

17.

«Dunque è così», aveva commentato il Maccadò quando la Civignola aveva terminato di raccontare la vicenda dello zio e della sua cascina.

«Vi va di bere qualcosa adesso?» aveva chiesto lei.

Al maresciallo non andava per niente. E poi non voleva farle perdere altro tempo, sottraendola allo spettacolo della contrada animata come di più non poteva essere a quell'ora di mattina.

La Civignola aveva sorriso.

«Pensavo di poter assistere a un vero e proprio melodramma oggi, e invece...»

«Invece? Com'è che lo spettacolo è andato a monte?» aveva chiesto più per cortesia che per altro il Maccadò.

«Eh, siete arrivato voi!» aveva risposto la Civignola.

«E vi ho sottratto al vostro posto di osservazione», aveva concluso il Maccadò.

Ma la Civignola aveva scosso la testa.

No.

Forse non si era spiegata bene.

Perché lui, il maresciallo Ernesto Maccadò, sarebbe dovuto essere il protagonista principale del dramma. Almeno così aveva creduto quando l'aveva visto passare sotto la sua finestra e poi ritornare sui suoi passi proprio come se stesse pedinando quello.

Il maresciallo aveva scosso la testa.

«Ma io non stavo pedinando proprio nessuno», aveva chiarito.

«Adesso lo so. L'ho intuito quando vi ho visto entrare nel mio portone, ma pensavo che voleste sfruttare il mio posto di osservazione...»

«Ma per fare cosa, scusate?» l'aveva interrotta il maresciallo.

«Per spiare le sue mosse.»

«Le mosse di chi?»

«Di quello che avevate davanti mentre stavate venendo da me. L'uomo dell'altra notte.»

Il Maccadò aveva fatto mente locale. Non erano passati che pochi minuti, ma aveva dovuto concentrarsi per mettere a fuoco ciò che aveva visto.

Chi, soprattutto.

Quella schiena, quell'incedere, quel rotolo di stoffa tenuto sotto braccio.

«Lui?» era sbottato incredulo il maresciallo.

«Proprio», aveva confermato la Civignola.

Il Maccadò aveva faticato a credere.

Aveva pensato alla Brogia, a quella donna, un dittatore più che altro. E al Buonavigna che gli era sempre sembrato più un maggiordomo che il padrone di casa, uno che insomma doveva forse chiedere il permesso per uscire da casa o fare qualsiasi altra cosa.

La Civignola doveva avergli letto nel pensiero.

In ogni caso aveva intuito i suoi dubbi.

«Ogni terzo venerdì del mese c'è la riunione del consiglio dei Fabbricieri», aveva suggerito con uno sguardo allusivo.

E il signor prevosto non teneva un registro delle presenze, né i componenti del consiglio avevano obblighi di timbrare cartellini di entrata e di uscita.

Era chiaro, no?

18.

Per niente, anzi!

Stando così le cose, ragionò il maestro Crispini dopo aver chiuso la porta di casa ed essersi soffermato a riflettere, tirare le fila di ciò che era accaduto risultava un'impresa impossibile.

Scosse la testa e a passo lento si riavviò verso il suo studio chiedendosi adesso cosa fare.

Dopo aver congedato la Pedraglia infatti si era messo di buzzo buono a rileggere i suoi appunti cercando di impostare l'articolo per il giornale.

Per quanto continuasse a non avere in mano prove concrete o informazioni attendibili, sentiva di aver a che fare con qualcosa di grosso, il mistero dell'estate che avrebbe tenuto sulla corda decine e decine di lettori.

Un peccato perdere un'occasione del genere.

Così aveva preso a valutare la possibilità di un resoconto interlocutorio che se da una parte non avrebbe soddisfatto la fame di come quando e perché del caporedattore, avrebbe però stimolato la pelosa curiosità del lettore comune a patto di riuscire a seminare nel posto e al momento giusto intriganti interrogativi.

Per esempio, cosa ci faceva in giro a quell'ora di notte il noto nullafacente Serafino Caiazzi?

Sapeva o era venuto a conoscenza di qualcosa d'importante?

Qualcosa che forse aveva rivelato al maresciallo Maccadò ottenendone in cambio la libertà?

E poi.
In tutto l'accaduto, qual era stato il ruolo dell'appuntato Misfatti, allo stato ancora ricoverato presso il locale nosocomio?
E la sua signora? Come piazzarla in tutto quel guazzabuglio, che parte darle in un evento che se sulle prime era sembrato un semplice furto adesso aveva i contorni di un vero e proprio mistero?
Un mistero dentro il quale navigavano non solo il cronista, comunque sempre all'erta, ma anche le forze dell'ordine locali, trincerate dietro una compatta cortina di silenzio che se da un lato andava a discapito di chi anelava a essere informato dall'altro risultava necessaria onde evitare interferenze che potevano ritardare la soluzione del caso.
«Non dubitiamo che al momento opportuno, il vostro cronista potrà riferire puntualmente su ciò che allo stato delle cose tiene ancora in ansia l'intero paese.»
Di tutto l'articolo il Crispini aveva steso in modo compiuto solo la frase conclusiva.
Per il resto aveva soltanto meditato su come impostare un resoconto che fosse intrigante pur se basato sul niente, quando alla porta di casa avevano suonato ancora.
La Pedraglia, che se n'era andata da non più di mezz'ora, non poteva essere.
Infatti era la sua vicina di casa, la Rinuccia Migliarini, peraltro in un orario che non le competeva poiché il momento del pranzo era ancora lontano.
L'occhio del maestro era subito scattato a notare che la Rinuccia appunto non reggeva in mano piatti o schiscette.
Doveva quindi essere accaduto qualcosa.
Infatti.
La Rinuccia, conoscendo l'attività pubblicistica del maestro, s'era sostituita alla telefonista dell'ospedale per l'occasione.

«Ma avete sentito quello che è successo?»

La vox populi aveva già percorso atri e contrade.

Non era giunta in casa Crispini, ma adesso era lì nelle vesti di Rinuccia Migliarini.

«Pare che...» aveva detto lei.

Pareva che i carabinieri avessero arrestato tre giovanotti bellanesi. In ogni caso, se non arrestati erano stati condotti in caserma uno dopo l'altro.

«Chi?» aveva chiesto il Crispini immobile sulla soglia.

La Migliarini li aveva elencati.

Amedeo Boriga, Ulisse Cacomanno, Inesio Cribbio.

«Cosa sarà successo?» aveva poi chiesto la Rinuccia.

Il maestro aveva avuto un gesto di stizza.

A lui andava a chiederlo?

Un casino, ecco la risposta esatta che peraltro aveva trattenuto per educazione.

Un casino che rendeva ancora più oscura una vicenda che già di suo non era chiara per niente.

Roba da far perdere la pazienza anche a un santo.

19.

Sant'Eusebio, appunto.
Patrono di Vercelli.
Noto per aver portato in Occidente il culto della venerazione mariana della Madonna Nera.
Partiva tutto da lì e da un gruppo di fedeli vercellesi dell'Azione Cattolica che aveva deciso di organizzare una gita per visitare alcuni tra i numerosi santuari lombardi dedicati al culto della Madonna, nera o bianca che fosse.
Trattandosi di stare in giro una settimana o giù di lì, cosa che non era certo alla portata di tutti e di tutte le tasche, gli organizzatori avevano diffuso l'avviso in numerose parrocchie del vercellese, tra le quali quella di Olcenengo.
A quel punto entrava in ballo l'Agnesina Gavargna.
Da tempo immemore la donna abitava presso la cascina che, come da atto notarile, era segnalata sita in località Lonzolo. Per dirla tutta, la Civignola aveva detto al Maccadò che forse l'aveva anche vista pur non ricordandola, confusa nel nugolo dei braccianti che al tempo della sua permanenza da quelle parti lavoravano alle dipendenze dello zio.
In ogni caso quando l'Agnesina s'era trovata tra le mani l'avviso della gita aveva avuto un sussulto ed espresso il desiderio di parteciparvi.
Dalla cascina non era mai uscita, ormai anziana era inabile a qualunque lavoro tranne qualche rammendo che le veniva affidato più per pietà che per reale bisogno

e, stante un'esistenza di stretto risparmio, poteva permettersi di pagare la cifra necessaria all'iscrizione.

Detto fatto.

E quando era arrivato il giorno della partenza, un torpedone era passato a prenderla, unica rappresentante tra i residenti nella cascina sita in località Lonzolo.

Forse l'Agnesina o chi non l'aveva sconsigliata di prendere parte alla gita non si era resa conto che non si trattava di una scampagnata ma di un vero e proprio tour de force.

Al minimo c'erano infatti tre santuari al giorno da visitare, un continuo salire e scendere dal torpedone.

Tutti quanti il maresciallo Maccadò non li ricordava ma poteva affermare che prima di finire in ospedale la Gavargna aveva di sicuro fatto tappa presso il santuario della Madonna della Misericordia di Bormio, quello della Madonna della Biorca a Sondalo, quello della Beata Vergine delle Grazie di Grosotto e quello della Beata Vergine Assunta di Morbegno. Il torpedone aveva poi risalito la val Chiavenna e partendo dal santuario dell'Apparizione di Maria Vergine di Gallivaggio a San Giacomo Filippo l'aveva ridiscesa per visitare anche quello della Madonna della Salute in Villa di Chiavenna.

Da lì il gruppo aveva attaccato il territorio lecchese e comasco: il santuario della Madonna della Pace in quel di Colico era stato il primo dopodiché era toccato al santuario della Madonna delle lacrime di Lezzeno sopra Bellano, tappa in cui l'Agnesina Gavargna aveva avuto un malore.

Ora, una volta ricoverata la Gavargna, il resto della compagnia era ripartito alla volta della Madonna di Bevera, di quella del Bosco di Imbersago dopodiché avrebbero fatto vela verso Caravaggio, il santuario della Beata Maria Vergine del Fonte.

Dell'Agnesina nessuno s'era preoccupato perché, conoscendola poco, a nessuno era venuto il sospetto che lasciandola sola non sarebbe stata in grado di cavarsela, al punto da non riuscire a riferire altro che il nome, il cognome, la probabile età e la località di provenienza che per lei era un vero e proprio paese.

Con una semplice telefonata ai colleghi di Olcenengo, il maresciallo Maccadò aveva chiarito il mistero dell'Agnesina e s'era anche permesso di far avvisare in cascina di quanto successo alla vecchietta.

«Due donne di là si sono già messe in viaggio per venire a recuperarla e riportarla a casa», concluse il maresciallo.

Dove, invece, se l'Agnesina non fosse stata male in quel di Lezzeno, l'aspettavano per giovedì sera, a conclusione del giro dei santuari.

Suor Venezia aveva ascoltato la relazione del Maccadò sgranando a tratti gli occhi e a volte emettendo sommesse espressioni di meraviglia.

Meraviglia per l'abilità del Maccadò, ma anche curiosità che non riuscì a trattenere.

«Si può sapere però come avete fatto a individuare questa benedetta località Lonzolo?» chiese.

Il Maccadò sorrise.

Cosa rispondere?

Non voleva rivelare troppo, mettere di mezzo la Civignola. Soprattutto non si sapeva mai dove si andava a finire dando troppa aria alla lingua.

Trovò infine le parole.

Dalla tasca estrasse il famoso santino.

«Chi cerca trova», rispose.

Pure suor Venezia sorrise.

«Non me la contate giusta», osservò.

Non era il solo, fu il pensiero del maresciallo.

Per esempio, se il suo fiuto non sbagliava e se i suoi ordini erano stati eseguiti, in quel momento presso la caserma dovevano esserci ad attenderlo tre baldi giovanotti di cui si poteva dire la stessa cosa.

E adesso toccava a loro.

20.

E adesso?

Non aveva fatto altro che porsi quella domanda il maestro Crispini da che la Rinuccia se n'era andata lasciandolo solo coi suoi pensieri.

La risposta che s'era dato a un certo punto era che si trovava in un vicolo cieco dal quale per logica non sarebbe uscito. Con quell'ultima novità, i tre giovanotti accompagnati in caserma, la faccenda s'era complicata al punto che nemmeno la sua fervida fantasia riusciva a vedere il fil rouge che univa tutto ciò che era accaduto a partire dalla notte del furto, o presunto tale a quel punto, presso la casa dell'Emerita.

Pensare di dare seguito alla sua personale inchiesta, scrivendo cose di cui davvero avrebbe potuto pentirsi, era pura follia, solo e indifeso com'era, costretto appunto nel fondo di un vicolo cieco.

E, visto che ormai c'era, decise di restarci.

Il giornale, il caporedattore con i suoi come, dove, quando e perché?

S'arrangiassero.

Per evitare anche il più piccolo rumore si tolse addirittura le scarpe.

Le persiane dell'appartamento, in omaggio al suo amore per la penombra, erano sempre chiuse.

Con grazia da puericultrice si avvicinò quindi alla porta di casa e la chiuse con il massimo delle mandate, tre.

Poi, quasi camminando sulla punta dei piedi raggiunse

la camera da letto, si stese e aprì a caso uno tra i libri che più di ogni altro riusciva a conciliargli un rapido sonno, il *Marco Visconti* di Tommaso Grossi.

Sorridendo al pensiero che chiunque volesse trovarlo avrebbe dovuto abbattere la porta di casa sua si addormentò mentre al campanile suonavano le undici del mattino.

21.

Di già?

A metà strada tra l'ospedale e la caserma il maresciallo Maccadò si fermò a controllare sul suo orologio.

Gli sembrava impossibile che il tempo fosse volato così in fretta.

Dopo aver informato suor Venezia sull'Agnesina Gavargna era giusto passato per un saluto dal Misfatti che ormai viaggiava verso il pieno recupero. I due s'erano schiacciati l'occhio l'un l'altro per confermare l'intesa di mantenere segreta la sua avventura. Poi era ripartito col progetto di fare un salto in canonica al fine di tranquillizzare il signor prevosto circa le condizioni dell'appuntato e dedicare poi il resto della mattina a strizzare per bene i tre fringuellini che aveva fatto portare in caserma perché gli premeva appurare un sospetto che ormai s'era ben radicato nella sua mente.

Erano già le undici però, il campanile e il suo orologio dicevano la stessa cosa.

E, dei due impegni che si era ripromesso di mantenere prima di presentarsi all'ora di pranzo al fine di non irritare la moglie con altri ritardi, cominciare a dimostrarsi più partecipe alla sua gravidanza e magari dare notizia alla truppa della possibile risposta all'indovinello del prevosto, cominciò a temere che uno forse gli avrebbe preso più tempo del previsto.

Il primo, per la precisione, quello che urgeva, anche, e non solo, perché era di strada, la visitina in canonica.

Le notizie circa la salute dell'appuntato erano la chiave per entrare nel regno della perpetua.
Una volta dentro però...
Non erano fatti suoi, ragionava il Maccadò.
Non erano fatti suoi ma, ne era certo, una volta che fosse stato in presenza del prevosto non avrebbe resistito alla tentazione.
Di tentazione vera e propria infatti si trattava.
Di fronte alla quale bisognava dimostrare una forza d'animo notevole per riuscire a respingerla.
L'aveva il maresciallo Ernesto Maccadò?
La risposta fu sotto gli occhi della perpetua.
«Undes e un quàrt!»
La donna stava tritando del prezzemolo, quella mattina il macellaio le aveva fatto avere un rognoncino di vitello tenero tenero che, con la polenta, sarebbe stato la cena del signor prevosto.
Undes e un quàrt e quello, il maresciallo, stava per spingere il dito sul campanello della canonica.

22.

E suona e suona, macché!

La Rinuccia Migliarini aveva fatto pastasciutta.

Come al solito, oltre che per i suoi, anche per il Crispini.

Un bel piatto, che aveva coperto con un altro piatto per tenere la pasta al caldo, chiuso il tutto con uno strofinaccio annodato, e s'era presentata alla porta di casa del maestro.

Dopodiché aveva suonato.

Leggera, come faceva sempre.

Tanto il maestro lo sapeva che a quell'ora, un quarto a mezzogiorno minuto più minuto meno, era lei che gli portava il mangiare.

Non aveva avuto risposta.

Forse il maestro non aveva sentito.

Aveva suonato ancora, un po' più a lungo.

Le dispiaceva disturbare così quando magari il maestro stava scrivendo una delle sue cose, un articolo o un discorso.

Ma la pasta diventava fredda.

Nessuna risposta ancora, però.

E allora, giù a suonare come se andasse a fuoco la casa.

Ma era stato tutto inutile.

Per quanto avesse suonato, niente da fare.

Allora le era venuto in mente che forse il maestro poteva anche non essere in casa.

In effetti, con tutto quello che sembrava stesse succedendo in paese, magari era in giro a prendere notizie per il giornale.

Per scrupolo aveva suonato ancora un'ultima volta, poi era tornata a casa sua, tranquilla perché comunque aveva tenuto fede ai suoi impegni.

23.

Tranquilla pure la perpetua anche se ormai mezzogiorno, ora di pranzo, si stava avvicinando.

Per quello che la riguardava, il maresciallo poteva starci anche tutto il pomeriggio chiuso nello studio col prevosto, perché...

«Cos'avranno poi da dirsi?» borbottò la perpetua sospendendo per un attimo il filo del suo pensiero.

Poi lo riprese.

Perché...

24.

«Perché?» chiese a quel punto il prevosto.

Il maresciallo Maccadò sino a quel momento era rimasto in piedi davanti a lui, seduto invece, le dita intrecciate sul davanti.

Dalla finestra aperta dello studio entrava il gioco musicale dei passeri che frequentavano il giardinetto della canonica e il maresciallo si aspettava che da un momento all'altro giungesse il primo dei dodici tocchi del campanile. Cosa che gli avrebbe permesso di tagliare corto e andarsene senza dover dare troppe spiegazioni.

Apposta era rimasto in piedi, nonostante il prevosto l'avesse pregato di accomodarsi, per dare l'impressione di non avere troppo tempo a disposizione e l'intenzione di non rubarne all'ospite.

Il prevosto invece l'aveva un po' incastrato con una lunga serie di domande circa le condizioni dell'appuntato. La coscienza gli rimordeva e forse pensava di rimediare alla sua colpa insistendo con la premura.

Il maresciallo non aveva potuto fare altro che ripetere ciò che suor Venezia gli aveva detto e che a sua volta aveva appreso dal dottore e dal professore.

Che aveva patito un'intossicazione, sebbene fosse difficile dire in causa di quale sostanza e forse il mistero sarebbe rimasto insoluto a meno che lo stesso Misfatti, che allo stato sembrava patire una sorta di amnesia riguardo a ciò che gli era accaduto, riuscisse a recuperare la memoria, aiutando così a ricostruire gli eventi. Tuttavia gli stessi dottori, sempre secondo ciò che suor Venezia aveva riferito, avevano ammonito di non aspettarsi che ciò potesse accadere, o perlomeno in tempi brevi.

«Quindi», aveva detto il Maccadò pensando di avviarsi alla conclusione di quella prima parte della sua visita, «per il momento dobbiamo essere contenti che il nostro appuntato potrà tornare in piena salute. Il resto si vedrà.»

Ma il prevosto non s'era accontentato.

«E la sua signora?»

Il Maccadò aveva inspirato, armandosi di pazienza.

Di lei, aveva risposto, non aveva chiesto notizie approfondite, facendosi bastare ciò che la solita suor Venezia gli aveva detto, ma così, en passant: che s'era trattato di un semplice svenimento dovuto allo spavento, passato il quale non c'era di che preoccuparsi. A conferma di ciò, il fatto che allo stato era già stata dimessa dall'ospedale e se ne stava tranquilla a casa in attesa del ritorno del marito.

«Dio sia lodato!» aveva esclamato il prevosto acquisendo la silenziosa approvazione del Maccadò che si stava preparando a sparare la domanda che gli stava sul gozzo.

Dopo l'uscita del sacerdote, nello studio era calato un istante di silenzio.

Nessuno dei due però si stava avviando ai saluti.

C'era dell'altro nell'aria e nelle intenzioni dei due.

Infatti l'avevano rotto all'unisono.

«Adesso...»

Si erano fermati.

«Ditemi, maresciallo.»

Cortesia voleva però, e purtroppo, che il Maccadò rispondesse: «No, no, dite voi».

«Vi ringrazio.»

Perché, aveva ripreso il prevosto, adesso restava sul tavolo un altro problema da risolvere.

«Quella povera famiglia, i Buonavigna.»

Il maresciallo non aveva creduto alle sue orecchie. Sino

ad allora, mentre il sacerdote parlava, mentre anche lui stesso parlava rispondendo alle domande, non aveva smesso un istante di chiedersi come entrare in argomento, come porre la questione senza dover dare troppe spiegazioni.

Quello che il prevosto aveva appena detto era un invito che aveva deciso di accettare senza riserve.

«A tal proposito», aveva detto.

Sapeva che il terzo venerdì di ogni mese il consiglio dei Fabbricieri si riuniva.

«È vero», aveva confermato il prevosto.

E, se non sbagliava, Gersico Buonavigna ne faceva parte.

«Membro tra i più attivi», aveva risposto il sacerdote.

Il Maccadò aveva trattenuto a stento un sorriso.

«Per caso, venerdì scorso era assente alla riunione del consiglio?»

Il prevosto aveva risposto subito.

«In mattinata mi aveva fatto sapere che certi impegni di famiglia gli avrebbero impedito di presenziare.»

Poteva capitare.

Ma: «Perché?» aveva chiesto subito dopo.

E finalmente il primo dei dodici tocchi del mezzogiorno si liberò nell'aria.

Il Maccadò allora finse di sorprendersi anche se in realtà non aspettava altro.

«Di già mezzogiorno!»

E cercò di avviare la manfrina delle scuse.

Gli aveva fatto perdere un sacco di tempo, d'altronde gli era sembrato doveroso informarlo affinché non si preoccupasse più del suo appuntato, tuttavia adesso non voleva la responsabilità di ritardargli l'ora del pranzo...

Ma il prevosto lo fermò con un gesto della mano, sorridendo.

Il maresciallo non si doveva preoccupare perché non ci sarebbe stato alcun pranzo.

«A cena mi aspetta un rognone in umido come solo la mia perpetua sa fare», spiegò.

Un piatto che meritava il sacrificio di un po' di digiuno per essere gustato fino in fondo come meritava.

Tempo ne aveva.

Quindi: «Perché?».

Il maresciallo si trovò in imbarazzo.

Non aveva pensato a una via di fuga per trarsi d'impaccio.

Si sentì pure lui in un vicolo cieco, nel quale decise di rimanere.

«Volete la verità?» chiese.

Il prevosto s'incupì d'improvviso intuendo che ciò che stava per udire non gli avrebbe fatto piacere.

D'altronde...

«Cos'altro vorrei sapere secondo voi?» rispose.

25.

Suona, suona pure lei.

Macché, niente da fare!

Gina Pedraglia era inversa come una biscia.

Perché mai quel deficiente del maestro Crispini non le apriva la porta?

E perché mai aveva dato retta a quell'altro deficiente, quello di Lecco, del giornale, che le aveva telefonato altre due volte dopo che l'aveva fatta uscire per avvisare il Crispini dell'urgente necessità di parlargli?

«Come mai non si è ancora fatto vivo?» le aveva chiesto dopo la prima telefonata.

A lei andava a chiederlo?

Lei aveva fatto già fin troppo abbandonando il posto di lavoro per portargli il suo messaggio.

Quindi, basta.

Se aveva bisogno del maestro Crispini che venisse su lui da Lecco e se lo andasse a cercare.

Quello però era stato un bel ruffiano.

Compreso il tipo della Pedraglia aveva cambiato registro e la Gina c'era cascata come una pera.

Quando aveva richiamato per la seconda volta, sembrava che si fosse infilato un flauto sulla lingua.

«So bene che sto approfittando della vostra gentilezza...» e via di seguito.

Lei era però l'unica che poteva aiutarlo, anche lui doveva rendere conto ai superiori.

Insomma, la Pedraglia gli aveva promesso che, alla

chiusura, prima di andare a casa, sarebbe ripassata dal Crispini per ribadire il messaggio.

Così aveva fatto.

Ma, suona suona anche lei, non aveva ottenuto niente di niente, non le aveva risposto proprio nessuno.

26.

«Nessuno.»

A quell'uscita del padre, la banda Maccadò tacque all'improvviso.

Calò nella cucina di casa un silenzio rotto solo da qualche raro borborigmo che nasceva dagli stomaci in piena digestione.

E greve di delusione.

Nessuno?

Ma che risposta era!

Delusione ancora più pesante perché il Maccadò aveva tenuto sulla corda i quattro promettendo che avrebbe svelato l'arcano solo quando avesse visto i piatti rilucere come specchi.

Quello era l'accordo che aveva stretto con i figli non appena entrato in casa in perfetto orario per il pranzo, dodici e trenta spaccate.

Si aspettava l'assalto infatti, non aveva messo in dubbio che Maristella avesse rivelato che lui conosceva la risposta all'indovinello del prevosto, e non si era fatto trovare impreparato.

Per essere puntuale aveva dovuto rinviare l'appuntamento coi tre che aveva fatto convocare in caserma onde pettinarli per bene.

Poco male.

Era giusto passato per avvisare il Virgola e il Grafico che, così come lui, pure loro due non se ne dovevano preoccupare.

Li avevano avvisati che erano lì perché il maresciallo li voleva vedere?

Bon, allora sapevano quanto bastava e non dovevano fare altro che attendere la sua comparsa.

Dopodiché, buon appetito!, ed era partito alla volta di casa.

Le ubbie della domenica erano già sparite dal viso di Maristella Maccadò. Merito del suo carattere maturato al sole e dell'allegria che la sopraffaceva quando guardava la sua bella famiglia. Tra l'altro quella mattina, in virtù della promessa che il padre aveva la risposta giusta che avrebbe permesso loro di vincere il famoso libro illustrato, i quattro sembravano sospesi per aria, dentro una bolla di attesa che sembrava aver prosciugato ogni energia.

Sembrava, aveva pensato Maristella, di essere alla vigilia di Natale, quando anziché grida correvano sussurri e ogni gioco perdeva quasi del tutto il suo fascino.

Non poteva chiedere di meglio per poter badare alla casa senza doversi interrompere di continuo per dare retta a questo o a quello.

Certo, era un mezzo miracolo che non sarebbe durato a lungo.

Ma che la giornata avesse del miracoloso, Maristella Maccadò ne era stata certa quando il marito, una volta siglato l'accordo con la figliolanza, aveva voluto sapere come stesse, che forma avesse l'addome e, addirittura, se non fosse opportuno pensare a un nome adatto nel caso fosse nata una femmina.

S'era meravigliata per quella serie di domande. Ma s'era ben guardata dall'esibire il suo stupore.

Qualcosa doveva aver fatto riflettere l'uomo.

Qualcosa, ne era certa, l'aveva spinto a considerare come spesso aveva anteposto i suoi doveri di maresciallo a quelli di marito e padre di famiglia.

Ma era stato così da sempre e lei stessa non l'avrebbe voluto diverso.

«Pensi forse che se qualcosa non andasse bene non saresti il primo a saperlo?» gli aveva risposto.

Circa la pancia, aveva la forma che aveva, a certe cose lei non credeva.

E riguardo alla femminuccia, forse un'altra volta.

«Per questa, a giudicare dai calci che molla, sono pronta a scommettere che anche il prossimo sarà maschio.»

Poi: «Tutti a tavola!» aveva gridato, al colmo di una felicità che non aveva bisogno di parole per esprimersi.

Una felicità che avrebbe superato sé stessa, ne era certa, quando suo marito avesse rivelato la risposta all'indovinello.

I quattro s'erano quasi ingozzati pur di arrivare in fretta al fatidico momento della rivelazione.

Ma quando il maresciallo Maccadò sparò infine la risposta «Nessuno!» uno dopo l'altro i visi dei quattro non riuscirono a trattenere la delusione.

Nessuno?

Ma che risposta era!

Maristella e il Maccadò si guardarono, a loro volta delusi.

Se non era quella la risposta giusta, davanti a chi il Papa – e pure il maresciallo – si doveva togliere il cappello?

27.

Era un pensiero.

Lo doveva tenere per sé, perché suo marito non gradiva più di tanto quel servizio extra, tra l'altro a suo giudizio non pagato.

Se il figlio, usava dire, aveva bisogno di aiuto significava che non era tagliato per gli studi. Tanto meglio così, perché voleva dire che era nato per lavorare.

Bene o male la Rinuccia Migliarini era sempre riuscita a prevalere sulla volontà del marito, facendosi forza con le parole che spesso il maestro Crispini le diceva.

E per lui, per il maestro, adesso era in pensiero.

Ritornata a casa con il piatto di pasta ormai tiepida aveva finto di niente perché in presenza del marito sapeva che sarebbe stato meglio non toccare l'argomento. Ma non appena quello era uscito da casa per tornarsene al lavoro, aveva atteso qualche minuto, dopodiché era uscita anche lei. Due passi soltanto però, da casa sua a quella del Crispini, per attaccarsi ancora al campanello.

Risultato?

Niente, lo stesso di due ore prima.

Suona suona, e nessuno rispondeva.

Rientrò in casa, riflettendo tra sé.

D'accordo che il maestro non aveva alcun obbligo di avvisarla circa eventuali assenze.

Tuttavia, le rare volte che per qualche ragione aveva pranzato o cenato fuori, s'era preso la briga di metterla al corrente.

Non era capitato spesso, e per quella ragione la Rinuccia, oltre che ricordarsene bene, adesso era un po' preoccupata.

28.

Un unico pensiero per il Boriga, il Cribbio e il Cacomanno.

Cosa voleva da loro il maresciallo?

Sapere qualcosa del Filippo, ovvio.

E loro cosa avrebbero risposto?

Ovvio anche quello, le cose che già avevano detto.

Tutti d'accordo, no?

A colpi di occhiate i tre avevano impegnato il tempo dell'attesa – ma quando arriva 'sto maresciallo? – mettendosi d'accordo.

Non avevano avuto tempo di farlo prima, i carabinieri li avevano scortati in caserma uno alla volta, il Boriga e il Cribbio in compagnia del Virgola mentre il Cacomanno s'era avvalso della guida del Grafico.

Una volta dentro, fatti accomodare nella saletta d'attesa al piano terra con vista sulla camera di sicurezza e informati che dovevano starsene lì sino al ritorno del Maccadò, i tre avevano riflettuto su cosa fare.

Il Cacomanno aveva tentato di parlare.

Il Cribbio, il dito indice sulle labbra serrate, gli aveva imposto il silenzio.

Meglio tacere, i muri avevano orecchie.

Parlare sì, ma con gli sguardi.

Sguardi d'intesa, cenni di conferma nell'essere d'accordo, scosse del capo, grinze sulla fronte per chiedere chiarimenti, cose così.

D'altronde se tutti e tre avessero mantenuto la calma e

non si fossero traditi l'un l'altro anche il maresciallo Maccadò, per quanto potesse dire e fare, sarebbe stato costretto ad accettare la loro verità per buona.

O no?

Certo.

Quindi, calma e pazienza.

Poi, una volta risolta quella menata e fuori da lì, se ne sarebbero andati tutti insieme a mangiare all'osteria del Ponte visto che avevano saltato il pranzo e nessuno avrebbe impedito loro di fare anche un bel brindisi alla salute del buon Filippo Buonavigna.

Anche due, aveva approvato con un cenno del capo il Cribbio che, dei tre, era quello che più volentieri cedeva alle lusinghe dell'ebbrezza.

29.

Quattro.

E adesso i conti non gli tornavano del tutto.

La prima serie di squilli di campanello il maestro Crispini se l'era aspettata. Stante l'ora non poteva che essere la Rinuccia con il pranzo di mezzogiorno.

Circa la seconda aveva intuito, a causa del rabbioso insistere, che potesse essere la Pedraglia, a sua volta incalzata dal caporedattore.

Che si impiccasse!

Il caporedattore ovvio, non la telefonista.

La terza serie di squilli aveva cominciato a creargli un po' di confusione. Erano da poco passate le due del pomeriggio e, grazie a tre sole pagine della sonnifera lettura, stava scivolando di nuovo verso l'oblio.

Delicato però e per nulla insistente, il suono si era perso nel silenzio quasi perfetto di quel primo meriggio sfiancato dal caldo. Tanto vago, quel trillo, da potersi illudere di averlo solo sognato.

Così il Crispini era tornato a chiudere gli occhi confidando di riuscire a riprendere il viaggio verso il sonno vero e proprio, quando una quarta serie di squilli, di lì a mezz'ora, non gli aveva lasciato il minimo dubbio circa il fatto che non era potuto trattarsi di un sogno.

La Pedraglia infatti aveva il dito pesante.

Ed era nota per l'elevata professionalità.

Nessuno avrebbe potuto né mai avrebbe dovuto avere motivi per metterla in dubbio.

Nemmeno uno sconosciuto quale appunto era il caporedattore di Lecco cui aveva promesso di farsi ambasciatrice della sua richiesta.

Così, per sentirsi inattaccabile nel caso in cui quello avesse richiamato, cosa della quale si sentiva quasi certa, e poter rispondere con sicurezza quale che fosse il risultato della sua ambasciata, prima di tornare ad aprire il posto di telefono pubblico era ripassata a casa del Crispini.

Suona suona, e a un certo punto una porta si era aperta.

Alle sue spalle però, sulla soglia la Rinuccia Migliarini.

La Pedraglia ci rimase male, come se stesse facendo qualcosa di sconveniente.

«Ma non c'è?» chiese.

La Rinuccia si strinse nelle spalle.

«È da stamattina che non lo vedo», rispose.

«Non sarà che si è sentito male?» buttò lì la telefonista.

La Migliarini aveva soppesato per un istante quell'ipotesi. Non che non ci avesse già pensato anche lei, ma le era sembrata una preoccupazione esagerata. Non le era sfuggito che da un paio di giorni il Crispini era agitato, aveva qualcosa in ballo, qualcosa che aveva alterato i suoi soliti ritmi. Che si fosse dimenticato di avvisarla di non preparagli da mangiare poteva starci, mica era tenuto a informarla di quello che faceva o non faceva. Insomma, prima di pensare a chissà quale tragedia forse si poteva aspettare ancora un po'.

«Va be'», tagliò corto la Pedraglia, «se lo vedete ditegli che sono stata qui un'altra volta, lui sa perché.»

30.

«Sapete perché siete qui?» attaccò il maresciallo Maccadò.

I tre convocati si guardarono.

Lo sguardo che si scambiarono era da finti tonti.

«No!» dissero in coro ed era la prima parola che usciva dalle loro bocche da quando erano entrati in caserma.

Erano le tre ormai.

A quell'ora, fosse tutto andato come avevano sperato, il caso avrebbe potuto essere concluso da un po'. Perché il Maccadò era rientrato in caserma poco prima delle due e mezza. Era entrato, aveva dato un'occhiata nella saletta d'attesa, li aveva squadrati uno per uno, aveva emesso un «Bene» sommesso poi aveva girato i tacchi, aveva detto al carabiniere Virgola di stare lì poiché a breve gli avrebbe detto di accompagnarli da lui e quindi era salito.

Poi...

Poi era entrato nel suo ufficio.

Alcune carte da consultare sulla scrivania, robaccia, una firma e via, però almeno una guardata gliela doveva dare.

Archiviate quelle, qual era stata la prima cosa che aveva fatto?

Eccola lì!

S'era tolto il cappello e come d'incanto la presenza dei tre che aspettavano la sua chiamata s'era dissolta per lasciare posto a quella domanda.

La delusione dei suoi quattro figli gli bruciava ancora.

Il ragionamento che aveva proposto, quello stesso che aveva fatto anche alla moglie la mattina e che sembrava averla convinta, non li aveva per niente persuasi. A un certo punto, capendo che dal papà, anche se maresciallo, non avrebbero ottenuto altro, avevano chiesto il permesso di alzarsi da tavola.

Permesso accordato, il Maccadò non sopportava più di vedere i loro musi lunghi.

Rimasto solo con la moglie aveva cercato consolazione.

«Cosa vuoi che ti dica, Né», era stato tutto ciò che la donna era riuscita a dirgli.

Lui l'aveva guardata sorridendo.

«E le voglie?» aveva allora chiesto.

Le voglie?

«Quali voglie?» s'era stupita Maristella.

«Quelle della gravidanza. Non ne hai?» aveva chiarito lui.

Al che Maristella aveva riso con franchezza.

«O Né, ma cosa dici!»

Prima di tutto, se mai le avesse avute, il periodo era passato da un pezzo. E poi, in verità, era un'esperienza che pur sapendo riguardasse molte donne in attesa lei non aveva mai vissuto.

«Mi dispiace», aveva detto lui.

Dispiacersi?, aveva pensato Maristella.

Aveva compreso il perché di quell'uscita però. E allora, a titolo di consolazione e visto che i bambini erano nel giardinetto, gli aveva schioccato un bel bacio morbido sulle labbra.

«Va' a lavorare adesso, maresciallo!»

Gli era bastato togliersi il cappello per rivedere tutta la scena, sentire la risata di sua moglie, il calore del bacio e poi ritrovarsi faccia a faccia con quella domanda.

Ma chi diavolo poteva saperlo davanti a chi il Papa, così come anche lui, si toglieva il cappello se la risposta non era nessuno?

Alla fine l'orologio che stava sulla parete di fronte alla scrivania gli aveva ricordato quei tre che aspettavano.

Dai!, s'era detto.

«Virgola!»

31.

«No», risposero in coro Amedeo Boriga, Ulisse Cacomanno e Inesio Cribbio alla domanda del maresciallo.

Il Maccadò se l'aspettava.

«Ve lo dico subito.»

Per parlare del loro comune amico, ovvero Filippo Buonavigna.

«Ah!» sbottarono, sempre in coro, i tre.

Il Maccadò allora fece no col dito.

«No.»

Così non andava bene. Se voleva sentire cantare un coro, spiegò, non doveva fare altro che andare in chiesa alla domenica. Lì in caserma si parlava uno per volta. E visto che loro erano in tre, avrebbe parlato uno per tutti.

«Così ci sbrighiamo e non facciamo pasticci.»

Chi dunque voleva fare il portavoce?

Di nuovo i tre si interrogarono con gli sguardi. Alla necessità di dover fare una simile scelta non avevano pensato.

«Non vorrei fare notte», interloquì il Maccadò.

Visto che però, nonostante ciò che aveva detto, i tre, le spalle contratte, con piccoli colpi di mento si rimpallavano l'incarico: «Scelgo io», riprese il maresciallo.

E il suo dito si puntò sull'Amedeo Boriga, ragioniere in pectore.

Le spalle del Cribbio e del Cacomanno ricaddero, rilassate. Sul viso del prescelto calò un po' di pallore.

Il maresciallo se ne accorse.

«Devi solo dirmi la verità», gli si rivolse il maresciallo, «e vedrai che il colore ti ritorna.»

Adesso però era ora di cominciare.

Con un'avvertenza.

«Se anche uno solo è autorizzato a rispondere non pensate che non stia parlando a tutti e tre.»

Quindi, via.

Prima di tutto, una cosa.

«Non crediate che mi sia bevuto la storia della fuga d'amore del vostro amico», esordì il Maccadò.

Sulle prime magari sì. E solo perché se l'era bevuta anche l'appuntato Misfatti il cui naso nel fiutare inganni o balle di vario genere non sbagliava quasi mai.

Adesso però le cose erano cambiate.

«Adesso che so che il nostro giovanotto è in viaggio per la Spagna mi riesce difficile credere che voi, i suoi amici più intimi, non eravate al corrente del suo progetto.»

Gli sguardi del Cribbio e del Cacomanno si deposero sul Boriga.

«Eppure...» esordì questi.

Ma il Maccadò lo fermò con un gesto.

«Lo faccio per il tuo bene. Per il tuo e per quello di questi altri due», specificò.

Cercasse, come già gli aveva ricordato, di dire solo la verità.

Riflettesse, prima di far seguire altre parole a quell'«Eppure» con il quale aveva esordito, che a causa di ciò che loro tre avevano riferito alla famiglia Buonavigna un appuntato dei carabinieri era finito in ospedale. Forse non avevano pensato alle conseguenze che avrebbero potuto subire alla luce di ciò che era accaduto al povero Misfatti. Se nessuno dei tre ci aveva pensato, ebbene era arrivato il momento di farlo.

«Cosa fatta capo ha», sentenziò il maresciallo. «Nel bene e nel male.»

Con due mosse della testa il Boriga si consultò coi soci.

«Lo dico?»
Ne ebbe in risposta fulminei cenni di assenso.
Allora tornò a guardare il Maccadò.
«È stato lui», disse.

32.

Non sembrava.

Però era lui.

La voce.

Non la si poteva fare a una come lei che da anni ascoltava, giudicava e catalogava toni di voce.

Però era il caporedattore, quello di Lecco che, come la Pedraglia aveva previsto, aveva richiamato quando mancavano venti minuti alle quattro.

L'esordio: «Gentilissima!» ben diverso dal tono e dai modi della mattina avrebbe potuto ingannare chiunque.

Lei, no.

«Mi dispiace», rispose subito la telefonista tanto per mettere le cose in chiaro.

«Volete dire che...»

«Il maestro Crispini non risponde, non apre», continuò la Pedraglia.

Due volte, non una, c'era andata.

Per scrupolo, per via della sua inappuntabile professionalità.

Niente da fare, nessuna risposta.

Senza ritegno, il caporedattore maledì la sorte.

«Siete proprio sicura che non sia in casa?» insisté il caporedattore.

Come, come?

Cus'è?, fece la Pedraglia.

Quello lì, quel vilàn, osava mettere in dubbio forse che lei fosse andata non una volta, due!, a cercare il Crispini, la seconda addirittura senza che glielo avesse chiesto ma solo per scrupolo, solo perché quando si prendeva un impegno lo manteneva a qualunque costo?

«Non avete idea di dove possa essersi cacciato?» chiese ancora quello, il tono non più tanto morbido.

La Pedraglia sorrise.

Una mezza idea l'aveva, disse.

«Sarebbe?» giunse da Lecco.

«Quando lo trovate, chiedetelo a lui!»

33.

Lui, eh?, aveva borbottato il maresciallo Maccadò.
L'aveva anche immaginato.
Ma non bastava.
Voleva sapere tutto per bene.
«Va' avanti», disse al Boriga.
«C'è poco da dire», fece quello.
«Poco o tanto, voglio sapere tutto», chiarì il Maccadò.
Insomma, attaccò il Boriga, era da un po' di tempo che il Filippo meditava quel progetto, andarsene in Spagna a combattere. Aveva cominciato a parlarne e sulle prime loro tre l'avevano presa sullo scherzo o come una delle cose che si dicevano per dire. Tanto più che c'era in ballo il fidanzamento, anche se il Filippo diceva che per fidanzarsi ci sarebbe stato tempo mentre certe occasioni bisognava prenderle quando passavano, se no ciao.
«E dai e dai, a furia di parlarne ci ha convinti che faceva sul serio. Allora sulle prime abbiamo tentato di dissuaderlo», spiegò il Boriga.
Ma va là, te sè màt, andare a rischiare la pelle senza che nessuno glielo ordinasse...
«Niente da fare.»
A quel punto aveva cominciato a parlare di un piano di fuga.
«Diceva che bisognava creare un'occasione, un diversivo per ingannare chiunque si fosse messo sulle sue tracce. Una falsa pista, insomma, che gli desse il tempo di raggiungere la frontiera francese e da lì in Spagna.»

Il maresciallo fece cenno al Boriga di fermarsi un momento.

«E di questa idea di andare in Spagna ne aveva parlato solo con voi o anche con la famiglia che si è opposta?»

Il Boriga rifletté prima di rispondere.

«Anche... In un certo senso...» disse poi.

Era una risposta quella?

«Bada di non nascondermi niente, giovanotto, se no...»

«Sua madre!» sbottò il Boriga.

«Sua madre, cosa?» sillabò il maresciallo.

Sua madre, aveva riferito il Filippo, si era opposta al progetto.

«Suo padre invece no?» chiese, un po' stupito, il Maccadò.

«E no, eh!» sbottò allora il Boriga come se quella fosse la cosa più logica del mondo.

Insomma, gli sembrava che a quel punto un maresciallo dotato di un po' di fiuto avrebbe dovuto capire.

Al Maccadò salì la mosca al naso.

Perché o gli era sfuggito qualcosa di importante che adesso gli rendeva difficile comprendere la situazione oppure il giovanotto fino ad allora aveva recitato credendo di poterlo mettere nel sacco.

«Ue'!» si irritò picchiando una manata sulla scrivania.

Facesse poco lo spiritoso e parlasse chiaro!

Il viso del Boriga s'era fatto rosso.

Peraltro, più chiaro di così!

Glielo aveva ben detto che era stato lui a mettere in piedi la storia della falsa fuga d'amore.

Lui, no?

«Ma lui chi?» sbraitò il Maccadò.

«Diglielo», intervenne d'impeto il Cacomanno.

Ma il suono del telefono si mise in mezzo.

34.

Si scusava, ma era in un mare di guai.

Non fosse stato così, mai si sarebbe permesso di disturbarlo.

«D'altronde quando non si trova una persona è ai carabinieri che bisogna rivolgersi», disse il caporedattore Amarelli di Lecco, che aveva insistito con il carabiniere Grafico, trovandolo morbido come burro e convincendolo con troppa facilità, aveva considerato il Maccadò, indispettito, che doveva parlare solo col maresciallo.

«Dipende», sottolineò il Maccadò.

Da chi, da quanto eccetera.

«Si tratta del nostro corrispondente da Bellano», chiarì il caporedattore di Lecco.

«In questo caso...» tentò di opporsi il maresciallo che aveva fretta di riprendere il discorso coi tre.

«Tal Fiorentino Crispini. Lo conoscete?»

«Certo, come no. Però...»

«Perdonate se vi interrompo, ma qui al giornale avremmo urgente necessità di lui», proseguì quello.

Al Maccadò scattò un'idea.

«Scusatemi voi, ma potrei sapere il motivo di tanta urgenza?»

E come no?

La ragione stava nel fatto che in redazione stavano aspettando il seguito di un articolo comparso sul numero di domenica, relativo a un furto cui era seguita una colluttazione con feriti ricoverati in ospedale.

«Di che furto parlate?» chiese il Maccadò, angelico.

Il caporedattore abboccò.

«Un furto, come dicevo, avvenuto nella notte tra venerdì 16 e sabato...»

«Capisco», lo interruppe il maresciallo.

Intendeva proprio quello di cui il suo giornale aveva pubblicato un resoconto il giorno prima, se non aveva frainteso.

«Esatto», confermò l'Amarelli.

«Cioè, scusate se insisto, quel furto che non c'è mai stato.»

All'orecchio del maresciallo giunse un balbettio midollare.

«Come, mai stato?» seguì.

«Ho forse parlato arabo?» chiese il Maccadò.

Se non c'era mai stato, non c'era mai stato, l'avrebbe capito anche un bambino.

E se il suo giornale, proseguì, amava pubblicare notizie inventate di sana pianta, era forse il caso di rivedere la professionalità di certe firme.

«Non credete?» concluse il maresciallo.

«Quindi...» annaspò il caporedattore.

«Quindi niente», tagliò corto il Maccadò. «Fareste bene a pubblicare una bella smentita e ad avere più attenzione per il futuro.»

Passo e chiudo.

«Ma io...» fece ancora in tempo a singhiozzare il caporedattore.

«Io niente», mormorò il maresciallo deponendo la cornetta.

Lui, piuttosto.

«Lui, chi?»

35.

Il Buonavigna, disse il Boriga.
Il vecchio, specificò il Cacomanno.
«Il padre del Filippo», riassunse Inesio Cribbio.
«Lui?» si meravigliò il maresciallo.
«Esatto», confermò il Boriga. «Proprio lui.»
In persona.
Lui aveva organizzato ogni cosa.
«Ma siamo sicuri?» insisté il maresciallo.
«Come di essere qui davanti a voi», proclamò con una certa pomposità Inesio Cribbio.

Perché non era da credere che il Buonavigna senior fosse quello che sembrava essere dentro il suo ambiente domestico.

Lì non era che un mezzo maggiordomo, una specie di cadavere ambulante, sempre silenzioso e attento a non irritare, a non contraddire quella lumaca di sua moglie.

«Forse vi suonerà strano, maresciallo», disse il Boriga.

«Mica tanto», fece il Maccadò parlando più che altro a sé stesso.

Ma sotto quell'aspetto stinto, dietro quella maschera che sembrava già pronta per la bara, c'era un'altra persona.

Cosa non facile da intuire, il Buonavigna senior era un abilissimo dissimulatore.

«È stata una vera sorpresa anche per noi», affermò il Boriga provocando il consenso degli altri due.

Una vera sorpresa quando il Filippo, due giorni dopo

l'arrivo del circo a Bellano, aveva detto che suo padre voleva parlare con tutti e tre.

Di cosa, il Buonavigna junior non aveva saputo dire se non che il genitore gli aveva confidato in tutta segretezza che, fosse dipeso solo da lui, non avrebbe avuto obiezioni a lasciarlo partire. Ma, con la Brogia, sua moglie cioè, di mezzo e il casino che con assoluta certezza avrebbe scatenato se lui avesse disobbedito, c'era poco da fare.

Era sembrato, per qualche giorno, che fosse inutile tornare sull'argomento, sino a quando il Circo Astra era arrivato a Bellano e per il paese s'erano diffuse le voci circa la perturbante, per non dire altro, bellezza della principessa Omosupe.

E a quel punto era arrivata la convocazione del Buonavigna senior.

«Chi se l'andava a immaginare», sbottò il Boriga.

«Cosa?» chiese il Maccadò.

Ma che quello, il vecchio Buonavigna, avesse in testa il piano per favorire il desiderio di suo figlio e nel contempo ingannare coloro che la Brogia avrebbe incaricato di andarselo a riprendere.

La sera del terzo spettacolo si era seduto insieme con loro sulle tribune del circo.

«Ci disse che assisteva in qualità di inviato del signor prevosto cui avrebbe dovuto riferire circa la decenza delle esibizioni.»

Dopo, però...

«Aveva gli occhi lustri pure lui», si inserì il Cacomanno.

«Mi piacerebbe sapere cos'ha riferito al prevosto di quelle due chiappette...» aggiunse il Cribbio.

Il Maccadò le rivide per un istante ma le scacciò subito per evitare divagazioni.

«Veniamo al punto», disse.

Il punto era che aveva chiesto loro di prendere per il lungolago, a circa metà viale s'era fermato e aveva spiegato il piano.

Il Filippo, di lì a un paio di giorni, nottetempo, sarebbe scappato da casa, lasciando solo un biglietto. A favorire la sua partenza senza che la Brogia, cioè sua moglie, se ne accorgesse avrebbe pensato lui con certe goccine che ogni tanto la donna usava quando, come diceva, «si sentiva palpitante».

«E noi, fingendo di non volerlo fare, simulando di resistere alle pressioni familiari, passati ancora un paio di giorni, avremmo dovuto cedere e confessare le cose che già sapete, maresciallo», disse il Boriga.

Cioè che il Filippo s'era preso una strambata per la principessa, era intronato, aveva più volte detto di volerla seguire fino a che, senza dire niente a nessuno, era sparito dalla circolazione.

Il Maccadò era allibito.

Non riusciva a scacciare dalla mente la quaresimale figura di Gersico Buonavigna dietro la quale si nascondeva invece una mente diabolica.

Corrugando la fronte passò in rassegna i tre che gli stavano sotto gli occhi.

Che fare?

Ormai aveva raggiunto il suo scopo, sapeva come erano andate le cose.

Di infierire sui tre non aveva mai avuto intenzione, se li aveva minacciati, era stato solo per farli parlare.

E adesso che aveva chiarito le cose, poteva anche lasciarli an…

Ma il telefono suonò di nuovo.

36.

Urgenza, emergenza?
Decidesse lui, disse la Gina Pedraglia.
Lei stava solo facendo il suo lavoro.
Aveva davanti a sé, disse, la signora Rinuccia Migliarini la quale, essendo priva di apparecchio telefonico domestico, aveva fatto ricorso al posto di telefono pubblico per comunicare ai carabinieri la scomparsa di una persona.
«Bellanese?» chiese il maresciallo, che aveva dovuto sollevare la cornetta dopo cinque squilli perché pareva che il Grafico si fosse dematerializzato.
«Sì», confermò la Pedraglia.
«E quella... quella...»
«Migliarini?»
«Ecco. È bellanese anche lei?»
«Sì.»
«E allora perché anziché telefonare non è venuta in caserma onde stendere la denuncia d'obbligo?»
La Pedraglia prese un bel fiato.
«È persona spaventosa», disse, intendendo che si spaventava, entrava in agitazione all'idea di parlare con un carabiniere.
«Ragione per la quale preferisce affidarsi a chi per professione è abituata a trattare con chiunque», spiegò senza tener conto dei possibili equivoci.
Inoltre la situazione che teneva a fare presente aveva degli aspetti particolari in quanto, si fosse trattato di altro soggetto, parlare di scomparsa sarebbe stato quantome-

no prematuro. Nel caso specifico però, essendo il soggetto uomo abitudinario quanto pochi altri, uso a rispettare orari e a onorare impegni con precisione svizzera, la sua assenza da casa, anche se relativa a poche ore, lasciava supporre che qualcosa avesse sconvolto la sua ordinaria quotidianità.

A riprova di ciò, proseguì la Pedraglia, la Rinuccia Migliarini, cioè la persona per conto della quale lei stava parlando, riferiva di aver suonato alla porta di casa del soggetto più di una volta senza aver ottenuto risposta.

«Pure io, in verità», confessò la telefonista, «su mandato d'altri, la cui identità resta coperta dal segreto d'ufficio, ho suonato due volte alla stessa porta senza ottenere risultati.»

Poteva però affermare che attorno alle dieci del mattino, secondo quanto riferito dalla suddetta Rinuccia Migliarini, il soggetto in questione era presente nella sua casa e in apparente stato di buona salute.

Considerato però che da quel momento in avanti di lui non s'era più avuta notizia né indizio alcuno, la Migliarini, che condivideva lo stesso pianerottolo e qualche volta badava al di lui appartamento, aveva cominciato a preoccuparsi e in seguito meditato di riferire ciò all'autorità.

«Tiro a indovinare», riuscì finalmente a dire il maresciallo Maccadò.

Il soggetto di cui s'erano perse le tracce corrispondeva forse al maestro Fiorentino Crispini?

«Esatto!» confermò la Pedraglia senza trattenere una smorfia di ammirazione per l'intuito del maresciallo.

«Già che ci sono, ci riprovo», disse ancora il Maccadò.

Per caso, visto che la «spaventosa» Migliarini badava alla casa del maestro, non aveva forse anche una copia delle chiavi grazie alle quali entrare per verificare se fosse davvero assente o magari non stesse bene, nel qual caso sarebbe stato meglio chiamare il dottore e non i carabinieri?

«Riferisco», rispose la Pedraglia.

Poi, dopo poco meno di un minuto, ritornò alla cornetta.

«Fatto», disse.

La Migliarini, aggiunse, si scusava per la sua scioccheria, non ci aveva pensato. Tuttavia obiettava che, pur disponendo di una copia delle chiavi, non aveva l'animo di procedere senza qualcuno che l'assistesse. Ci fosse stato con lei il marito sarebbe stato un altro conto, ma in quel momento era al lavoro e prima di sera non sarebbe rientrato.

Chiedeva quindi la cortesia che il signor maresciallo mandasse qualcuno dei suoi carabinieri per sovrintendere all'operazione.

«Uno a caso tra i tanti?» buttò lì il Maccadò.

«A vostra scelta», rispose la Pedraglia senza cogliere l'ironia.

Il Grafico, decise all'istante il Maccadò. Doveva pur metterlo alla prova per verificarne la saldezza dei nervi dopo la disavventura che aveva patito in ospedale.

E, salutata la telefonista, ritornò ai tre e alla decisione presa poco prima di essere interrotto.

Cioè, visto che ormai s'erano detti tutto, lasciarli andare.

37.

Il Boriga non si mosse.

Guardò il Cribbio passando con lo sguardo oltre il Cacomanno che stava in mezzo.

Il Cribbio, a mo' di risposta, incassò il capo tra le spalle.

Ulisse Cacomanno invece sembrava avesse avuto in quel momento una visione, guardava fisso qualcosa oltre il maresciallo.

Che si sentì in obbligo di ripetere l'invito appena fatto.

Erano liberi di andare.

«Forse non sono stato chiaro?» chiese.

Andare e, una volta fuori, trovare un po' di tempo per riflettere su ciò che avevano fatto e sulle conseguenze che il loro agire, non solo il loro eh!, ma anche quello di quel pesce lesso del Buonavigna senior, avrebbe potuto avere. Avevano messo a rischio la vita (forse era un po' esagerato ma così non avrebbero dimenticato tanto facilmente) di un appuntato dei carabinieri!

Il Cacomanno emerse allora dalla sua visione.

«A noi dispiace...» disse.

«Va bene», interloquì il maresciallo, «vi servirà da lezione.»

«Certo, però...» fece il Boriga.

Il Maccadò si passò una mano tra i capelli.

«Adesso, ragazzi, basta», disse.

Basta coi dispiaceri, coi pentimenti postumi.

Tra uomini, tra persone di senno, poche parole erano sufficienti per intendersi.

Quindi, visto che s'erano chiariti, che s'erano detti davvero tutto…
«E no!» sbottò il Cribbio.
Sul viso del maresciallo spuntò il brutto tempo.
«E no?» fulminò.
Cosa voleva dire?
Forse che…
«Che non vi abbiamo detto proprio tutto tutto», telegrafò il Boriga.
«Allora non ci siamo», concluse il maresciallo.
«Ma ci arriviamo subito, se permettete», si affrettò ad assicurare il Boriga prima che il maltempo del Maccadò rovesciasse.
«In fretta», fu il suo consiglio.
«Certo», assicurò il portavoce.
Perché era solo un'ultima cosa.
Una cosa che sapevano solo loro tre.
«E quello che ci preme, detto senza offesa s'intende, è che resti appunto tra noi quattro», disse quasi come pregasse il Boriga.
Perché se il Buonavigna senior l'avesse saputo non si sarebbe certo prodigato per aiutare il Filippo a partire per la Spagna. E se comunque ne fosse venuto a conoscenza adesso, si sarebbe alleato con la Brogia, con sua moglie cioè, per muovere mari e monti al fine di farlo ritornare a casa.
Il Maccadò soffiò, aria di menaggino.
«Ti do un minuto per dirmi questa cosa, non un secondo di più. Dopodiché…»
«Il Filippo è andato in Spagna per combattere con gli altri.»
Dieci secondi, non di più.
«Vuoi dire che ha fatto finta di partire volontario per…» chiese conferma il Maccadò.
«Proprio», confermarono i tre ritrovando la sintonia del coro.

«E voi lo sapevate?»

Ci fu uno scambio di occhiate.

«No, maresciallo», rispose ancora una volta per tutti il Boriga, permettendosi anche di schiacciargli l'occhio.

Loro sapevano solo quello che avevano già detto.

Che il loro amico Filippo aveva perduto la testa per la principessa Omosupe e non c'era stato verso di convincerlo che fosse pura follia scappare con lei per seguirla ovunque fosse andata.

«Adesso siamo in quattro a saperlo», concluse il Maccadò, pure lui schiacciando l'occhio mentre parlava.

38.

Lo sapeva il carabiniere Grafico.

Sperava che non accadesse, ma sapeva che se si fosse trovato faccia a faccia con qualcosa in grado di turbare la sua sensibilità, avrebbe reagito come gli era capitato in ospedale.

Obbedendo all'ordine del maresciallo, era uscito per recarsi presso l'abitazione di Rinuccia Migliarini e insieme con lei verificare le condizioni del maestro Fiorentino Crispini.

La toppa era libera, la chiave, che la donna aveva consegnato al carabiniere, era entrata senza difficoltà.

Buon segno?

Difficile dirlo.

L'occupante poteva esserci così come no.

Avevano aperto, discreti, manco fossero ladri.

«Maestro?» aveva chiamato il carabiniere.

Nessuna risposta.

S'erano avviati lungo il corridoio.

Lui davanti, la Migliarini dietro.

Il Grafico aveva annusato l'aria, nessun odore particolare, né gas né altro di sospetto.

La Migliarini, solo a gesti come se fosse proibito parlare, gli aveva indicato la cucina, vuota, poi lo studio, altrettanto.

A bassa voce poi: «Ci sono ancora due locali da ispezionare».

La camera da letto.

«E il luogo comodo», aveva aggiunto arrossendo.

Il Grafico aveva preso il comando.

Al cesso avrebbe pensato lui. Che lei controllasse la camera da letto.

Quindi s'erano divisi.

Il carabiniere aveva raggiunto il fondo del corridoio dove si apriva la porta che dava ai servizi. Con una rapida occhiata aveva verificato che neppure lì c'era traccia del Crispini e, mentre girava i tacchi per raggiungere la donna, ne sentì il lamento.

La Migliarini era entrata nella penombra della stanza e s'era fermata un momento per accomodare la vista alla scarsa luce.

Poi l'aveva visto.

Il Crispini, vestito tale e quale, era steso sul letto, gli occhi chiusi, le mani incrociate sull'addome.

Morto!

«Ossignore!»

Non era riuscita a muovere un passo di più, paralizzata.

Lo sapeva, lo temeva.

Quante volte il maestro glielo aveva detto.

«La Nera non mi troverà impreparato.»

Eccolo lì adesso, già bello e pronto per la cassa, proprio come aveva detto.

Nel frattempo il carabiniere Grafico la raggiunse.

Anche lui dovette fermarsi per via della penombra, di fianco alla Migliarini.

«È lui?» chiese quando cominciò a distinguere qualcosa.

«È morto», rispose la Rinuccia.

Morto?, pensò il carabiniere.

Era il primo che gli capitava di vedere.

Troppo per il suo animo sensibile. Inutile tentare di resistere, chiuse gli occhi e si lasciò svenire spalmandosi sul parquet della camera da letto.

Al tonfo il maestro Crispini si svegliò.

Tirò su la testa e si guardò intorno.

Vide la Rinuccia, salutò.
«Oibò», disse poi, «devo aver dormito della grossa.»
«E già», confermò la donna.
Poi si lasciò svenire pure lei.

39.

Alla notizia il maresciallo Maccadò reagì composto e sorvolò sull'alito alcolico che usciva dalla gola del carabiniere Grafico.

D'altronde il maestro Crispini, unico cosciente tra i due svenuti a terra, era ricorso a metodi tradizionali. Un bel bicchierino di cordiale sia alla Migliarini sia al carabiniere dopo averli riportati alla realtà con un po' d'acqua fresca versata sul viso e facendo inalare loro fumi d'aceto.

Una volta rimessosi in piedi il Grafico era tornato mesto alla volta della caserma per dare conto al Maccadò del sopralluogo fatto in casa Crispini e scusarsi a nome dello stesso per il disturbo arrecato.

«Non so come spiegare il fatto di essermi addormentato così profondamente», aveva detto.

«Posso immaginarlo», aveva commentato il maresciallo. «Comunque lasciamo perdere.»

Ma il Grafico aveva ancora qualcosa sul gozzo e infine lo tirò fuori.

«Mi dispiace maresciallo. Ma non credo di essere tagliato per questo mestiere», disse.

Forse che non l'aveva già pensato il Maccadò?

Eppure sentirselo dire gli mise un po' di tristezza.

«Ne sei certo?» chiese.

Il Grafico si strinse nelle spalle, quello che gli era appena accaduto secondo lui era la prova del nove.

«Sì», rispose, «anche se mi sarebbe piaciuto tanto.»

Al punto che non aveva mai pensato a eventuali alternative.
«Male», disse allora il Maccadò.
Male non averci pensato.
Perché le offriva anche l'Arma.
«Alternative?» chiese il Grafico.
Certo, non lo sapeva?
Mica era obbligato a stare sul campo.
C'erano tanti altri posti dove avrebbe potuto continuare a indossare la divisa senza mettere a rischio la sua sensibilità.
Uffici, magazzini, armerie.
Anche l'assistenza a un cappellano militare.
«Dice davvero?» si stupì il giovane.
«Ti pare che possa scherzare quando parlo di questa?» ribatté il Maccadò battendosi una mano sulla spallina coi gradi.
«Lei...» disse allora il Grafico arrossendo e perdendosi per qualche secondo alla ricerca delle parole.
Insomma, lui, il maresciallo Ernesto Maccadò, poteva forse aiutarlo in quel senso.
«Certo», fu la risposta secca del maresciallo.
Chi invece avrebbe aiutato lui?
E già, perché mentre parlava, mentre la giornata si avviava alla conclusione, lo sguardo gli cadde sul cappello che si sarebbe dovuto rimettere prima di uscire per tornare a casa.
Guardando la schiena del carabiniere Grafico che usciva dal suo ufficio fu giocoforza porsi quella domanda per l'ennesima volta.
Quale altra possibile risposta ci poteva essere, oltre a quella che aveva immaginato deludendo i suoi figli?
Insomma, davanti a chi il Papa, proprio come toccava fare anche a lui, si doveva togliere il cappello?

EPILOGHI

1.

La prima cosa che il maresciallo Maccadò fece la mattina di martedì fu recarsi in ospedale per confessare in gran segreto il suo appuntato. Confessione laica, che avvenne sulla terrazza vista lago, lontana da orecchie indiscrete.

Il Misfatti era ormai fuori pericolo. Ma soprattutto aveva pressoché ricostruito i momenti salienti della sua avventura.

Quello, sopra ogni altro.

«Da uomo a uomo, in tutta franchezza, maresciallo...» attaccò.

Come se non ci fosse differenza di grado, disse, come se non avessero moglie, famiglia e, almeno lui, figli.

«In tutta sincerità insomma.»

«Va bene», acconsentì il maresciallo.

Ma gli dicesse, adesso, dove voleva andare a parare, cosa fosse quell'appello alla sincerità.

«Anche lei ha assistito allo spettacolo del circo», si preparò il Misfatti.

«E allora?» fece il Maccadò.

E allora...

Allora, come uomo appunto, senza pensare a moglie, figli...

«O appuntato!» sbottò il maresciallo.

Va bene!

«Che impressione le ha fatto la principessa eritrea?»

Da uomo.

Come uomo!

«Se mi spiego», chiosò ancora l'appuntato.

Il Maccadò diede un paio di colpi di tosse.

«Direi...»

«Eh!» sorrise il Misfatti.

«Cosa vuole che le dica. A pensare non si fa peccato», tagliò corto il maresciallo.

Anche se, ne era sicuro, suor Venezia avrebbe avuto qualcosa da obiettare.

«Bene, se le dicessi che le sono venuti, così come a me, così come credo sia successo a tutta la popolazione maschile del paese, pensieri che erano riferiti a un uomo?»

Il Maccadò spianò la fronte.

Aveva sotto gli occhi la maestà del lago, piatto come una tavola, pronto per un altro giorno senza breva.

Si girò verso il suo appuntato con l'intenzione di chiedergli di ripetere quello che aveva appena detto.

Il Misfatti però lo anticipò.

«L'ho visto coi miei occhi.»

In poche parole riassunse la memorabile scena della scoperta cui fece seguire un resoconto del brutale trattamento cui era stato sottoposto. Dopodiché, disse, c'era ancora parecchia nebbia nei suoi ricordi.

A mo' di commento, il maresciallo emise un profondo sospiro: «È un uomo?».

E con un inequivocabile gesto, che suor Venezia avrebbe disapprovato, il Misfatti confermò.

Il maresciallo s'imbronciò e tacque.

L'appuntato ne rispettò il silenzio per un po'.

«Non dice niente?» chiese poi.

Il Maccadò era sconcertato.

Deluso anche? Forse, un po'.

Da sé stesso, ferito nel suo orgoglio di maschio.

Ma era inutile piangerci sopra, meno ancora condividere certi pensieri col Misfatti. Decise di riportare il dialogo entro i canoni del regolamento.

«Mi dica lei, piuttosto», rispose.

Era lui la vittima di un inganno abilmente architettato e che l'aveva portato lì dove si trovava, in ospedale. Quello che ancora non sapeva era che la fuga con... con la principessa era stata solo un artifizio per consentire al Buonavigna di partire alla volta della Spagna e unirsi ai volontari di Mussolini. Mentre l'avevano mandato a cercarlo da una parte quello se ne andava da un'altra. I particolari glieli avrebbe raccontati con più comodo.

Ciò che premeva adesso era decidere cosa fare con quelli del Circo Astra prima che passassero la frontiera con la Svizzera divenendo pressoché imprendibili.

«Ci sarebbero motivi sufficienti per perseguirli», affermò.

«Lo so», concordò il Misfatti.

A patto di raccontare davanti a un pretore e a una folla di curiosi il perché e il percome si era trovato in quella situazione. Cosa che avrebbe messo in ridicolo, davanti alla metà femminile del paese, lui e tutti i maschi sposati o fidanzati che fossero.

«In una parola tutti coloro che hanno sbavato davanti alle grazie della principessa col pisello», concluse il Misfatti.

Per rispetto l'appuntato aveva evitato di chiamarlo in causa ma il Maccadò sapeva di far parte dell'onorata compagnia. E per quanto lo riguardava non aveva alcuna voglia di rendersi ridicolo in un'aula di pretura, mettendo a rischio la fama del suo proverbiale fiuto e soprattutto diventare lo zimbello di sua moglie per chissà quanto tempo. Se il maresciallo era d'accordo, per lui la faccenda si chiudeva lì.

«Facciamo conto di aver preso un bel granchio!» sentenziò l'appuntato.

«Fosse l'unico», ribatté il Maccadò.

Perché anche la faccenda del furto aveva avuto il suo memorabile epilogo.

«Avete già preso il ladro?» chiese il Misfatti.

«Macché», rispose il Maccadò.

«Un altro granchio?»

«Altro animale», comunicò il maresciallo.

«Sarebbe a dire?» s'incuriosì il Misfatti.

«Abbiamo risolto grazie a un cane», rispose il Maccadò.

Il Misfatti rise senza ritegno.

«E ha confessato spontaneamente oppure avete dovuto farlo cantare?»

«Un po' tutte e due le cose», rispose con serietà il maresciallo.

E c'era mica tanto da ridere.

Nemmeno, per il momento, tutto il tempo che ci voleva per aggiornare il Misfatti su ciò che era accaduto in quei tre giorni.

Una volta fuori dall'ospedale, loro due soli e tranquilli, l'avrebbe messo al corrente di ogni cosa.

«Adesso devo proprio andare», disse il Maccadò.

Il lavoro aspettava, non voleva arrivare in caserma in ritardo. E voleva passare a dare un saluto all'Agnesina Gavargna che, vedendolo entrare nella stanza, salutò come ormai era solita fare.

«Viva il re!»

2.

Agnesina Gavargna partì alla volta di Olcenengo, località Lonzolo, nel tardo pomeriggio di martedì.

Suor Venezia l'accompagnò, insieme con le due pie donne che erano venute a ritirarla, fino all'atrio dell'ospedale. Prima di salutarla volle darle un'immaginetta, scelta appositamente per lei. Era quella di san Giuda Taddeo, pure lui, come la sua alter ego santa Rita da Cascia, invocato nei casi disperati o comunque difficili da risolvere.

«Tenetela con voi», le disse, «e pregatelo ogni tanto, vi aiuterà a ritrovare un po' la memoria.»

«Ma dove sto andando?» chiese l'Agnesina.

«Datela a me», intervenne una delle due pie donne rivolgendosi a suor Venezia, «la terrò io e la darò all'Agnesina quando saremo arrivate.»

Suor Venezia faticò a contenere la commozione.

Diede un bacio sul capo della Gavargna.

«Pensate a stare bene», le disse.

L'altra pia donna aprì la bocca per la prima volta da che era entrata in ospedale.

«Piacerebbe a me arrivare a novantotto anni così», dichiarò.

«Come novantotto?» reagì suor Venezia.

«Quasi novantanove», precisò l'altra.

Mancava giusto un mese.

«Mi ha sempre detto ottantotto», disse suor Venezia.

La Gavargna la prese per la veste allora.

«Ho sempre detto forse, però», si giustificò sorridendo.

Forse ottantotto.

3.

Fu verso la sera di quello stesso martedì che il signor prevosto, presentandosi in caserma, chiese al maresciallo Maccadò di potergli parlare in privato e in via del tutto confidenziale.

Avviò il colloquio mettendo al corrente il maresciallo di essere ritornato in ospedale per rendersi conto della situazione dell'appuntato.

«Grazie a Dio l'ho trovato prossimo al pieno recupero», disse.

E, aggiunse, aveva approfittato per rassicurarlo che, di qualunque cosa avesse bisogno per riparare a eventuali conseguenze della disavventura patita, poteva far conto su lui e sulla famiglia Buonavigna.

A disposizione insomma.

Tuttavia, se era lì e chiedeva la comprensione del signor maresciallo, era per ottenere, come dire?, ancora un favore.

«Il certificato è pronto», disse il prevosto.

Il famoso certificato attestante la gravissima malattia che il Buonavigna senior, prono all'ordine della Brogia, aveva accettato gli venisse attribuita e che avrebbe giustificato un immediato rimpatrio del Filippo.

«A voi, maresciallo», sussurrò il sacerdote, «si chiede la cortesia di scoprire presso quale reparto sia stato incorporato il giovanotto, onde poterlo spedire alla svelta e certi che non vada perduto in qualche fureria.»

«E a voi, signor prevosto», oppose il Maccadò copiando il tono, «chiederei la cortesia di avvisare il Buonavigna di starsene buono. Visto che tra l'altro, come da certificato, dovrà anche fingere di essere molto ammalato.»

Il sacerdote lo guardò in tralice.

«Cosa intendete dire?»

C'era forse qualcosa che non sapeva?

Altroché!, fu il pensiero del maresciallo.

Ma non era il caso che gli dicesse tutto, perlomeno adesso.

Una cosa per volta.

E si liberò di quella che gli stava sul gozzo più di tutte, la bugia inventata dal Buonavigna circa la fuga d'amore del figlio.

«Grazie alla quale il mio appuntato è finito in ospedale», concluse il Maccadò.

«Vi garantisco che la cosa mi sorprende e mi meraviglia», reagì il prevosto come se dovesse scusarsi. «Ero all'oscuro di un simile fatto.»

«Come si dice, caro prevosto, non è tutt'oro ciò che luccica!»

«Intendete dire che ci sono altre cose che dovrei sapere?» si agitò il sacerdote.

C'erano eccome!

Ma meglio, ragionò il Maccadò, lasciar fare al tempo.

Alla Storia!

Circa la richiesta di cui il prevosto si era fatto ambasciatore: «Vedrò di fare il possibile», disse invece.

Il sacerdote commentò che non aveva mai avuto dubbi circa la sua collaborazione.

E ringraziò anche, soprattutto a nome della famiglia Buonavigna.

4.

Se collaborare con un giornale significava rischiare di mettersi nei guai con la giustizia, passare giornate tribolate come quelle appena trascorse... stava pensando il maestro Fiorentino Crispini, penna in mano, guardando una falce di luna stampata nella finestra del suo studio.

Se il prezzo da pagare alla vanità di vedere il proprio nome e cognome stampigliato su un foglio di carta che passava di mano in mano e poi finiva per avvolgere un cespo di insalata oppure utilizzato da una qualunque massaia per detergere un vetro untuoso era perdere la serenità, il confortante ritmo delle sue giornate, era meglio dimenticare le velleità di gloria.

E ancora meglio, rifletté infine il maestro Crispini, sarebbe stato darsi da fare in fretta per salvare la dignità scrivendo una bella lettera di dimissioni prima che, dopo la smentita comparsa sul numero di martedì del quotidiano, ci pensasse il giornale stesso a dismetterlo con quattro, burocratiche righe che sarebbero rimaste a futura memoria di un disonore.

Penna in mano quindi, dopo essersi ispirato guardando la falce di luna stampata sul vetro della finestra del suo studio, Fiorentino Crispini attaccò: «Egregio direttore, con la presente desidero eccetera eccetera».

5.

Nella tarda mattinata di giovedì l'appuntato Misfatti si stava godendo la quiete di casa sua quando sentì suonare alla porta.

Che sua moglie fosse già rientrata dal giro della spesa dopo nemmeno dieci minuti quando di solito, ad andare bene, non impiegava meno di un'ora?

Al pensiero si sentì assalire da un timore.

Poteva essere che alla donna fossero giunte all'orecchio voci che l'avessero messa in sospetto circa la persistente amnesia con la quale lui aveva giustificato l'impossibilità a rispondere alle tante domande che gli aveva rivolto?

Tranne qualche particolare, tutto ciò che gli era accaduto gli era abbastanza chiaro.

Al professor Mordacchi però, che il pomeriggio precedente l'aveva visitato per bene prima di dimetterlo, aveva detto di continuare ad avere un vuoto di memoria.

«Con il fisico siete tornato quello di prima», aveva detto il primario.

Perdere un paio di giorni di memoria non gli sembrava un gran danno. E l'aveva lasciato andare con l'obbligo di starsene a riposo per il resto della settimana, cosa che aveva trovato consenziente anche il maresciallo Maccadò.

Il suono del campanello invece interruppe la sua beatitudine, il timore che sua moglie avesse colto qualche chiacchiera importuna.

Non si poteva mai sapere.

Al Maccadò poteva essere scappata una parola di troppo.
Col Virgola, col Grafico.
Con suor Venezia.
Oppure con sua moglie.
Si sapeva come andavano quelle cose.
Simulando una stanchezza un po' eccessiva, difesa preventiva che avrebbe frenato l'impeto del nemico, si avviò ad aprire e tirò un sospiro quando vide che alla porta c'era il postino.
«Per voi appuntato», disse quello allungandogli una busta.
Intestata.
«Dottor Ambio Gonico-Colico,
specialista in chirurgia, malattie delle donne, malattie segrete.
Servizio di ambulanza gratuita.»
L'aprì non prima di aver controllato l'indirizzo convinto che ci fosse un errore.
Nessun errore invece.
Allegato a un rispettoso biglietto in cui il Gonico porgeva i suoi auspici per una pronta guarigione c'era il conticino relativo al suo intervento a favore dell'appuntato, con annesso gratuito trasporto in ambulanza e pure quello che aveva riguardato la di lui signora, soccorsa in condizioni di emergenza.
Il tutto per un totale di lire 98 (novantotto).
Il Misfatti se ne restò un po' a guardarlo.
Poi, ringraziando la buona sorte per aver fatto arrivare postino e conto quando in casa c'era lui solo, occultò la busta nella tasca interna della giacca della divisa.
Non lo sfiorò l'idea di saldare il conto. A suo insindacabile giudizio infatti, era una delle «conseguenze» cui gli aveva accennato il prevosto quando era andato a trovarlo in ospedale delle quali si sarebbe fatto carico di persona oppure rimandando la questione alla famiglia Buonavigna.

Tuttavia era meglio che sua moglie non ne sapesse niente, a rischio che, per aiutarlo a ritrovare la memoria, come più volte gli aveva detto la sera precedente, volesse intervistare il Gonico e da lì poi, un passo dopo l'altro, arrivasse a intuire il suo segreto, col che era certo che l'avrebbe svergognato per bene.

Lui, e non solo.

6.

Non era abitudine del maresciallo Maccadò rinviare al domani ciò che poteva fare oggi. Né sul lavoro né in altri campi di attività. Inoltre aveva esperienza dei tempi della burocrazia, soprattutto militare.

Per questa somma di ragioni aveva inoltrato la richiesta del signor prevosto, volta a conoscere la destinazione del Buonavigna junior onde ottenerne un rapido e coattivo rimpatrio.

Il venerdì mattina ebbe la risposta che attendeva.

E rimase stupito.

Si intenda bene.

Tutto il suo stupore lo dedicò alla rapidità con la quale i colleghi della stazione di Bordighera ottemperarono alla sua richiesta di informazioni.

Circa il resto invece, l'aveva immaginato e semmai si sarebbe stupito se non fosse accaduto.

Non si meravigliò dunque che il Filippo Buonavigna, volendo realizzare lo scopo della sua fuga, non si fosse mai presentato al corpo presso il quale era stato assegnato e adesso viaggiasse chissà dove con sul capo la pesante accusa di diserzione.

Alla notizia il signor prevosto reagì socchiudendo gli occhi.

«Sia fatta la sua volontà», mormorò.

Esse minuscola, col che intendeva la volontà del giovanotto e non altro.

7.

Quello stesso venerdì il prevosto si impose un digiuno di qualche ora.

Due bicchieri d'acqua a pranzo, niente per cena.

«Ma perché?» chiese la perpetua inviperita.

«Perché sì», fu la risposta.

«Ma varda che cràpa!» ribatté lei senza ottenere reazione.

Sabato mattina la colazione consisté ancora in acqua, un solo bicchiere.

E subito dopo averlo ingollato in una telefonata, scopo convocazione, a casa Buonavigna.

«Dovremmo parlare», disse asciutto al Gersico Buonavigna che, secondo il costume di ogni buon maggiordomo, era corso all'apparecchio.

Un paio di cosette.

Il Buonavigna era entrato nello studio del signor prevosto scortato dalla perpetua che in personaggi come lui intuiva già una certa beatitudine celeste. Aveva proposto un caffè con qualche biscottino di quelli che faceva lei con le sue mani, ma il sacerdote aveva rifiutato per conto di entrambi.

Uscita la perpetua il sacerdote mise sul piatto la prima delle due cosette.

«Ma che cosa vi è venuto in mente?»

Tramare in quel modo, alle spalle di tutti, per favorire la fuga del figlio.

Mentire a sua moglie, a lui.

Permettere al povero appuntato Misfatti di cacciarsi in un'avventura senza senso, facendogli correre anche dei bei rischi.

«Ma cosa avete in testa, eh?» insisté il sacerdote.

Il Buonavigna si gonfiò di orgoglio.

«La volontà di un giovane che risponde al richiamo della Patria non può essere domata. Nessuno, nemmeno un genitore, ne deve ostacolare il cammino. Io mi sono limitato a favorire il suo desiderio anche a costo di qualche piccola menzogna. Ormai è adulto, responsabile delle sue scelte.»

«Appunto», interloquì il prevosto.

«So che sua madre manovrerà per farlo ritornare muovendo certe conoscenze, ma...»

«Se è per quello potete dire alla Bro...»

Il prevosto si bloccò. Stava per chiamare la donna come chiunque faceva tranne che in sua presenza.

«Potete dire a vostra moglie», riprese, «che forse non sarà così facile visto che il nostro Filippo ha subito disertato.»

La botta della sorpresa colorò di rosso il viso del Buonavigna.

«Disertato?»

Ma in che senso?

Il prevosto rispose che non conosceva altri significati del verbo in oggetto. Però, visto che il Buonavigna senior sembrava si stesse sgonfiando, asciugandosi via via che l'ombra del disonore oscurava l'amor patrio che l'aveva appena gonfiato, preferì chiarire.

«So per certo che vostro figlio ha solo finto di accogliere il richiamo della patria per poter raggiungere la Spagna e unirsi alle nostre milizie ma per passare, come è chiaro ha già fatto, alle altre. Immagino che vostra moglie ne sarà scontenta due volte e oso dire che nemmeno voi e lo stesso Mussolini gioirete adesso.»

«Non capisco...» borbottò il Buonavigna.

Adesso cosa bisognava fare, cosa…

«Voi l'avete detto che è abbastanza adulto per poter prendere decisioni. Avevate ragione, è andata proprio così. Riguardo a ciò che dobbiamo fare adesso, ve lo dico subito.»

«Ditemi», si mise quasi sull'attenti il Buonavigna.

«Permesso», disse il prevosto.

Dalla porta dello studio, con la sola testa oltre la soglia, chiamò la perpetua.

«Se gh'è?» giunse la risposta.

«Preparatevi che dobbiamo uscire», comandò il sacerdote.

Erano le undici e trenta quando, come i tre re magi, prevosto, perpetua e Buonavigna uscirono dalla canonica in fila indiana.

Per andare dove, lo sapeva solo il sacerdote.

«Dov'è che vèm?» aveva in effetti tentato di sapere la donna.

«Venite e tacete», era stata la risposta.

Guidava la trinità il prevosto. In mezzo, un po' gobba, più befana che re magio, la perpetua che sussurrava tra sé. Chiudeva il Buonavigna che dopo la rispostaccia del sacerdote alla sua perpetua aveva ricacciato la voglia di chiedere pure lui quale fosse la meta della gita.

Anche perché, una volta attraversata piazza Santa Marta e imboccata via Manzoni, cominciò da sé ad avere sospetti che divennero certezze quando il prevosto si fermò davanti al civico 37, casa Panicarli.

«E adès?» chiese la perpetua.

«Adesso avanti», disse il prevosto invitando la perpetua a entrare nell'atrio.

«Mì?»

Bastò lo sguardo, la perpetua si avviò.

Il prevosto le si accodò.

Il Buonavigna tentennava, ancora fermo in contrada.

«Anche voi», dovette spronarlo il sacerdote.

E sempre a chiudere la fila.

Salirono silenziosi fin quando, giunti davanti alla porta di casa dell'Emerita, il prevosto diede l'alt.

A quel punto il Buonavigna giocò una carta disperata.

«Insomma», disse, «scusate signor prevosto ma avrei da fare e in tutta sincerità non capisco...»

«Mi spiego subito», lo interruppe il sacerdote.

«Voi», disse alla perpetua indicando la porta di casa Panicarli, «entrate.»

«Perché?» chiese quella.

«Entrate e basta», disse il prevosto.

La perpetua mise la mano sulla maniglia, che cedette.

«Entro?» chiese ancora la perpetua esitante.

«Fate quello che vi ho detto», sillabò il prevosto.

E allo spalancarsi della porta, tempo pochi secondi e due passi in avanti, dall'interno di casa all'indirizzo dell'intrusa partì un guaito cacofonico che precedette l'apparire del cagnetto di casa, lanciato nel corridoio e pronto all'attacco.

«Tornate indietro», ordinò il prevosto cui la donna obbedì all'istante richiudendo l'uscio.

«Potete andare», le disse poi.

«Ma...» fece lei.

«Su, su», la blandì il sacerdote, «che il signor Buonavigna ha da fare.»

La perpetua guardò prima l'uno e poi l'altro.

«Poi preparo il mangiare o no?» chiese prima di avviarsi.

«Perché non dovreste?» ribatté a sua volta il prevosto.

E glielo chiedeva anche?, si domandò la perpetua mentre era già a metà scala.

Il Buonavigna invece, ricevuto a sua volta l'invito a entrare, era ormai a metà corridoio.

L'Emerita, messa in allerta dall'abbaiare, ferma sulla soglia della cucina guardava la coppia che avanzava verso di lei.

Del cane nessuna traccia, come suo solito era tornato a infilarsi sotto la poltrona.

Fu la padrona di casa a rompere il silenzio.

«È successo qualcosa?»

Sul volto del Buonavigna c'era una maschera di ineffabile imbarazzo, si fermò.

Il prevosto superò allora l'uomo, frapponendosi tra lui e l'Emerita.

Guardò prima la donna poi il Buonavigna, l'indice levato.

«Vergogna!» disse.

L'Emerita deglutì.

«A dire il vero...» tentò il Buonavigna.

«Vergogna», ripeté il sacerdote.

Un padre e una madre di famiglia!

«Io...» tentò a sua volta l'Emerita.

Ma il sacerdote non le permise di continuare.

«Vi dico solo questo, mai più! In caso contrario saprò quali provvedimenti prendere. E non sarà la sola giustizia divina a condannarvi.»

Poi, con un deciso dietro front uscì, lasciando soli i due.

La Civignola era a metà della seconda sigaretta da quando aveva visto entrare i tre in casa Panicarli. Aveva appena fatto un tiro maiuscolo ma non espulse il fumo al veder ricomparire il signor prevosto. Meglio che il sacerdote non sospettasse la sua abitudine di guardare, e a volte proprio spiare, attraverso le persiane di casa: non glielo aveva mai confessato e nemmeno aveva intenzione di farlo, a costo di sentirsi proibire quell'impagabile passatempo.

Trattenne quindi, lasciò che il sacerdote se ne andasse e poi cominciò a tossire come una dannata, cosa che fece lontana dalla sua postazione però, meglio non rivelarsi.

Il cagnetto a quel punto aveva già abbandonato la sua consueta posizione.

Si avvicinò all'Emerita, ne annusò le scarpe e poi a passi stracchi raggiunse il Buonavigna.

«E adesso?» chiese lui mentre il cagnetto gli si accomodava tra le gambe.

L'Emerita sospirò.

«Credo sia meglio seguire il consiglio del signor prevosto», disse poi.

Il Buonavigna fece un cenno di assenso.

«Allora addio», mormorò avviandosi a sua volta.

L'Emerita ritornò in cucina.

Dispiaciuta, sì.

Tuttavia prima o poi quella storia doveva finire, suo marito non ci sarebbe stato in eterno laggiù in Africa.

Il cagnetto, quasi avesse intuito il melodramma che si era appena consumato, aveva accompagnato il Buonavigna fino alla porta di casa. L'uomo si fermò, sospirò, si girò a guardare il corridoio riflettendo che l'aveva percorso per l'ultima volta.

Adesso gli toccava andare dalla Brogia a riferirle la bella novità. Quella del figlio, s'intende, mica quella che la sua storia con l'Emerita era giunta al capolinea. In quel momento avrebbe fatto volentieri cambio col Filippo, lontano da lì, giovane, libero. Magari di disertare anche una seconda volta e ricongiungersi davvero con quella Omosupe che chissà dov'era adesso, lei, il circo e tutte le sue bestie.

D'istinto lo sguardo gli cadde sul cane.

E allora gli misurò un calcio in culo che ne provocò l'abbaiare isterico, come a significare che da quel momento in avanti lui, per quella casa, era tornato a essere un perfetto sconosciuto.

E infine arrivò la domenica.

8.

Fosse anche cascato il mondo, il maresciallo Maccadò non avrebbe mancato l'appuntamento alla messa delle dieci quella volta. Alla moglie l'aveva promesso solenne, e questo era già un bell'impegno. Ma era coi figli soprattutto che si sentiva in debito e inoltre, pur ammettendolo solo con sé stesso, non vedeva l'ora di scoprire quale fosse la risposta esatta all'indovinello del signor prevosto.

Per parte sua, nonostante lo scetticismo dei quattro, aveva continuato a sostenere che la più probabile tra le risposte fosse quella che lui aveva suggerito. E, non avendone altre, fu proprio quella che la banda Maccadò propose durante una sorta di consulta con la quale i due gruppi, quello maschile da una parte, quello femminile dall'altra, riuniti poco prima di entrare in chiesa, stabilivano cosa rispondere e designavano il rispettivo portavoce.

Alla fine della messa il prevosto, sorridendo, disse che era arrivato il momento di svelare l'arcano.

Graziosamente chiese ai due gruppi se avevano pensato a una risposta, ottenendo due entusiastici cori affermativi. Dopodiché diede la precedenza alla portavoce femminile, tale Ancilla, che salita al suo fianco, rossa come una mela e balbettando anche un po', disse: «A-alla s-sua mamma».

Il prevosto, una mano sul capo della bimba, sorrise.

«Lo farà senz'altro, ma non è la risposta corretta.»

Quasi in lacrime l'Ancilla ritornò frettolosa nei ranghi mentre il prevosto con un cenno della mano invitava il portavoce maschile a farsi avanti.

Erminio, un cicciottello con le cosce strette nei pantaloni corti, raggiunse il sacerdote muovendo come se stesse camminando in salita.

Rosso pure lui, più per fatica che per emozione, attese che il prevosto lo invitasse a parlare.

«Di' pure.»

«Davanti a nessuno», sparò con sicurezza.

La mano del sacerdote si posò sulla sua spalla.

Il maresciallo Maccadò, in piedi nella fila di banchi dietro il gruppo di maschi dove s'erano sbrancati i suoi quattro figli, gettò un'occhiata dall'altra parte alla ricerca di Maristella.

La donna invece guardava fisso verso il prevosto.

«Debbo ammettere che non ci sarebbe niente da dire, visto che il santo Padre è il rappresentante di Nostro Signore sulla terra, se questa fosse la risposta giusta.»

L'analisi della lunga frase impiegò qualche secondo per essere compresa a fondo dai presenti.

Per evitare equivoci tuttavia il signor prevosto chiarì.

«Ma non lo è», aggiunse, invitando il buon Erminio a ritornare tra i suoi compagni.

Qual era allora la risposta esatta?, si chiese, lui come tutti gli altri, il maresciallo Maccadò.

Toccava al prevosto adesso.

Cui tuttavia spiaceva l'idea di non poter assegnare il premio promesso.

«Facciamo così», disse allora.

Concedeva ancora una settimana di tempo a bambini e bambine onde riflettere e ripresentarsi la domenica seguente con nuove risposte.

«Naturalmente, vista l'eccezionalità della cosa, anche il premio sarà più ricco.»

Non più un solo libro illustrato, bensì due a quello dei due gruppi che avrebbe indovinato davanti a chi anche il Papa era costretto a togliersi il cappello.

I personaggi di *A cantare fu il cane*

Alfieri, capostazione di Colico

Amarelli Ginetto, cronista capo del quotidiano «La Provincia-Il Gagliardetto»

Ancilla, rossa come una mela, portavoce balbettante del gruppo femminile dei bambini alla messa domenicale della parrocchia di Bellano

Angelica, volitiva cavallerizza, artista del Circo Astra

Armonia Crisostoma, figlia di Gaspare e Liscetta

Armonia Gaspare, offelliere di Bellano

Armonia Liscetta, moglie di Gaspare

Armonia Priscilla, figlia di Gaspare e Liscetta

Armonia Scilla, figlia di Gaspare e Liscetta

Armonia Scintilla, figlia di Gaspare e Liscetta

Barella, edicolante di Bellano

bastardino, ferocissimo cagnetto di casa Panicarli, rognoso, aggressivo con chiunque non sia di famiglia

Bellinelli Taddeo, seniore della milizia di Ventimiglia

Bigè, sagrista di Bellano

Boriga Amedeo, studente di ragioneria, amico di Filippo Buonavigna

Buonavigna Antiochia, moglie di Gersico, dal carattere collerico e impositivo, sin da giovane pativa il soprannome di Brogia, storpiatura di Borgia

Buonavigna Filippo, figlio di Gersico e Antiochia, fuggiasco

Buonavigna Gersico, commerciante di stoffe, sarto di conio, membro del consiglio dei Fabbricieri della parrocchia di Bellano

Cacomanno Ulisse, apprendista giardiniere, amico di Filippo Buonavigna

Caiazzi Serafino, Sera per gli amici, giovane agile e magro di fame, dalle doti criminali poco sviluppate

Cimetta, barbiere di Bellano

Civignola Anemore, madre di Elena

Civignola Elena, inquilina del civico 36 di via Manzoni a Bellano, nana, fumatrice incallita e sentinella fissa dietro le persiane della finestra di casa

Civignola Quinto, padre di Elena

Cominelli Nemore, proprietaria di un caseggiato al civico 87 di via Manzoni a Bellano

Cottarella, cavalier, di Bellano

Cribbio Inesio, aiuto magazziniere del cotonificio di Bellano, amico di Filippo Buonavigna

Crispini Fiorentino, ex maestro elementare di Bellano, attualmente pensionato, ampolloso e inutilmente verboso corrispondente del quotidiano «La Provincia-Il Gagliardetto»

Cupetti Gellio, amico di Vinci Panicarli

De Fillìus Eugenio, cavalier, direttore del Circo Astra e scopritore del talento della principessa Omosupe, escapologa e non solo

Diachini Emerita in Panicarli, di anni trentacinque, moglie dell'Achille e madre del Vinci

Dorina, suora in forza all'ospedale Umberto I di Bellano

Erminio, cicciottello, le cosce strette nei pantaloni corti, portavoce del gruppo maschile dei bambini alla messa domenicale della parrocchia di Bellano

Farfalin Leonarco, sconosciuto autore di acquerelli rinvenuti in soffitta dal proprietario del ristorante Cavallino Bianco di Bellano e appesi alle pareti della sala da pranzo

Filiformi, direttore delle Regie Poste di Bellano

Forzuto, artista del Circo Astra, massiccio e muscoloso, lento e irregolare nell'espletamento di certi bisogni, capace di sollevare da terra un elefantino… e anche un carabiniere

Frassamassi, sostituto del cronista capo del quotidiano «La Provincia-Il Gagliardetto»

Gavargna Agnesina, forse di anni ottantotto, proveniente dalla misteriosa località Lonzolo, dopo un malore occorsole durante un tour di santuari mariani è attualmente ricoverata come smemorata presso l'ospedale Umberto I di Bellano

Gentilessa, malinconico orefice di Bellano, terzo soccorritore, in mutande e canottiera, di Vinci Panicarli infortunato

Gerundito, avvocato di Bellano

Giudici Evania, sorella di Romeo, residente a Trezzo d'Adda, ha preteso la sua parte di eredità della casa di famiglia facendo dividere a una a una ogni stanza con una tramezza: metà per suo fratello, metà per lei, anche se non ci abita

Giudici Romeo, guardia notturna di Bellano, dal vocabolario ristretto come le mezze stanze di casa sua

Gnagnolina, venditrice di cartoline esercitante il suo commercio presso la discesa dei battelli o sul primo gradino della scala che porta all'Orrido di Bellano

Gonico Ambio, medico condotto di Colico, specialista in medicina, chirurgia, malattie delle donne e anche malattie segrete. In più, proprietario di ambulanza e all'occorrenza autista della medesima

Gospetti Crisante, novantenne proprietaria dell'appartamento al primo piano sopra il bar dell'Imbarcadero di Bellano, ben lontana dall'intenzione di vendere la casa ai Termoli

Gospetti Gimonio, figlio di Crisante, in attesa del trapasso materno per realizzare guadagni dalla vendita del di lei appartamento

Grafico, carabiniere semplice di Bellano, gracile, pallido di costituzione e anche un poco ipocondriaco

Kraus, pseudoeremita, viveva sulla montagna sopra Somacchia, ora morto

Lonzolo Inesio, zio di Elena Civignola

Maccadò Ernesto, maresciallo dei carabinieri di Bellano

Maccadò Maristella, moglie del maresciallo dei carabinieri di Bellano e madre di quattro figli, in attesa del quinto

Manezzi Venanzio, presidente della filodrammatica Tommaso Grossi di Bellano

Mannu, brigadiere dei carabinieri di Bellano

Melania, elettricista di Bellano, secondo soccorritore di Vinci Panicarli infortunato

Mervini, capostazione di Bellano

Migliarini Oreste, figlio maggiore di Rinuccia, crapone, ma nelle cui doti intellettuali confida il maestro Fiorentino Crispini

Migliarini Rinuccia, vicina di casa e domestica del maestro Fiorentino Crispini

Misfatti signora, moglie dell'appuntato

Misfatti, appuntato dei carabinieri di Bellano

Mordacchi, primario e direttore sanitario dell'ospedale Umberto I di Bellano

Mori Eselino, medico dell'ospedale Umberto I di Bellano

Mughina, suora di Bellano, voce da soprano, addestratrice delle giovani ugole femminili dell'oratorio

Omosupe, artista del Circo Astra, principessa eritrea, illusionista, escapologa… e altro

Oreste, gestore dell'osteria del Ponte di Bellano

Orisei, manovale in servizio presso la stazione ferroviaria di Colico

Panicarli Achille, marito di Emerita Diachini, manovale di Bellano impiegato tra le maestranze fasciste in Africa a realizzare la strada di collegamento tra Addis Abeba e l'Asmara

Panicarli Vinci, figlio di Emerita e Achille, giovane promessa del ciclismo locale

Passalà Zaccheo, segretario del corpo musicale di Bellano

Pèdego Mario, amico di Vinci Panicarli

Pedraglia Gina, responsabile del posto di telefono pubblico di Bellano, rispetta alla lettera gli orari di servizio, e alla chiusura tronca anche le chiamate in corso

Pellaccia, falegname di Bellano

Pennica, manovale in servizio presso la stazione ferroviaria di Bellano

Pennicola, strascèe di Bellano, proprietario di carretto

perpetua, regina della canonica di Bellano, si sforza di parlare italiano nelle circostanze delicate, ma non ci riesce mai

Pestalozza Ernesto, ginecologo di fama operante a Milano

Pingitrice Erbina, maestra di danza di Bellano

Pistino, aggiustatutto bellanese

prevosto di Bellano, ha la passione per gli indovinelli che sottopone ai bambini al termine della messa domenicale

Ranza Ingenio, marito di Lina, operaio presso le cave della val Varrone, vicino di casa di Romeo Giudici

Ranza Lina, moglie di Ingenio, domestica e lavapiatti presso il ristorante Cavallino Bianco di Bellano

Sassi Brunella, centralinista dell'ospedale Umberto I di Bellano, zelante informatrice del maestro Fiorentino Crispini, ma fuori dall'orario di lavoro

Scavazzi, macellaio di Bellano

Scontati, infermiere dell'ospedale Umberto I di Bellano

Semola, segretario della sezione bellanese del Partito Nazionale Fascista

Sesamo Eusebio, timido impiegato delle Regie Poste di Bellano

Solito Ottone, bellanese, primo soccorritore di Vinci Panicarli infortunato

Spurghi, bigliettaio in servizio presso la stazione ferroviaria di Colico

Strampelli Nazzareno, agronomo e genetista di passaggio a Bellano

Sveltoni, magazziniere della stazione ferroviaria di Bellano

Termoli Damina, moglie di Gnazio, lavora con lui al caffè dell'Imbarcadero di Bellano

Termoli Gnazio, titolare del caffè dell'imbarcadero di Bellano

Tibidati Agostino, commendatore del Regno, proprietario del ristorante Cavallino Bianco di Bellano

Tresca, fratelli, industriali comaschi della seta

Venezia, suora in forza all'ospedale Umberto I di Bellano

Verzarelli Lacrima, malinconica ragazza bellanese, sposa abbandonata dal promesso sposo quando era già sull'altare e ora bisognosa di cure

Virgola, carabiniere semplice di Bellano

Andrea Vitali

OLIVE COMPRESE

Quattro ragazzi di paese, una banda di «imbecilli», stanno mettendo a soqquadro l'intera Bellano. Naturalmente finiscono subito nel mirino del maresciallo Ernesto Maccadò, che avverte le famiglie gettandole nel panico. A far da controcanto, la sorella di uno di loro: la piccola, pallida, tenera Filzina, segretaria perfetta che nel tempo libero si dedica alle opere di carità: ma anche lei, come altre eroine di Vitali, finirà per stupirci. Tutto intorno si muove come un coro l'intera cittadina: il prevosto e i carabinieri, il podestà e la sua stranita consorte, la filanda con i suoi dirigenti e gli operai. E la Luigina Piovati, meglio nota come l'Uselànda (ovvero l'ornitologa...); Eufrasia Sofistrà, in grado di leggere il destino suo e quello degli altri; e una vecchina svanita come una nuvoletta, che suona al pianoforte l'*Internazionale* mentre il Duce conquista il suo Impero africano...

Andrea Vitali

GALEOTTO FU IL COLLIER

Lidio Cerevelli è figlio unico di madre vedova.
Un bravo ragazzo, finché alla festa organizzata
al Circolo della Vela non arriva Helga: bella, disinibita
e abbastanza ubriaca. Prima che finisca la cena,
sono in riva al lago: una notte indimenticabile.
Lirica, la severa madre di Lidio, abile e ricca
imprenditrice dell'edilizia, ha vedute molto diverse.
Suo figlio deve trovare una moglie «made in Italy»,
una ragazza come si deve. Ma forse Lidio ha trovato
il modo per uscire dalla trappola e realizzare tutti
i suoi sogni: durante un sopralluogo per un lavoro
di ristrutturazione, in un muro maestro scova
un gruzzolo di monete d'oro,
nascosto chissà da chi e chissà quando.
Sono l'assicurazione per un futuro radioso
o l'inizio di un mare di guai?

Dal catalogo
Garzanti

Andrea Vitali

QUATTRO SBERLE BENEDETTE

In quel fine ottobre del 1929, a Bellano non succede nulla di che. Ma se potessero, tra le contrade volerebbero sberle, eccome. Se le sventolerebbero a vicenda il brigadiere Efisio Mannu, sardo, e l'appuntato Misfatti, siciliano, che non si possono sopportare e studiano notte e giorno il modo di rovinarsi la vita l'un l'altro. E forse c'è chi, pur col dovuto rispetto, ne mollerebbe almeno una al giovane don Sisto Secchia, il malmostoso coadiutore del parroco arrivato in paese l'anno prima e che sembra un pesce di mare aperto costretto a boccheggiare nell'acqua chiusa e insipida del lago. E poi ci sono sberle più metaforiche, ma non meno sonore, che arrivano in caserma nero su bianco. Sono quelle che qualcuno ha deciso di mettere in rima e spedire in forma anonima ai carabinieri, forse per spingerli a indagare sul fatto che a frequentare ragazze di facili costumi, in quel di Lecco, è persona che a rigore non dovrebbe. D'accordo, ma quale sarebbe il reato? E chi è l'anonimo autore delle missive? Ma, soprattutto, con chi ce l'ha?

Andrea Vitali

BIGLIETTO, SIGNORINA

Alla stazione ferroviaria di Varenna c'è trambusto. È stata beccata una passeggera senza biglietto. E senza un quattrino per pagare la multa. Ma non parla bene l'italiano, e capire cosa vuole è un bel busillis. Ora il capostazione si trova lì, nel suo ufficetto, con davanti Marta Bisovich. Bella, scura di carnagione, capelli corvini, dentatura perfetta, origini forse triestine, esotica e selvatica da togliere il fiato. Siamo nel giugno del 1949, e sul lago di Como, in quel di Bellano, tira un'aria effervescente di novità. Ci sono in ballo le elezioni del nuovo sindaco, e le varie fazioni si stanno organizzando per la sfida nelle urne. Su tutte, la Dc, fresca dei clamorosi successi alle politiche del '48, attraversata ora da lotte intestine orchestrate dall'attuale vicesindaco Amedeo Torelli, che aspira alla massima carica. La bella e conturbante Marta, invece, ha altre aspirazioni. Le basterebbe trovare un posto dove vivere, e questo è il motivo per cui ha deciso di puntare le sue ultime chance sulla ruota di Bellano, dove certe conoscenze non sono nelle condizioni di negarle un aiuto.

Andrea Vitali e Massimo Picozzi

LA RUGA DEL CRETINO

Birce è nata storta. Ha una macchia sulla guancia sinistra e ogni tanto si perde via e dice e fa cose strane. Chi la vuole una così? È l'agosto del 1893 e per lei forse è arrivata l'occasione giusta. Perché una devota, Giuditta Carvasana, è intenzionata a fare del bene, per esempio aiutare una giovane senza futuro. Per Birce non sarebbe cosa da poco, perché la vita non pare riservarle un destino felice. Come a quella povera fioraia di Torino massacrata per strada. Che, a dire il vero, non è la prima vittima. I corpi sono a disposizione della sala anatomica dell'università torinese, dove il dottor Ottolenghi, assistente del noto alienista Cesare Lombroso, li analizza, convinto che dalla medicina possa venire un aiuto alle indagini. Dalle tasche delle sventurate salta fuori un biglietto con segni matematici. Indicano un collegamento tra quelle morti? E nel mirino dell'omicida può essere finito lo stesso Lombroso, che già aveva ricevuto un analogo foglietto anonimo? Trovare la soluzione non è cosa per cui possa bastare il rigore della scienza. Forse, fantastica il Lombroso, lo spiritismo potrebbe dare un contributo.

Andrea Vitali

LE BELLE CECE

Maggio 1936. Con la fine della guerra d'Etiopia nasce l'impero fascista. E Fulvio Semola, segretario bellanese del Partito, non ha intenzione di lasciarsi scappare l'occasione per celebrare degnamente l'evento: un concerto di campane che coinvolge tutti i campanili di chiese e chiesette del comune. Ma l'euforia bellica e l'orgoglio imperiale si stemperano presto in questioni ben più urgenti per le sorti del suo mandato politico. In casa del potente e temutissimo ispettore di produzione del cotonificio locale, Eudilio Malversati, si sta consumando una tragedia. Dopo un'aggressione notturna ai danni dell'ispettore medesimo, spariscono in modo del tutto incomprensibile alcune paia di mutande della signora. Uno è già stato rinvenuto nella tasca della giacca del Malversati. Domanda: chi ce l'ha messo? E perché? Il problema vero, però, è dove potrebbero saltar fuori le altre mettendo in ridicolo i Malversati? Non essendo il caso di coinvolgere i carabinieri, il Semola viene incaricato di risolvere l'enigma. Ma alla svelta, o le campane, questa volta, le suonerà il Malversati, con le sue mani, e saranno rintocchi poco allegri per la carriera del segretario.

Andrea Vitali

LA VERITÀ DELLA SUORA STORTA

Sisto Santo ha la manualità e la fantasia giuste del meccanico di rango. Da ragazzo ha riparato perfino una Peugeot 403 senza fare una piega, lasciando a bocca aperta il Scatòn, il suo capo officina, che i diesel manco li conosceva. Però adesso fa il tassista. Si è comprato un Millenove e aspetta i clienti alla stazione ferroviaria di Bellano. Pochi. Arrivano da Sondrio o da Lecco e Milano, e vanno in visita all'ospedale o su al cimitero. Oggi gli è capitato un fattaccio. Una donna arrivata dopopranzo, poco prima che dalla radiolina che tiene in macchina partisse la sigla di *Tutto il calcio minuto per minuto.* Non che fosse importante: ultima giornata; campionato 1970 già bell'e andato al Cagliari, però... Gli ha chiesto di essere portata al cimitero, che non sa nemmeno dov'è. Ma poi, arrivati là, il Sisto si è accorto che la donna era morta. Proprio lì, sul sedile posteriore del Millenove, macchiandolo pure di urina. Un guaio mica da ridere. Da tirare in ballo il maresciallo Riversi. Anche perché la donna è senza borsetta e non si riesce a capire chi sia, né chi stesse cercando al cimitero di Bellano in quel pomeriggio di fine aprile.

Andrea Vitali

LE MELE DI KAFKA

Abramo Ferrascini, quello della ferramenta di Bellano, è un giocatore di bocce imbattibile. È stato tirato su a puntino dal gestore del Circolo dei Lavoratori, Mario Stimolo, e ora ha tutte le carte in regola per vincere le semifinali del Campionato provinciale in programma a Cermenate domenica prossima. Ma c'è un intoppo. Suo cognato, l'Eraldo, quello che vive a Lucerna, sta male. Quarantotto ore gli hanno dato i medici di là, svizzeri, precisi. E adesso la moglie di Abramo, Rosalba, vuole a tutti i costi raggiungere la sorella, ma soprattutto dare all'Eraldo un ultimo saluto, magari un ultimo bacio. Ma ce la faranno ad andare e a tornare in tempo per le semifinali? Dipende. Se l'Eraldo muore entro martedì, mercoledì al massimo, si può fare. Bon, via allora. Un'occhiata al 1100, olio freni gomme; carta d'identità rinnovata all'ultimo minuto; prima tappa il passo del San Bernardino, poi giù dritti fino a Lucerna: basta seguire i cartelli, anche se sono in tedesco, perché il nome di quella città lì si capisce lo stesso.

Andrea Vitali

VIVA PIÙ CHE MAI

Dubbio è il soprannome che hanno dato a Ernesto Livera, e si addice bene alla sua indole un po' tentennante. Di solito, infatti, l'Ernesto si lascia prendere dall'indecisione. Una certezza, però, l'ha molto chiara: dai carabinieri è meglio stare alla larga. Perché di «mestiere» fa il contrabbandiere. Avrebbe fatto altro nella vita, ma tant'è, ora campa traghettando stecche di sigarette dalla Svizzera, magari di notte, con una barchetta a motore, bep-bep-bep. E proprio stanotte, con la prua della barchetta, ha urtato il cadavere di una donna. L'ha tirato a riva, poi è andato a chiamare un suo cliente fidato, il medico di Bellano, il dottor Lonati, perché, appunto, lui dai carabinieri preferisce non presentarsi. Ma il mattino dopo, alla riva, il cadavere non si trova più. Eppure Ernesto l'ha visto bene, anche se adesso gli sorge il… dubbio di esserselo sognato. E il dottor Lonati lo sa che Ernesto soffre di questo tipo di allucinazioni fin da quando era un ragazzino. Forse dovrebbe cercarsi un lavoro più regolare. E magari una fidanzata. Il lago però non mente; nasconde segreti inconfessabili, e quando decide che è il momento di rivelarli, non ci sono dubbi che tengano.

Finito di stampare nel mese di marzo 2017
da Grafica Veneta s.p.a., Trebaseleghe (PD)